青涩果

庞云初　著

天津出版传媒集团
百花文艺出版社

图书在版编目（CIP）数据

青涩果 / 庞云初著 . -- 天津 : 百花文艺出版社 , 2024.3

ISBN 978-7-5306-8735-2

Ⅰ . ①青… Ⅱ . ①庞… Ⅲ . ①长篇小说－中国－当代 Ⅳ . ①I247.5

中国国家版本馆 CIP 数据核字 (2024) 第 006192 号

青涩果

QINGSE GUO

庞云初　著

出 版 人： 薛印胜

责任编辑： 郑　爽

装帧设计： 悟阅文化

出版发行： 百花文艺出版社

地址： 天津市和平区西康路 35 号　**邮编：** 300051

电话传真： +86-22-23332651（发行部）

+86-22-23332656（总编室）

+86-22-23332478（邮购部）

网址： http://www.baihuawenyi.com

印刷： 三河市华东印刷有限公司

开本： 880 毫米 ×1230 毫米　1/32

字数： 200 千字

印张： 9.5

版次： 2024 年 3 月第 1 版

印次： 2024 年 3 月第 1 次印刷

定价： 78.00 元

如有印装质量问题，请与三河市华东印刷有限公司联系调换

地址：三河市燕郊冶金路口南马起乏村西

电话：13933936006

邮编：065201

献给景立昌老师

目 录

C O N T E N T S

第一章

茅色浅野

1

蒙城不是城，是一个镇。这里水多、地肥，盛产稻米鱼虾，镇不大，却有名气。一是东吴大将吕蒙曾在此屯兵筑城，坊间流传着许多英雄故事。二是小镇依京杭大运河而筑，镇南镇北各有铁路公路经过，有车站、码头。蒙城与外界的联系极为便利，不但本镇人走南闯北成为常态，许多异乡人也接踵而至，或做生意，或落脚讨生活。早年有个说法，无锡是小上海，蒙城是小无锡，可见这里曾经的繁华。

起初，蒙城只有一条南北走向的街道，后来，外地人陆续进来，找到活计不走了；周边农民陆续过来，找到活计也不走了。那些世代住于此的蒙城人，是容不得别人来挤占地盘的，外来人便在古街道两旁建房搭棚，安家落户，蒙城地界遂有了巷子弄堂。这巷子弄堂有住家，也有各式店铺。运河两岸原先的滩涂地上建有航运站和货运站，开设了牲畜市场和农贸市场，随即也就有了住家和商户——蒙城逐渐有了“城”的格局。

古街道被称为吕蒙大街，运河南岸的几条巷子，有叫圣旨路的，有叫泰定巷的，有叫南草巷的，有叫燕子巷的，全镇唯一的一家澡堂在南草巷。运河北岸几条稍长稍宽的巷子被称作一街、二街、三街、四街。一街临近大运河，与其他几条街不同的是，它只在吕蒙大街的东部，也因此被称为东街，不像其他几条街，在吕蒙大街东西两侧延伸开去。镇上独有的一家电影院在二街。此外，街与街之间，错综贯通着许多条可供人通行的小弄堂。

泰定桥北岸往西大运河畔的偌大区域，是航运货运码头和农贸市场。运河上船舶穿梭不息，货船停泊在码头两边；河岸边，柳条垂地，行人如织，人语喧哗，各地口音都有。闲人在临河树荫下的石几旁喝茶下棋、谈古论今；生意人在拥挤和喧闹中从事着各式交易。有着千余年历史的泰定石拱桥，岿然屹立在不远处的大运河上，桥面凹凸而又光滑，桥体斑驳而又坚固。它将吕蒙大街南北连接，桥南是河南，桥北是河北，好像一家两户，泾渭分明，却又经脉相连。

东街住户不多，商家更少：一家烧饼店、一家茶叶店、一家竹器店。别看商家只有这么几户，可它们都是镇上的百年老店，“吕蒙烤饼”闻名遐迩，茶叶店是年老镇民常年光顾的地方。越过庙河上的青龙桥，再往东去，就可以看见有一户人家，青砖绿瓦、单户独院，院墙用碎石乱砖砌成。院子前面是一垄菜畦。有条蛇形小路穿过堤岸通往运河，河边有一处用木石搭建的仅可供二三人驻足的小码头。这里便是吕小蒙的家。

一排三间房子。对着院门的一间有前门后门，中间摆着八仙桌凳。左右两间房子被隔成前后两半。东边前半部分是厨房，土灶、竹柜、水缸等凡厨房该有的东西这里大都齐备；吕小蒙的外婆住在后屋。吕小蒙的父母吕德全和陈志萍的卧室在西边前半部分，后屋是吕小蒙住。家什器具倒也不少，新旧都有，摆放得整整齐齐，擦拭得也干净——这都是因为屋里有个勤快人。

同乡下比起来，镇上人家的日子自然过得好些，但在那个年代也说不上有多富裕。吕德全在省城公交公司工作，陈志萍在集体所有制工厂上班，吕小蒙的舅舅陈志国时常给母亲寄钱，这家的经济条件在镇上算是比较好的。然而，从住房及家中陈设来看，也是普通。

要说有什么特别的地方，那就是他家的院子大，差不多有一百多平方米。当年吕小蒙的爷爷造屋的时候，有意选择在镇上稍偏一点儿的运河岸坡上。凭着对蒙城的了解，老人认为这地方迟早能与镇上连成片。趁当时没人在意，没人干涉，可以多占些土地。老人的聪明后来得到了验证。

院里有两棵树，一棵丹桂树，是吕小蒙的爷爷栽下的，有合抱粗了，花开时节，枝头上缀满黄灿灿的花骨朵，清香四逸，远近都可以闻到。另有一棵法国梧桐，这种树在城市里常见，乡镇就稀罕了，单是名字就洋气——那是吕德全从省城带回来的树苗，如今枝叶婆娑，高过屋顶了，除了秋冬时节落叶满地随风乱走，让人稍稍感到讨厌之外，夏天如盖的树冠带来的阴凉倒是蛮不错的。早晚一家人坐在树下吃饭纳凉，自在又惬意。

陈志萍在蒙城电缆厂做仓库保管员，她皮肤白皙，身材匀称，左眉间有颗小痣，在镇上也算个美人了。她难得说笑，只有丈夫从省城回来，才可见她活泛的神情。下班以后，陈志萍大多待在房间里，听收音机，收拾衣物，整理房间，翻翻书籍，有时也出来帮母亲做点儿家务，只是老人太能干了，可做的事也有限。家里需要什么，都是老人去置办，大大小小的家务活儿也都是老人来干。老人觉得只有这样才算尽到了责任。

老人原先住在蒙城乡下的陈家村。丈夫去世早，儿子在东北野战部队当副团长，娶了一位军医，在部队成了家；女儿嫁到镇上后，家里只剩她一人。亲家母意外去世，女婿在部队，因为心疼外孙，怜惜女儿，老人在吕小蒙两岁那年就搬到镇上来住了。老人性格直爽、说话响亮，行走如风、干活儿麻利，她来以后，吕家继续延续着早先平静而有规律的生活状态。

2

老人惦念老家，隔三岔五就要带外孙回村里。路上碰上熟悉的人，打个招呼也就过去了；若是遇见个沾亲带故的，就要停下来聊上好一会儿。这时候，吕小蒙就到旁边的田间沟渠里玩儿，只要不脱离外婆的视线，外婆是不会管他的。

老人在人家面前夸外孙，又叹息女婿不在家，女儿不管事，孩子不知不觉大了。人家就说："是你这个外婆照应得好，他小小年纪一脸福相，将来有出息的。"

老人眉开眼笑，说："果然这样，倒是没白疼了他。"

陈家村总共二十多户人家，七八十口人，出了一个副团长。逢年过节，上级来慰问，村人觉得光荣，老人也倍受尊重。回村，这个来探望，那家请吃饭，老人一概笑脸相迎，却是谁家的邀约也不应。她信佛，常年吃素，每次在侄儿家随便吃点儿就好了。饭后带外孙到村前村后的田头转转，看看庄稼，再到要好的人家去坐坐，去的多是陈明亮家。

陈明亮是村里的队长，他娘和吕小蒙的外婆要好。陈明亮有一个儿子叫陈国宝，比吕小蒙大两岁，个子没吕小蒙高，长得却结实，村里大大小小的孩子都跟他玩儿。别看是乡下孩子，骨子里却有一股志气，吕小蒙是镇上人，他就不正眼瞧他，也不带他玩儿。有一次，陈国宝和几个小伙伴“斗鸡”，吕小蒙也想加入。陈国宝说：“你别和我们玩儿。要是碰疼了你，或者你自己蹭破了皮，我们可担不起责。”

“小瞧人，我又不是豆腐做的。”吕小蒙白了他一眼。

“较量较量？”陈国宝咄咄逼人。

随即摆起了架势，稍稍过招，陈国宝便领教了吕小蒙的力量，又从他的目光里看到了一种气势，便高兴地把他介绍给同伴，任其参与到他们中来了。

捉迷藏、爬树、捅蜂窝、弹弓打鸟、打水仗……以前外婆看管，吕小蒙很少玩儿这些，如今猴子出笼——他东奔西跑、上蹿下跳，在田野里奔跑，爬上树大呼小叫；钻进草堆中，沾得一身草屑尘土；跳进沟塘里玩水……

有时他们也到田间河塘边采野豌豆、野菱角、茭白茎，爬到树上采枣子、杨梅、桑葚。杨梅、桑葚是他们爱吃的野食，酸酸的、甜甜的，浆汁溅得满嘴都是，他们全然不顾，还相互取笑。

有人提议去窑场。陈国宝表示赞同：“好，有些日子没去了，带小蒙过去玩儿玩儿。”

窑场离陈家村五六里地，在永丰河岸上，黏土用完，废弃多年。窑场上有几排堆放砖瓦的土墩，低洼处长满了或高或低的杂草，有的开着零星的花。孩子们来到这里后，立即就把这里当作了临时的战场，你追我打，东躲西藏。有人从暗处现身，架着一挺虚无的“机关枪”，“叭叭叭”，另外的人就假装遭到了伏击，顺势倒下，随即又起身投入“战斗”。一时间，“枪”声四起，人影窜动，尘土飞扬，乱成一团。

歇下来，有的躺在草地上仰望天空，有的背靠砖坯堆学鸟叫，有的晃来晃去胡乱哼唱。这片几近荒芜的地方，除了这帮孩子和家里临时需要几块砖瓦的村人之外，少有人来。

不远处的窑身像一只喇叭筒盖在地面上。有小道绕窑身蜿蜒通往窑顶，窑顶像在云层里。去那上头，一定很刺激吧！

“我们去窑顶。”吕小蒙大声说。

“你敢？”陈国宝想不到吕小蒙有这个胆。就是他第一次上，也是经过无数次胆战心惊和无数次鼓足勇气才实现的，伙伴中至今还有人不敢上去呢。

“你们不上，我上了啊！”吕小蒙一跃而起，跑了过去。

“上窑了！”陈国宝振臂一呼，孩子们纷纷跟过去。

有的说：“到底是镇上的，恁般厉害。”

有的说：“八成是吹牛，这么高的窑，他敢上去？”

那个起先不敢上去的孩子受到了鼓舞，也跟着上去了。

吕小蒙开始往上走。小道时宽时窄，不规则的台阶隐约可辨，宽处可两人行走，窄处却只容得一人，这样吕小蒙就一直处在领头的位置。行至半腰，小道渐渐逼仄陡峭，这时候只能匍匐前行了——就像挂在网上的蜘蛛，又像粘在帐上的蚊蝇，身子有些飘，腿有些发抖，前行的速度缓慢了下来，人人敛声屏气、小心翼翼。

老实说，吕小蒙有点儿发怵了，有点儿后悔了：自己刚才为何要鲁莽逞强？但转念想，他们敢上，自己倒怕了？可不能让人家笑话。他定定神，继续往上挪动。陈国宝对吕小蒙刮目相看了，别的孩子也都佩服他。那个没有登过窑顶的孩子落在后头，过分的惊恐和兴奋让他的面部变了形、变了色。

终于登上了窑顶。孩子们挨坐在三米见方的供窑工注水的平地。有人说："都说天上有神仙，怎么看不到啊？"

有人笑着说："我们就是啊！"

又有人说："神仙这么容易被我们看到？都藏在云层里了吧？你们看，这天上像不像一个迷宫？"

田野、村庄、河塘、小路、树林，一览无余，鸟儿在飞翔，农人在劳动。这样的画面，上来过的仍觉得奇妙新鲜，第一次登顶的吕小蒙和那个孩子更是如入梦境。

吕小蒙起身朝远方狂呼："喂——喂——我来了，我们来了，我们在这儿呢——"他忽然想，要是外婆知道他站在这里会怎么样呢？不过，他是不会告诉她的。

一个孩子指着蒙城方向说："小蒙，你家在那里吗？"其他孩子也把目光转过去。

"是的，在大河边上。"吕小蒙辨认着。

蒙城依稀可见，却无法看见吕小蒙的家。孩子们满足了，他们笃信身边的小英雄就住在那里的某一处。

起风了，凉意袭人，风势渐大。陈国宝说："待在这里不安全，我们下去吧，进窑洞，那里不怕风大。"

窑洞离地面约两米，吕小蒙爬上来时见过一个门，从那里可以瞥见里头。那时他的心思在登顶上，没有多看，也没有多想。

"小蒙，还是你在前面。"陈国宝说。

吕小蒙往下看。

陈国宝鼓励说："贴紧窑体，慢慢下移，眼睛别朝外看。"

吕小蒙一步一步地往下探。到了稍窄的地方，又只得贴着路面往下移动，这时，他下意识地朝外看了一眼——十几米深处就是河，河水清澈，深不见底，从这儿掉下去还能活命吗？他赶紧收回视线。陈国宝说得对，身子紧贴窑体，眼睛不朝外看，这样就踏实多了。

临近洞口，一个伙伴下来，拉他进了窑洞。洞内有一圈儿专供窑工干活儿的通道，他们从上面跳了下去。

孩子们陆续进来。

窑洞宽大而幽深。吕小蒙没有见过这么大的洞穴。想起连环画里的绿林英雄、梁山好汉，他有点儿恍惚——好像自己成了山大王，这里就是他的营地，这些孩子就是他的兵，听命于他，受他调遣。这个想法太有趣了，他哑然失笑。

乡下孩子玩儿起来，想象力是惊人的。残瓦断片、破绳枯枝都是他们的兵器。玩儿了一会儿，吕小蒙说："我们来摔跤吧。"

"摔跤是什么玩意儿？"有人问。

"就是摔跟头。"吕小蒙说。

"摔跟头谁不会啊！"伙伴们笑着说。不等吕小蒙说下去，大家一对一地张牙舞爪起来。

吕小蒙和陈国宝一对，碰撞了几下，陈国宝气喘吁吁，有些站立不稳了，吕小蒙倒显得轻松。陈国宝问他摔跤有什么诀窍，吕小蒙说给他听。原来摔跟头只是力气活儿，摔跤却有技巧。陈国宝问他是从哪里学来的。吕小蒙说："我们那里有小孩儿会的，看过几回，也就学会了。"

3

小学几年，吕小蒙除语文成绩尚可外，其他课程都马马虎虎。班干部、三好学生与他无缘。家里也不过问他的学习。在老人看来，小孩子该玩儿就玩儿，这么早管束起来，于心不忍。吕德全在省城，家里的事也顾不到。陈志萍不必说了，孩子的事她很少管。

吕小蒙学习上不怎么样，身体却拔节长。到了高年级，个头儿远远高于其他同学。他对体育表现出特别的兴趣，课余时间就去操场。篮球、乒乓球、单杠、双杠、跳高……在这里，他学到体育本领，又结识了几个玩伴。

但他极难得带他们到家里来。因为母亲有洁癖，外婆嗓门儿大。之前，伙伴们在他家里玩儿捉迷藏，把母亲的房间弄乱了，弄脏了。母亲回来后，一改平时的温和，大声呵斥这帮孩子，吕小蒙心有余悸。另外，外婆语气急、声音大，孩子们也容易被吓着。

一天，吕小蒙放学回家，做完作业，进入房间，躺在床上，望着蚊帐，想起父亲来。父亲有两三个月没回家了，难道他不想家吗？不想他和外婆吗？

吃过晚饭，在院子里纳凉。外婆说起旧事，吕小蒙坐在凳上仰望星空。星星朝他眨眼睛，他也朝星星眨眼睛，眨着眨着，眼皮子沉重起来。不见母亲，且外婆的话越发唠叨，吕小蒙溜回房间。

关灯，躺下。

吕小蒙很长时间没有睡着。母亲房里的灯还亮着，微弱的光线从墙体的几处裂缝透过来，看着这些微弱的光线，吕小蒙不知不觉睡着了。

4

放学回家，外婆告诉他，父亲就要回来了。吕小蒙很高兴。每次回来，父亲都会给他买吃的，当然也给外婆和母亲带东西。最主要的是父亲回来，家里就像过节一样，外婆乐呵呵的，母亲满面春风。

送消息过来的是吕德全的战友孙银成。

孙银成和吕德全是初高中同学，同一年当的兵。两个人性格、为人处世有别：吕德全热情，乐于助人，爱好文艺；孙银成沉稳，也可以说是比较“阴”——然而这并没有影响他们的友情。

孙银成复员后，在镇电缆厂供销科跑业务，没几年就当上了供销科科长、副厂长。老厂长退休后，他接替了老厂长的位置。吕德全入伍后，后来到汽车连当上了志愿兵，转业那年被省公交公司录用为公交车驾驶员。

孙银成去省城，吕德全回乡，他们都会聚到一起喝酒聊天，当然，也少不了老同学任志宏。

孙银成到外省出差，回来途经省城，想着要到关系单位办点儿事，就在那里下了车。要找的人不在，他打算到吕德全那儿住一晚，第二天再去。

孙银成喝酒，但不抽烟，与外界交往多了，早养成逢人先递烟的习惯，一来二去，就和省公交公司门卫张老头儿熟了。每次来，张老头儿都会告诉他吕德全几点下班。时间短，孙银成就在那里坐着聊聊天；若时间长，他就到周边街上转转，顺带着买些东西带回家。

张老头儿伸出头，指着里面的一幢大楼，笑眯眯地喊道：“孙厂长，去二楼工会，吕德全坐办公室了。”

“工会？办公室？”孙银成很是意外，他快步走过去，递上烟，大声问。

“是的，吕德全被调到工会了。”

这下确信了——吕德全干上了行政。吕德全口琴、二胡、快板书样样精通。参军后，部队准备安排他去宣传队，他不愿意，说想学点儿技术，回去好找工作。领导问他：“那你想干什么？”吕德全就说想去汽车连。领导爱才惜才，让吕德全如愿以偿地当上了汽车兵，并且一干就是八年，转业后，机缘巧合，他进入了省城。

张老头儿在以前闲聊时，曾告诉过孙银成，吕德全人好，同事请假，他主动加班。公司参加市里的文艺会演或者办联欢会，他积极参加演出，还是出色的组织者。他不但性格温和，待人热情，工作上还认真细致，驾驶技术过硬，乘客和领导对他都很满意，他年年被评为先进工作者和标兵。回乡探亲，领导多批给他几天假，他却提前归队。他觉得领导越是照顾，他越要自觉。吕德全在省城站稳脚跟，有了好前程，作为老乡和战友，孙银成也有面子。

二楼东边墙上挂着“工会”的牌子，孙银成一出现在窗前，吕德全就瞧见了，忙不迭迎出来，笑着说：“老兄，今天什么风把你吹来了？”

“东风哦！”孙银成大声说。以前每次来，吕德全也这样问，孙银成都开玩笑地说是东南西北风。

“你怎么知道我在这儿？”吕德全平静中透着激动。

“张老头儿告诉的。”接过吕德全倒的茶，孙银成在办公桌边的长凳上坐下来，“突然就高升了？”

“哪里高升了，换个岗位，差不多嘛。”吕德全自己也觉得说这话有点儿矫情，他同老朋友说了这次岗位调动，是工作性质改变了。

“你是干部了！”孙银成说，“这么大的好事，告诉家里了吗？”

“还没有。来了两个多月，又是参加培训，又是组织活动，刚有点儿闲，你就来了。”

“我来得不是时候吗？”孙银成开玩笑地说。

“正是时候，我要是在忙，就没有时间陪你了。”吕德全实话实说。

“快点儿告诉家里，让他们也替你高兴高兴。”

“我准备下个礼拜回去。”吕德全嘱咐道，“你别和志萍提我来工会的事。”

“为什么？”孙银成不解地问。

“我想给他们一个惊喜。”

“你啊，别怪我说，以前上那个班，也就算了，现在坐了办公室，有了固定节假日，应当多回家才是。”

“说得没错。这些年多亏有我妈在照顾家里。”吕德全嘴里的妈就是他的丈母娘。

“老人家真是少有的。”

到了下班时间。吕德全说：“走，到宿舍喝酒去。”

宿舍楼是公司自建的，专门安置单身职工，二人一间，家不在省城的单独一间。为方便妻儿来住，吕德全的宿舍里摆着大小两张床，孙银成有时候也来住。

刚开始，吕德全买酒买菜招待孙银成，后来孙银成提出由他来请客，理由很简单，这里比住旅馆自在多了，用住旅馆省下来的钱请客也是有效利用。吕德全不同意：老家人，又是战友，来了哪儿有不招待的，没有这个理。

孙银成说自己好歹也是厂长，出差有补助，住在吕德全这里省去住旅馆的钱，再说吕德全也是拿工资的。吕德全拗不过他，又过意不去，就提前在宿舍里准备了一些酒。孙银成来了，一个买菜，一个拿酒，孙银成了解吕德全的为人，也就只好随他去了。

半只盐水鸭、一袋花生米、一盒豆腐干，两个人喝开了。这时候有人敲门，随即门被推开。“孙厂长来了？”来人身材魁梧，声音洪亮。

“哎哟，李科长啊，快来坐。”吕德全含笑起身。

“听说德全这里有客人，我就猜到是孙厂长，特地过来打个招呼。”

李科长叫李大成，曾在陈志国所在部队服役，副营职转业，到省公交公司有些年头儿了。妻子是街道一家工厂的工人，两个孩子在公司子弟学校念书，他们家暂时也被安排在宿舍楼里。孙银成以前来，他们在一起喝过酒。孙银成说：“李科长，一起喝两杯。”

“今天不了，一会儿还要出去办点儿事。”李科长走动着，略有所思，“这次德全调到工会来，是公司破格提拔，不简单哪。”

“少不得有李科长帮忙。”孙银成说。

“孙厂长不了解我。我当这个科长是因为部队上的职务在那里。倒是德全，全是他自己努力得来的。以前陈团长对我很不错。我倒是有心帮德全，可一个科长起的作用终究有限。”

又说了些闲话，李科长就告辞了。吕德全和孙银成继续喝酒聊天，直到很晚才睡。

第二天，吃过早饭，吕德全上班去，孙银成办完事回到蒙城，把吕德全要回来的消息告诉了陈志萍。

5

吕德全去请假。领导问：“家里知道你来工会吗？”

吕德全说：“这次回去就知道了。”

“把你调到工会，是公司反复研究决定的。驾驶员不够，可以再招，工会工作得有合适的人来做。我们看过你在部队的档案，结合你在公司这几年的表现，认为你综合素质好，有能力，可以做好这份工作。”

领导当面这样肯定他，吕德全不住地摇头又不住地点头，说：“我一定努力工作，不辜负领导的信任。”

“李科长讲过你家里的情况，这次回去多待上几天。最近工会这边的事不太多了吧？”

吕德全心里热浪涌动，眼眶不争气地湿润起来，他连声道谢，唯恐在领导面前失态，赶紧退了出来。

吕德全处理完手头儿的工作，又去商店买了一些吃的用的，周末一大早就登上了回乡的列车。

省城距离蒙城有八十多公里，列车得开三个多小时。他寻着靠窗的座位坐下。

火车缓缓驶离省城，沿途那些熟悉的田园风光让吕德全感到亲切，他把头伸到窗外，呼吸着清新的空气，眼前这些熟悉的景色让归心似箭的他忘情陶醉。

吕德全的父亲是蒙城乡下人，中华人民共和国成立前在镇上一家私人油坊做工。他说话得体，做事稳当，店主放心他。一次，有个外地人与店主发生争执，那人野蛮骄横，没说上几句，就抄起木棍朝店主挥舞过去。吕德全的父亲眼疾手快，猛然扑过去，将那人死命抱住，使劲往门外推。那人气急败坏，将吕德全的父亲摔倒在门框上，顿时血流如注。那人见状也害怕了，夺门而逃，被围观的人群和闻讯赶来的警察拿下。经过抢救，吕德全的父亲总算捡回了一条命。店主感激他，也更加信任他，让他掌管店里的账。

后来，店主以低廉的价格将油坊盘给他，跟着在旧军队里任某师参谋长的儿子离开了蒙城。吕德全的父亲受伤痛折磨，无力继续经营，加之揣度时局，主动将油坊送给了政府。作为合理回报，政府让他享受公职人员的待遇，还特批他在镇上选址造房。他家从此迁居到了蒙城。

吕德全的父亲没过几年便离开了人世。吕德全高中毕业后，和孙银成一起参了军，到汽车连后的第三年和陈志萍结了婚。

陈家村离吕德全的老家近。陈志萍的母亲与吕德全的父亲是远房表兄妹。陈志萍的父亲去世后，吕德全的父亲力所能及地照顾表妹，两家的孩子也因此有了较多相处的机会。

一次，吕德全跟母亲去陈志萍家。母亲与陈志萍的娘聊得热乎，吕德全走到后院，陈志萍在石榴树下做功课。少女的脸被鲜艳的石榴花映照着，越发美丽动人。吕德全看痴了，想起了《红楼梦》里的姑娘们。他走过去，说："我家有本《红楼梦》，你想看吗？"

陈志萍站起身，笑着问："写的什么呀？"

"一句话两句话说不清，反正挺好看的。"

"那你借给我看看吧。"

第二天，这本书就到了陈志萍手里。

还书的时候，书页整洁，吕德全以为陈志萍没有认真看过，有些失落，很快就见到书里夹有几张纸条——上面抄录的全是书里的诗句。吕德全很高兴："这些都是你抄的？"又问："你喜欢这些诗，是吗？"

"不太懂，觉得有味，就抄了些。"陈志萍把纸条取出来，夹到课本里去了。

从此，他们见面时常常聊起《红楼梦》，在日渐增多的交往和交流过程中，二人渐渐生出情愫来。

陈志萍高中毕业时，吕德全到了部队。鸿雁传书，青春的热情鼓动着两个年轻人，相隔千里，心却越贴越紧。一个是振翅飞翔的英俊青年，一个是含苞待放的美丽姑娘；一个有说有笑，一个未语先羞。不必说双方家长有意成全，就是他们自己也有了那层意思。也不必拘泥请什么媒人，他们不知不觉就确立了恋爱关系。

吕小蒙两岁时，祖母突遇车祸身亡。接到家里电报，吕德全赶回来，满心含悲地料理完母亲的后事，想到以后家里的生活，吕德全茶饭不思，神思昏昏，对陈志萍说："妈不在了，孩子这么小，我放心不下家里呢。"

"妈突然就这样没了。你在部队干得好好的，这下如何是好？"陈志萍滚下泪来。

"我申请退伍吧。"吕德全掏出手绢，替妻子拭泪。

"好不容易到现在，说丢下就丢下，也不是个事儿，要不，让我妈来帮着照看小蒙吧。"

"也不知道妈愿不愿意来。"吕德全是了解岳母的，他忧愁地说。

夫妻俩下乡去，老人果然不愿意来，说住村里惯了，况且家里的自留地也丢不下。陈志萍说："妈，德全在部队，我要上班，孩子托人带我们又不放心，好歹辛苦您几年，等孩子大了，要是还住不惯，我们再送您回来。看在小外孙的分上，您就答应了吧。"

老人想了一下，摇头说："把小蒙送到我这里来吧，我来带他。"

"妈就忍心让我一个人住在镇上？"陈志萍带着哭腔说道。

这句话打动了老人。商量之后，由侄儿看护家里，自留地也让侄儿代种代收。几天之后，吕德全把丈母娘接到镇上，安置妥当后，回部队去了。

过了几年，吕德全接到转业通知。这时，省公交公司从部队转业的志愿兵中招募一批司机，吕德全报了名，经过考核，竟然被录用了，他梦幻般地成了省城国有企业的正式职工。

驾驶公交车不像在部队开车，需要翻山越岭，长途跋涉，但穿行在人流如织的马路上，也是极为考验人的。好在吕德全技术过硬，服务态度又好，很快适应了环境，胜任了工作。

发工资的日子，吕德全第一桩事就是给家里汇钱。钱汇出去了，他也踏实了。很多次，他梦见岳母、妻子和儿子，他们在蒙城生活得既体面又幸福。

想到这里，吕德全的脸上露出了一丝不易察觉的微笑。

临近中午，列车停靠在蒙城站。

6

蒙城站是个小站，铁路沿线少有在乡镇地界设站的，蒙城人因此得意：到底是"城"，与别处就是不一样。

站前是一个离地面一米多高的露天广场，三面有台阶上下。广场周边开设着几家茶水铺和杂货店。广场上，店铺内外，人头攒动、人语鼎沸。这里是蒙城一处热闹的地方。

广场正前方就是通往镇里的吕蒙大街，两旁树木成荫。在人群中，吕德全看到了一个熟悉的身影。

“志宏！”吕德全热情地呼喊。

那人转身，一脸惊喜地快步走来：“是你啊！德全。”

任志宏和吕德全、孙银成都是高中同学，现在蒙城担任镇党政办公室主任。

“出差去了？”

“参加润杨市一个写作培训班，待了三天。”

“都当主任了，还参加什么培训呀！”吕德全说笑起来。

“活到老，学到老啊——”任志宏也跟着说笑，“对了，两三个月没有回来了吧，工作很忙？”

“是的。”吕德全感动老同学这样准确地记挂着他。

“我也是事多。书记打电话给我，说县里最近有个重要会议，要准备几份材料，这个周末又得加班了。”

两个人边走边聊，到泰定桥边停了下来。吕德全说：“明天去你办公室，找你帮个忙。”

“什么事？”

“到时再说吧。”

任志宏摇摇头，笑着说：“又卖关子。”

任志宏住在桥南，两个人又聊了几句，就分开了。

吕德全往一街里面走。街上店铺不多，店家大都认识，吕德全手里提着东西，走了这么远的路，感觉沉甸甸的，他简短招呼，快步走过。

快到家时，吕德全放慢了脚步，他东瞧瞧，西望望——分明还是老样子，却怎么也看不够。院子里的树，像迎风招展的旗帜，强烈地吸引着他。家庭的温情、对岁月的感慨以及不断闪现出来的父母身影，让他有一种恍如隔世的感觉。

运河中央，有人站在船头朝他望，他也看船上人。刹那间的对视，从此天南地北，不再遇见，吕德全觉得人世间很多的遇见就是这样的无厘头。

他大步流星地朝家门走去，跨进了院子。

“妈！志萍！”听得出来，他非常激动。

“德全！”

“爸！”

屋里的人跑出来，欢喜地迎接他。

桌上摆着碗筷，家里显然准备吃午饭了。岳母让女婿歇一下，叫志萍跟她进了厨房：她要为女婿加道菜——葱炒鸡蛋。

吕德全拿了毛巾脸盆出来。吕小蒙跑向井台，利索地给父亲打水。

“上学吃力吗？”

“还……还好。”

“想爸爸吗？”

“当然，爸爸，你回来住几天啊？”

“这次多住几天，在家陪陪儿子。”

“真的？”吕小蒙半信半疑：以前父亲每次回来，可都是来去匆匆的。

陈志萍招呼吃饭了，父子俩回到屋里。

吕德全吃得有滋有味。岳母问："可口吗？"

"妈，好吃！"

陈志萍眉眼里全是柔情蜜意，看到吕德全的碗里所剩不多，她立即拿过去要给他再盛。

"少盛点儿，差不多饱了。"

陈志萍还是给他盛了大半碗。

吃完饭，吕德全站起身，摸着肚子说："好久没有吃这么多了，家里的饭菜就是香。"

吕德全从行李包里拿出一条"大桥"牌香烟递给岳母。岳父去世后，岳母学会了抽烟，只是抽得不多，也舍不得抽。岳母高高兴兴地收下了。吕德全又从包里拿出几包吃的来给岳母，老人留下一包麻饼、一包枣子、一包桃酥，剩余的塞给了陈志萍："我吃不了这么多，留给小蒙吧。"

陈志萍说："妈，您快收起来，我们有我们的。"

吕德全告诉岳母和妻子，他调到工会去了，工作性质也从工人转成了干部。陈志萍惊喜地问这是不是真的。岳母起先不知道工会是干什么的，听了吕德全的介绍后，笑中带泪地说："这下可太好了。"

看到岳母和妻子这样开心，吕德全也很开心。

吕小蒙上学去了，岳母出了门。陈志萍要去厂里请假，吕德全说："去上班吧，这次领导批了我一周的假，有的是时间。"

陈志萍娇嗔地说："那好，你在家里好好歇歇。"

丹桂树几根枝条垂下来，有些挡视线，根部又冒出一些新枝，吕德全拿工具去修剪。随风飘落的梧桐树叶已有不少，吕德全将落叶连同刚才修剪下来的乱枝打扫清理了一番，院子里又是一番新气象。

他走进卧室，坐在床沿，看着房间里的一切。床边的写字台上放着一台收音机，还有他带回来的各种杂志，《大众电影》《说说唱唱》《雨花》之类。看着空落落的大床，他想，结婚十多年了，夫妻聚少离多，在一起的时光屈指可数。这些年来，自己也不知道是怎么过来的，妻子不喜欢说话，又没有多少人可以交往，生活似乎单调乏味，她又是怎样过来的呢？

与儿子房间相隔的墙体有几道裂缝。当年结婚时，整个房间都是他们的新房，整洁又空洞。儿子出生后，先是和奶奶睡，后来和外婆睡。上学后，吕德全夫妇决定让儿子单独住，于是在他们的房间中央砌了一堵墙。到底不放心孩子，砌隔墙时没有封顶。这样看似一分为二了，却不隔音。孩子大了以后，改造隔墙的事他一直想着，却因为回来时间都很短，就给拖延下来了。这次回来，他要把这件事情办妥。

不知不觉，他睡着了。醒来时，夜幕已降。

7

陈志萍走进来，轻轻关上门，笑着压在他身上。吕德全抱住她，狠狠地亲她。由于太过于激动了，两个人的脸上都泛起了红潮。

“吃饭了！”外面传来老人的叫唤声。两个人同时泄了气，相互注视着，想笑又不敢笑。他们从床上爬起来，整理了一下衣服，走了出来。

吃过饭，吕德全说："我们上街去逛逛吧。"

老人说："你们去，我在家看门。"

吕小蒙也要去，老人说："你在家写作业，明天还要上课呢。"吕小蒙只能点头答应。

老人对女儿女婿说："早去早回。"

路灯已经开启，灼灼的亮光吸引了不少蚊虫飞舞其上。有些店家还在营业，熙熙攘攘的人影将路面压成了流动稠密的碎花，树叶挨挨挤挤，发出窸窸窣窣的声响；晚风清柔拂面，空气中夹杂着从糕饼果品店里散发出来的淡淡香味。蒙城的夜晚分明就是个小城市的夜晚。

吕德全想揽陈志萍的腰。

"给人看见了不好。"陈志萍拨开了丈夫的手。

"管他呢。"

"这里不是省城，没那么开放的。"

"我们难得在一起，又是晚上，顾忌这么多做什么？"

陈志萍笑了："等老了，就不怕了，有人会嚼舌头，还是注意点儿好。"

两个人不知不觉就将蒙城北岸的几条街走过了。来到大运河畔，看到四周没人，吕德全上前要抱陈志萍。陈志萍顺从地依偎在他怀里，问："这么长时间不回来，就不想家里？每天晚上，你怎么办？"

吕德全猜到陈志萍话里的意思，说："没有一天不想你，没有一天不想家，可没有办法呀，两班倒，不是想回来就可以回来的，好在有工作做，一天下来也挺累的，下了班，吃过饭，看会儿书，倒头也就睡着了。再说了，当过兵的，夫妻分居也习惯了。”

吕德全心旌摇曳，就要找她亲嘴。陈志萍忙推开他：“快走吧，有人来了。”

泰定桥上有不少人，有的摇着芭蕉扇依石栏而立，有的坐在石板上，有的围在一起高谈阔论。人语欢笑声从桥上飘下去，惹得过往的船夫仰面而望。

运河两岸，灯光明灭。水面像丝绸般光滑如脂。船只由远及近，由近及远，不知道来自哪里，又不知道驶向何方。船头将水面划出了大大的口子，随即又恢复了原状。

站在石栏边，吕德全说：“都说上有天堂，下有苏杭，我们蒙城虽小，也还不错，看看这夜景就有几分小苏杭的意味。”

陈志萍说：“你不在家，我不会到这里来，你这么说，有点儿像。”

回到家里，已经十点多钟。

吕德全把这次人事调动的来龙去脉说给妻子听，说以后逢年过节就可以回来了，又提到了修墙的事。

第二天一大早，吕德全又同岳母说起修墙的事。老人说，孩子大了，早就应该这样了。

他去镇政府找任志宏。任志宏说：“昨天卖的关子就是这事啊。”随即拿起了电话。不一会儿，一个工头模样的人走进来。任志宏对那人说：“这是我老同学，他家里有点儿活儿，你帮他处理一下。”

那人了解情况后，说：“任主任放心，这事包在我身上。”

那人跟吕德全回家，看看所需材料，又交代几句，就离开了。

很快，建筑材料被运来了。这天下午，陈志萍请假在家，和吕德全一起腾空了西面的房间。第二天上午，来了三个瓦工，随即开始施工。陈志萍看到杂乱有序的施工现场，想到内心的小秘密，就朝丈夫微微一笑，吕德全也心照不宣地朝妻子微微一笑。

其间任志宏来过家里，转了转，看了看，随后就同吕德全商量着，吕德全点头同意。

仅用了两天时间，隔墙就封好了，又来了两个油漆工将整个房舍的里外墙面粉刷了一遍。

吕德全同岳母、妻子商量说，这次志宏家出了力，过两天在家里弄些菜，请他过来吃顿饭，把孙银成也叫上。

两个人都说应该谢谢人家。

吕德全去镇政府找任志宏，没有见到，便去电缆厂找孙银成。刚走近厂长办公室，就传出来任志宏的声音。

“志宏在呢。”吕德全大步走进去，高兴地说。

任志宏走上前，也不说话，也无笑意，朝他胸膛就是一拳：“你这个家伙，长本事了，当了官也不吭声，还算兄弟吗？”

吕德全正疑惑任志宏的怪异行为，立刻明白了，笑着说：“肯定是银成给你说的。”

“你这不是拿我当外人吗？过分了啊！”任志宏假装生气地说。

“这次回来，我一门心思就想着把家里弄一弄，都忘记告诉你这件事了。”

“你就装吧。见了几次都不说，你真是沉得住气。”

“又不是成心瞒你，又何必瞒你呢？我真觉得那不算什么干部，就是一个做具体工作的普通人员。”

任志宏还要接话，孙银成止住了他，一本正经地说：“人到齐了，开个短会吧。中午我们请省城的吕干部喝酒，不知吕干部意下如何？”

“不跟你们扯了。”吕德全说，“刚才去政府没找见志宏，我就上这儿来了，既然志宏在这里，那就再好不过了。家里准备了饭菜，我过来请二位去吃饭，一则是谢谢志宏帮了我的大忙，二则是兄弟们聚一聚。”

“今天我们去饭店，我请客。”孙银成对任志宏说，“不过，德全家里我们还是要去一趟的，看看他家的房子，也看看老人家。”

“那是应该的。”任志宏应声道。

孙银成和任志宏要去百货公司买礼品，吕德全拦着：“这是做什么？平白让你们花钱。”

任志宏说：“又不是给你的。”

孙银成也说：“难得去看看老人家，带点儿东西不应该啊？”

吕德全摇头说：“一个是大厂长，一个是大主任，我说不过你们。”

三个人说笑着来到吕德全家。看到任志宏和孙银成来，老人很高兴：“快进来坐，午饭给你们准备好了。”

“阿姨，一会儿我们出去吃。德全当了干部，给他庆祝一下。”孙银成和任志宏把礼品递给老人。

老人说：“带上这么多东西，我老太婆又没有什么给你们的。”

“这是我们的心意。您老人家别和我们客气。”他们把礼品放在院子里的一张藤椅上。

吕德全带着二人看过房子，任志宏说：“老话说得没错，人靠衣装，佛靠金装，房屋也是这样，这么一弄，像样多了。”

吕德全对孙银成说：“本来只是想把房间重新隔一下，志宏说索性通通出出新，就听了他的。”

吕德全把材料款和工钱算好，给了任志宏。

当天夜里，夫妻俩躺在床上。隔墙封好，不需要再顾忌什么了。打开收音机，他们在舒缓优美的音乐旋律中尽情地享受着二人世界。

8

吕德全走后，母亲察觉女儿有了变化，那就是，她愿意说笑了。

女婿带回转岗任职的喜讯，又在老同学的帮助下把房屋整修一新。女婿更有出息了，这个家也更有盼头儿了。

从驾驶员转成行政人员，吕德全得心应手，说话走路，也渐渐有些干部派头儿了。

吕德全回蒙城的次数渐多，有时带陈志萍去省城住几天。他们好像又回到了年轻的时候。

进入初中后，语文老师将《中学生优秀作文选》借给吕小蒙看。吕小蒙把里面的新鲜成语和优美词语更多地用到作文中，又发挥了想象，几篇作文得到语文老师的表扬，被当作范文在同学们面前宣读。为了鼓励他，班主任听取了语文老师的意见，别出心裁地封了他一个作文课代表。升到高年级，换了班主任和语文老师，这个课代表也就不复存在。好在吕小蒙也没把它当回事。

他才十四五岁，却长成了翩翩少年。班主任注意到他，说：“吕小蒙，你来做体育课代表吧。”

他本来就有体育方面的特长。班主任满意，体育老师满意，同学们满意。

他只做了一个学期的课代表就被免了，理由是他参与打架。吕小蒙毫无愧色，他认为自己没有错。遇到有人打架，吕小蒙在围观的人群中冷眼观察，判定哪一方受到欺负，他就挺身而出。虽然他身材高大，但争斗起来未必是最强，尽管如此他也无所畏惧。遇到比他弱的，自然不在话下；遇到势均力敌的，他虚实结合，攻其不备；遇到比他更有力气的，他则下手凶猛。墙角处的砖石瓦块，他瞬间捡起来就掷，反应快的，逃之夭夭；反应慢的，就会看到石子呼啸而来，眼看就要落到身上，真正的落处却在自己的脚边。野蛮中有智慧，这正是吕小蒙厉害的地方。打斗的关键是在气势上压倒对方，让别人看到他的狠。人最怕狠，你狠了，对方就蔫了。也正是这样，与他交过手的，对他敬而远之；被他帮助过的人，把他当作靠山；那些在旁边观战的，也暗暗佩服，主动来结交的不少。久而久之，吕小蒙身边又聚集了一批新朋友。

吕小蒙无论是正经说话还是开玩笑，都颇具个性和魅力，有时像清风、雨露，有时像麦芒、针尖。和他的性格一样，能屈能伸，爱憎分明。

他的同学曾柯柯，父亲被调到蒙城当副书记，曾柯柯也跟过来了。曾柯柯成绩好，一口标准普通话，被选为班长。原先在吕小蒙身边挑唆的几个家伙找曾柯柯麻烦。有几次，从曾柯柯身边经过时，有人就故意推身边人，身边人顺势挤在曾柯柯身上，曾柯柯几近跌倒，这几个却一脸无辜，随即放肆大笑。因为是新来的，又不想惹事，曾柯柯总是忍气吞声，此后，虽尽可能想避开他们，却仍被他们算计。有人看不下去，反映到班主任那里，说吕小蒙欺负曾柯柯。班主任把吕小蒙叫去批评。吕小蒙辩解，班主任不听。吕小蒙感觉受了委屈，愤怒了，认为是曾柯柯告了恶状，从此不再理他。曾柯柯想：你指使人对我使坏，我又没说什么，你倒对我不理不睬了，好像我做错了什么，分明欺负我这个外来的。吕小蒙想：你曾柯柯身为班长，不把情况了解清楚，就去班主任那里告状，害我受气，我看不起你。

过了一段时间，吕小蒙了解到情况，原来是那些家伙背着他对曾柯柯使坏，是他误会曾柯柯了。他想再这样不理曾柯柯分明显得自己小气，也不是他的为人。外婆说，冤家宜解不宜结，况且这是个误会。

课间操后，吕小蒙爬到树上玩儿，远远看到曾柯柯进了厕所。上课铃响了，吕小蒙从树上滑下来，准备去教室。曾柯柯仍没有出来。吕小蒙立刻意识到了某种可能。他回头走进厕所，将身上带的几张手纸朝有人影的隔断的门底下塞进去，随即小步跑开。

里面正是曾柯柯。原来，曾柯柯刚才忘了带纸，正要起身，才发现这一窘况。正烦恼心焦，有人雪中送炭来了。他走出厕所，看到正往教学楼去的吕小蒙回头朝他笑，曾柯柯立刻明白了——刚才送纸的人是吕小蒙，于是对他又有了好感。

吕小蒙带同学到家里来了——这其中有吴桂松的儿子邹青云、郭爱年的儿子郭志勤，还有任志宏的儿子任华平。

邹青云的父亲吴桂松是苏北人，年少时在铁匠铺里做过伙计，懂点儿技术，颇肯出力，后来到了蒙城，在一家邹姓铁匠铺里做铁匠。邹家膝下无子，只有三个女儿，两个大的出嫁了。邹家老板看中吴桂松为人实在，就把三女儿邹美仙许配给了他。

中华人民共和国成立后，铁匠铺合并到公社农具厂。邹家铁匠铺在蒙城小有名气，公家就让吴桂松担任了一个车间的主任。吴桂松没有多少文化，他望子成龙，对儿子管教很严，可邹青云偏偏不喜欢上学。为躲避父亲的目光，邹青云把作业本摊在桌上，下面藏着他喜欢的玩意儿。父亲不在眼前，他就做小动作；父亲走近了，他就装出做作业的样子。

郭志勤的父亲郭爱年当过兵，在部队表现良好，很快就要提干了，却和附近村上的女孩子谈起恋爱，被取消了提干资格不说，还被安排退伍了。郭爱年一句怨言也没有，他知道部队的规矩，既然露馅了，理当承担后果。把姑娘带回蒙城时，他是坦然的，也是无悔的。他后来做了一间绸布店的经理。

他们生了两个女儿——郭志芳、郭志梅，以及最小的也是唯一的儿子郭志勤。郭志勤身子骨有些弱，经常受顽劣孩子的欺负。有一次被吕小蒙看到，对那些人说郭志勤是他的同学，让他们老实点儿，看谁敢动郭志勤一根毫毛。那些人悻悻离去，从此不再招惹郭志勤。郭志勤其实也不是省油的灯，他只是不想发作，当然，吕小蒙的仗义他也是心存感激的。

至于任华平，他并不是任志宏的亲儿子。任志宏高中毕业后，和同班同学钱翠花谈恋爱。对方成分不好，任志宏的父亲不同意，把他们拆散了。后来由父亲做主，他娶了一位远亲表妹，那姑娘长得倒还秀气，就是体弱，结婚不久就病死了。

钱翠花嫁到邻近乡下，生了一个儿子，谁承想丈夫与别人好上了，强逼着钱翠花离婚。好在钱翠花的公公婆婆明事理，责备儿子，护着儿媳妇，说想离婚就滚出这个家。那个男人果然就带着那个女人远走他乡了。

任志宏那时在乡里做通讯报道员，听说后，就想把钱翠花娶回来，于是就先和母亲说了。母亲是知道钱翠花的，知道她品貌端正、说话和气、做事稳妥，心里愿意，就和男人磨嘴皮子。三番五次，任志宏的父亲只好认了。

任华平刚进任家时，并没有姓任，也没有叫这个名。到了上学年龄，因为这对没有血缘关系的父子处得很好，无论是那家人还是现在这家人，都觉得换姓改名是理所当然的事，就改成了任华平。

任志宏后来和钱翠花又生了一个女儿，叫任华芳。任华平学习成绩一般，平时跟父亲学写字，脾气极好，总是笑眯眯的，偶尔还会学着爷爷奶奶的口气和神态说几句上代传下来的俚语格言惹人笑，大人小孩儿都喜欢他。

和这些人交往后，吕小蒙家里热闹了。不过，这也仍只是在外婆外出、母亲不在家的时候。

9

星期天上午，邹青云来找吕小蒙。正巧这天陈志萍厂里要加班，外婆买菜去了，吕小蒙就留邹青云在家里玩儿。梧桐树上有个很大的鸟巢，一个说，鸟就是有本事，可以在那么高的树上筑巢搭窝；一个说，上去看看，有鸟蛋就掏几个下来。鸟窝挂在树梢，他们爬到一个高处，试了几次，感觉危险，不敢往上爬了。两个人就坐在枝丫上望远方，大小街道、高低建筑，尽收眼底。

邹青云说："电影里那些儿童团在树上放哨，就像这样的吧？"

吕小蒙说："我才不做儿童团，要做就做侦察排长，不，侦察连长，那才叫神气呢。"正说着，老人提着篮子回来了，等他们看到，老人已进了院子。两个人在树上不敢下来。

外婆端出凳子，在树下择菜。邹青云尿急，憋不住，朝吕小蒙示意。吕小蒙明白，却无计可施。这时，外婆发话了："都下来吧，远远就看见你们了。"

两个人从树上下来。外婆说："这么大的孩子还尽淘气，就不怕从上面摔下来？"

邹青云叫了一声"外婆"，跑了出去。

吕小蒙说："外婆，这不算高，小时候我爬得可高了。"

外婆说："比这树还高？"吕小蒙就告诉她爬窑的事。外婆大为惊讶，大声斥责说："那上头你也敢上去？"

吕小蒙挠着头笑着说："我当时也是一时兴起，中途也害怕，不过，想起那次爬窑还是很有意思的，我是第一次爬得那么高，第一次看得那么远。"

外婆说："有个小孩儿从上面掉下来摔死了。"吕小蒙听了，就立即想到当年他在下窑时，看到深深河水的情景，不禁胆寒，就问外婆那窑还在不在。

外婆说："死了人，谁还去那儿？早推平了，又都种上了庄稼。国宝怎么能带你去那种地方？"吕小蒙说他们之前常去的。

"你也别在这里了，和青云出去玩儿吧。"老人朝门口望望，"青云走了？"

"外婆，我在这儿呢。"邹青云系着裤带走进来。他到外头撒尿去了。

外婆一边择菜，一边说："以前小蒙不带同学到家里来，我也不在意。家里冷清惯了。现在小蒙大了，应该有些朋友。"

两个人一副认真听的样子，又忍不住偷偷笑。

"我们找志勤去。"吕小蒙说。

郭志勤家在二街当中的一条小巷子里。郭家祖上是湖北人，不知道哪年迁来蒙城的。这户人家人丁兴旺，子孙繁多。据说，二街的那座电影院就是在郭家的老宅基地上修建的，可以想象他家过去也显赫过。后来，郭家子孙大都迁居到外地，祖屋或卖或拆，留在蒙城的本姓人家已经很少。

郭志勤的爷爷是账房先生，一世算盘打得猴精。他分到的房产是二街里头的两间两层木质楼房。老先生娶了大小两个老婆，大老婆早早死去，小老婆又偏偏生不出孩子，他也是命中无子，到了中年，只好收了外地人家的一个遗腹子作为养子，起名郭爱年。孩子长大了，模样好，又聪明，倒有几分像郭家人，老先生供他读书到高中。

郭爱年比吕德全他们早几年到部队。带着一个外地姑娘退伍回到蒙城，老先生又恼又怒，却也奈何不了。郭爱年夫妇生下一个儿子，郭家有后了，这是天大的福音，老先生转怒为喜，视孙儿为心肝宝贝。

郭志勤幼小时长得瘦弱，家里给他补这补那，却不见效果，个子有了，却像竹竿儿似的。老先生哀叹，小东西日后难成栋梁了，郭家还是无望了。

郭志勤看到吕小蒙他们来很高兴："来得正好，我正闷着呢。下午去看场电影吧，来了几部新片子。"

电影院的人同郭志勤的父亲熟悉，当然也认识郭志勤。郭志勤每次去或带几个同伴去，都从边门进去，里面的人看到了也都不管不问。

他们约定下午一起来看电影。

这是一部外国电影。他们本来就对外国电影兴趣不大，放映到一半，就都跑出来了。

吕小蒙说："天色还早，我们到乡下去玩儿吧。"

说是乡下，其实就是蒙城的周边。从二街朝西走，来到了野外，这里是田地、沟渠、河塘和树林，远处看得见几个村庄。麦苗青青，柳树枝条吐出了新芽，几条小狗在田沟里奔跑。

他们在草地上躺下来。

天空蔚蓝，鸟儿飞翔，耳边传来清脆的鸟鸣声。郭志勤说："还是乡下好，陶渊明的《桃花源记》有些玄虚不真实，还是这里的乡村有人间气象。”

邹青云撇撇嘴：“蒙城就是城了？不一样也是乡下，一样有养鸡养鸭养猪的，一样有种地种菜的。”

郭志勤听到邹青云在同他磨牙，就说：“是的，蒙城也只是一个小镇，也是乡下，小蒙爸爸待的那个地方才是城市呢。”

吕小蒙说：“丹凤县城也不算？润杨市里也不算？”

“你这是同我抬杠，镇上和乡下差不多，无非是多几条街，多些人。别瞧不起乡下人。”邹青云的祖上是苏北的，心里有结，他这话倒不是针对郭志勤。

郭志勤想起自己的母亲也是外地人，觉得这样纠缠下去没有意思，也就不说话了。

吕小蒙过来打圆场：“蒙城像城市，也像乡村。说起来，蒙城镇上有几个不是从乡下出来的？”他转移话题说起小时候去外婆村里和小伙伴玩儿的经历，又提到那次爬砖瓦窑顶的壮举，说：“外婆说爬树危险，我们那时爬窑才叫危险呢。”

“那叫无知者无畏。”郭志勤说。

“想想也是。”吕小蒙爽快地承认了郭志勤的说法。

邹青云说：“我就不怕，哪天你带我去，看我敢不敢上。”

“现在去爬就不稀奇了，我们那时才多大？不过那个窑场早就没有了。”吕小蒙把外婆的话说了一遍。

吕小蒙又提到陈国宝，说好多年没见到他，也不知道他现在怎么样了。

过了一会儿，吕小蒙说：“小时候盼着长大，长大了却不好玩儿了。今天和青云爬树，别怪外婆说，就是我也觉得难为情，还是不要长大的好。”

“你爸在省城当干部，以后我们都要争取当干部。整天想着玩儿，没出息。”郭志勤说。

吕小蒙说：“当干部有什么好？我就不想当干部，真怀念小时候。”

他们东一句西一句地说着，不觉忘记了时间。

邹青云看看天色，站起来，拍拍身上的尘屑，感叹说：“旧时光再好，终究回不去了，我们该回家了。”

吕小蒙和郭志勤恍然说：“尽顾着聊天了，我们走吧。”

10

一个偶然的机缘，吕小蒙认识了一个女孩子，她叫孙春英。孙春英身材娇小，肤如凝脂，穿着时尚，一头秀发流水般泻在肩膀上。她从镇南小学毕业后，升入蒙城初中，与吕小蒙成了同班同学。孙春英坐在最前排，吕小蒙坐在最后面。两个人的个子、性格实在悬殊迥异。

孙春英不和异性说话，也很少和同性说话，难得说上几句，也不正视对方，很害羞的样子，也可以说很傲慢的样子。

课间休息时，孙春英除了上卫生间，就安静地坐在座位上预习功课，或者看书，或者伏案小憩。即便走出教室，她也是安静地站在某个地方。由于太过安静了，很容易让人忽视她的存在。

星期五下午，下起大雨。放学时，雨势有所减弱，同学们急急回家。这天轮到吕小蒙和任华平值日，他们照常各自打扫教室的一侧。过夹道时，吕小蒙不小心将孙春英的课桌挤倒，抽屉里的东西撒落了一地。吕小蒙忙扶起课桌，地上的一本日记本让他眼睛一亮。他拾起来，想翻看，又不好意思，犹豫了一下，还是塞进了抽屉。打扫完教室，吕小蒙叫任华平先走——他还惦念着那本日记本。

任华平想问他什么，到底没有问，走了。吕小蒙朝外望望，又到走廊逗留了一会儿，确定无人后，才走进教室，从孙春英的抽屉里掏出日记本。

漂亮的日记本、漂亮的字体，让吕小蒙产生了奇妙的感觉，好像溜进了孙春英的闺房，听到了她的声音，看到了她的一颦一笑。继续翻下去时，他失望了。日记本上所记抄的内容平淡、琐碎，甚至可以说是杂乱，无非是名言警句和一些数学化学公式。就在吕小蒙准备结束这次偷阅行为时，一段文字引起了他的注意：

> 最近看《红楼梦》，读到林黛玉葬花，很为她心痛。林黛玉在大观园里的生活，衣食是不愁的，有那么多的书可以看，贾宝玉又是那样体贴关心她、照理她，应该快乐才是。可她总是多愁善感，周围的人怜惜她、爱她，却少有人敢招惹她。我也怨她的不合群，却因为她的才情，总愿意她开开心心的。读到这一段，我觉得，如果生活中真有人像林黛玉，我是帮不到她的，因为我也常常感到寂寞，却宁愿什么也不说，任凭时光就这样一点点过去……

吕小蒙被打动了。《红楼梦》他家有，他看过，里面的人物情节他有印象。没想到孙春英也看过这本书，还写下了这极富感情、极有情致的读后感。

吕小蒙想：这是怎样的一个女孩子啊，平时不吭声，却是这样多思多情。

天色暗下来，他想把日记本带回去——也许还有什么私密呢。但想到，一旦被人发现，孙春英生气不说，就是班上的同学也会瞧不起他。

他手揣着日记本，静静地坐在那儿，许久，他才恋恋不舍地把日记本放回原处。

这天晚上，吕小蒙辗转反侧，难以入眠。

他想起孙春英的父亲孙银成，想到和孙春英成为同学的这一年多时光。

小时候，吕小蒙去过孙春英家。孙春英家在镇南的圣旨巷里。传说当年皇帝下江南，途经蒙城，心血来潮，命跟随官员登岸，找几户人家来，他要亲自垂询体察民情，其中就有孙家祖上。

孙家这位先人读过私塾，早年也是见过世面的，早已听说有皇帝南巡之举，各地闻风而动，兴师动众，他却是一副事不关己的漠然态度。忽闻街面雷动，有人来家命他上船问话，他便猜知一二。他镇定自若，款款上船，见到皇帝，不卑不亢，就像和故友知交叙谈一样。皇帝一路过来，见到的净是阿谀奉承之辈，眼前这位乡野草民竟有如此从容风度，龙颜大悦，赐匾一块，上书“礼尚无名”。从此，孙家闻名遐迩。

他家祖先居住的这条街被后人叫作圣旨街，其实这与皇帝并无干系，既无皇帝口谕手谕，又不见任何史料记载，是某代的好事者攀附权贵，刻意逢迎，大胆杜撰出来的，好在历代官家也出于同样心理，并无追究。

孙家后人如同镇北二街上的郭家后人一样，不少举家外迁，有的进入城市，有的移居国外，只有少数几户族人还留在蒙城。

吕小蒙跟父亲去孙家时，没有见到后来成为他同学的孙春英。大人们在屋里谈天说地，他就在天井里和小狗小猫玩儿。

吕小蒙后来再也没有去过孙家。做了一年的同学，两个人没有说过一句话，虽然知道她的父亲是孙银成。

11

吕小蒙越过一排排同学，将视线驻留在孙春英那里——就到那里为止，就像在篮球场上投的三分球，瞄准篮筐，扔一个，再扔一个……

吕小蒙发现了“秘密”：每天放学，孙春英都去学校图书室。这下他也去图书室。虽然感到滑稽好笑，可一想到孙春英在那里，他就义无反顾了。这天，看到孙春英进了图书室，吕小蒙在教室磨蹭了好一会儿才走过去。

图书室在东面的一排平房里。这排房子不作教学用途，是学校的荣誉室、体育器材室、图书室，还有一间是图书室管理员张老师的宿舍。吕小蒙对这排房子是熟悉的，他经常出入体育器材室，却从来没有到过图书室，就是从门前经过，也很少朝里面看。现在不同了，图书室有孙春英。

图书室共有三间房子，外面一间是报刊阅览室，三面靠墙的地方，摆着好几个报刊架，常听说的报纸这儿都有，每天更新。屋子中央是一张长桌。中间那间是图书阅览室，不需要办理任何借阅手续，不过看过就得还。最里面的那间是图书贮藏室，四面环墙都是七八层高的书架，中间还有两排矮一点儿的书架，学生可以凭借阅证登记借出。

走进报刊阅览室，吕小蒙没有看到孙春英。他想进里间去，又觉得贸然，就取下一个报夹，在空位上坐了下来，装模作样翻看着，耳朵却伸到隔壁房间。阅览室真安静，仿佛能听见自己怦怦的心跳声，吕小蒙心猿意马了。他把报纸翻来翻去，弄出声响，旁边的人注意他了，朝他看，他只好又安静下来。这时候，他看到了报纸上有任志宏的名字。

这是任志宏写的一篇报道，说的是蒙城绣品厂接到一宗外贸大单，赚取了外汇，为本县做出了贡献。吕小蒙想：怎么没有写蒙城电缆厂呢？任志宏和孙银成不是好朋友吗？随即笑话自己为什么会有这样的奇怪想法。

看完报道，他的心思又转向了孙春英。她在读什么书呢？要是她读的书，他也有兴趣，两个人不就有共同语言了吗？到时候还需要担心找不到套近乎的理由吗？

这时，曾柯柯走进来。也许是没想到吕小蒙会在这儿，他愣了一下，轻声招呼道：“小蒙，你也在这儿？”

吕小蒙有些尴尬，站起身，掩饰道：“我过来看看报纸。”

曾柯柯对他笑了笑，举着手里的几本书："我来还书。"说完就要往里边走。

"你等一下，我陪你一道去。"吕小蒙说。

走入里间，吕小蒙就看到孙春英坐在那里。

曾柯柯把书摞在桌子上，走到孙春英身边问："你在看什么呢？"

孙春英微笑地把书翻过来，是叶永烈的《小灵通漫游未来》。孙春英也看到了吕小蒙，她不好意思地示意曾柯柯说："你快进去借书吧。"

曾柯柯"嗯"了一声，和吕小蒙走进了图书贮藏室。张老师正在整理书籍，曾柯柯恭敬地叫了一声"张老师"。

张老师对曾柯柯说："你先看看，喜欢什么挑出来，等会儿一起登记。"

曾柯柯手里的书是《钢铁是怎样炼成的》《母亲》和《欧阳海之歌》。

吕小蒙没有来过图书室，但张老师看过他打篮球，这小家伙个子高，步法灵活，传球、运球、投球有模有样。

"你也是来借书的？"张老师问吕小蒙。

"我没有借阅证，陪曾柯柯来的。"

"没关系，想看什么书先拿，补办下手续就行了。"

曾柯柯又借出两本书——《创业史》和《美的教育》。吕小蒙抽出一本封面和书页都有点儿发黄的《茶花女》："就这本吧。"

茶花女，这名字吸引他。

从图书贮藏室出来，曾柯柯没有同孙春英再说什么。曾柯柯和吕小蒙两个人径直离开了。

晚上，吕小蒙翻看《茶花女》。都是些什么人名啊，那么拗口，哪里记得住？又翻了几页，终于扔到了一边。睡不着，又拿过来看。他读序言。以前看书，他是很少看序言、后记这些的，他只对故事本身有兴趣。这次，书读不下去，他就想从序言里了解一点儿内容。

读了几段，吕小蒙肃然了。书的作者叫小仲马，他的父亲大仲马也是作家，母亲是裁缝，被大仲马诱惑，生下了小仲马。小仲马从小生活在一个非正常状态的家庭里，敏感而正直。为什么他要写一个“社交”女呢，而且还把她称为茶花女？茶花怎么能和“社交”女联系起来？这个名叫玛格丽特的女人，年纪轻轻就死了。阿尔芒那么英俊的富家子弟，为什么要追求她呢？

吕小蒙硬着头皮读起这本书来。

差不多用了小半夜的时间，吕小蒙终于看完了。文字这东西真是不可思议，明知道是小说家杜撰出来的，怎么能这样打动他？如果他是阿尔芒，他会爱上玛格丽特吗？他想不出来，但他知道，如果碰到玛格丽特，他也会帮她的。至于为什么，那就说不清了。

孙春英读过《红楼梦》，她有没有读过《茶花女》？白天她和曾柯柯那样自然亲近，他们什么时候有联系的？难道之前孙春英的矜持都是装出来的？

12

吕小蒙想弄清楚孙春英和曾柯柯之间到底是什么情况。

孙春英见到吕小蒙，微微一笑，低头看书了。

曾柯柯隔三岔五就来还书、借书，和孙春英说话，很是自然，看不出他们之间有逾越同学关系的地方。

吕小蒙的注意力在孙春英那里，不但孙春英感觉到了，张老师也看出了端倪。

张老师是上海人，重点高中毕业，考入北京大学，一场恋爱让他受到了刺激，最终拿到了一张结业证书，并像一只断了线的风筝，飘落到了丹凤县一所农村中学。在那里，他和一个女知青结了婚，生了儿子，后来又被调来蒙城中学。学校考虑到他的情况，也是照顾他，让他管理图书室，又将图书室旁边的一间房子给他当宿舍。张老师的妻儿留在原地。张老师周末骑自行车回那里去，妻儿却是难得来。

张老师高个子、白皮肤、国字脸，篮球打得好。他不苟言笑，可若是有他感兴趣的话题，却也是言语滔滔。他的声音有磁性，一口上海普通话，与乡镇老师到底有区别。

放学铃响后，学生们陆续到这里来。等外间的学生们落座后，他就到里间为别的学生办理书籍借阅手续。

张老师起初没在意吕小蒙，后来察觉到他不认真阅读，总把目光落在孙春英那里，时间长了，心里就有数了。

这不好。庄稼地里长出来的杂草如果不及时除掉，就会影响庄稼的生长。如果不立即阻止吕小蒙，就有可能惊动孙春英，这样不但害了孙春英，也害了吕小蒙自己。

张老师把吕小蒙留下来，同他谈。他从自己谈起。他说，他的父母都是上海某大学的教授，四个兄弟姐妹也都是名牌大学毕业，现在，兄弟姐妹在不同的几个大城市工作，独他一个人待在了乡间。命运这东西，真是不可言说，人定一半，由天定一半，比如他，就因为执着于一件事、一个人，弄到现在这个样子，他实在不希望别人走他的路。

张老师把吕小蒙领进旁边的住所，从床底下的箱子中取出一张女生相片。他说："这就是我大学里的女朋友，也是我大学里的同班同学，一个北方城市姑娘。我喜欢她，追求她，女同学答应了我，但不久就出现了第三者——她的同乡。女同学谁也不愿意放手，就在我们之间周旋，我们也都为她痴迷。后来她露了馅，那个男生决然地退出了。就在我心怀不甘又别无选择地准备接受这个并不完美的果实时，女孩儿却因病离世了。这件事让我无法正常学习，后来还发生了影响到他人的行为。我被学校强制送到医院，诊断为轻度神经性疾病。经过治疗，病情得到控制，但留下了后遗症，有时心神不宁、夜不能寐，就得吃镇定药和安眠药。"

吕小蒙听了，觉得张老师的故事既惊心又荒唐，这同他有什么关系呢？不过，张老师这么信任他，把自己的事说给他听，他也要和张老师说说心里话。吕小蒙说："我确实是冲着孙春英来的，前段时间，我无意中偷看过她的日记，就喜欢她了。"

张老师笑着说："学校明令禁止学生谈恋爱，你不知道吗？"

吕小蒙不服气地说："这算什么谈恋爱？再说了，男女同学之间就没有纯洁的友谊了？"

"关键是，现在是上学的年纪，把心思放在学习上，以后长大了，有了前程，就什么都有了。"

"我只是跟你说说我的心思，又没有真的怎么样。"吕小蒙忽然想到了他之前读过的书，说，"张老师，《茶花女》里面的阿尔芒和玛格丽特，他们之间是爱情吗？"

张老师一愣，没想到这家伙把这本书读进去了。他沉思了一会儿，说："什么是爱情，我到今天也没有搞清，甚至可以说越来越糊涂了。当年在大学读了几本爱情诗集，就自认为懂得爱情了，为了所谓的爱情可以什么都不顾，结果酿成了苦果。"

"张老师，我对孙春英只是有一种莫名其妙的感觉，她爸爸和我爸爸是老同学、老朋友，我不会胡来的。"

张老师又从箱子里拿出一本影集，里面有他的相片，有他家人的相片，特别是几张他穿着印有"北京大学"背心的相片，令吕小蒙眼热、心动。他好像看到了张老师当年的矫健身影、青年风采。

张老师说："运动也是一种生活方式，现在我没事打打球、看看书，什么也不去想，生活风平浪静。你还小，要珍惜美好的读书时光，不要再去想那些无谓的事了。"

吕小蒙忍不住突兀地问："张老师，怎么不见你家里人来呀？"

张老师笑了："我家里的情况比较复杂，我懒得去想、去说。你还小，长大了就会知道，人生最关键的是要走好第一步。

老师是北大的，照说智商不低吧，照说情商也不低吧？可是，当跌落到生活的旋涡中，不能自拔又无人施救、无人指引时，我被碰得晕头转向，甚至头破血流，剩下的日子就是一地鸡毛了。”

吕小蒙听了，一脸茫然，不知如何接话。

“看看，我刚才都同你说了什么？胡言乱语了吧？可见，人生很难有真正的导师，每个人的道路要自己去选择，自己去走。总之一句话，我以我的教训劝你，以后来图书室可以，为了一个女同学就不必来了，只能徒增烦恼。”

吕小蒙感激张老师的好意相劝，也觉得之前的念头确实可笑。他答应张老师，以后什么也不想了。

他回到了从前，又自信从容、潇洒骄傲起来。这时候，孙春英反倒主动来同他说话了，并且向他推荐自己看过的书。

学校举行运动会了，吕小蒙又有了用武之地。长跑、短跑、举重、跳高、掷铁饼……只要他想拿名次，就能拿到。当然，团体的就靠他了。

吕小蒙可不想一个人拿那么多奖状，有意思吗？差不多就行了。邹青云的铁饼掷得不错，何必与他争？郭志勤腿长，跳高还可以，就让他去拿个奖吧。至于篮球比赛、800米跑接力赛等，他可就得全力以赴了，这关系到班级的荣誉。班级有了荣誉，再笨的人都知道主要是吕小蒙的功劳。

运动会期间，学校放假两天。运动员都全身心投入比赛，曾柯柯也没闲着，他和其他同学承担起了后勤保障和啦啦队的工作。

张老师照例是篮球比赛的裁判。

因为有了“私交”，张老师和吕小蒙也就有了默契，又因为张老师家在上海，吕小蒙的父亲在省城工作，更有一层说不出来的亲密关系。篮球比赛时，张老师的裁判风格遭到了质疑，他对吕小蒙太过了。事实上，有了张老师的鼓励，吕小蒙的球技得到了淋漓尽致的发挥。比赛结果毫无悬念，吕小蒙所在的队以压倒性的比分完胜。

想拿的奖都拿到了，吕小蒙心满意足。让他意外和高兴的是，在比赛过程中，多次看到孙春英在旁边为他呐喊加油。

这让他觉得孙春英是纯洁的，是可以当作好朋友的。

吕小蒙在比赛场上的表现，也让张老师看到了自己当年的影子，他和吕小蒙走得更近了。

学校组织师生参加开挖河道的劳动。给张老师装土时，一位老师开玩笑地说："张老师，给你多装点儿呢，还是少装点儿？"

张老师不假思索地说："人的本性总是想少装点儿呗！"

旁边的人哄堂大笑，吕小蒙也笑了，他觉得一向严肃的张老师也有幽默的时候，他也是一个纯洁的人。

13

老人做好晚饭，不见外孙，就问女儿："小蒙还没回来？"

"今天他值日？"陈志萍看看天色说，"也早该回来了。"

老人看了看挂历，说："他是星期五值日啊。"

"留在学校打球了？"

老人不再言语。天越来越黑，老人终于焦躁起来。

“我去学校看看。”老人解下围裙出去了。陈志萍想叫住她，自己去，却已不见了母亲的身影。学校离家五里多地，老人赶到时，学校里空空如也，问门卫有没有看到吕小蒙，门卫说一放学就看见他离开了。老人又问和谁一起走的。门卫说和铁匠家的儿子一起走的。老人想，这孩子准是到邹青云家去玩儿了，转身便往邹青云家赶去。

远远看见老人急匆匆走来，吴桂松忙迎上前去：“这不是小蒙的外婆嘛。”

老人气喘吁吁地问：“青云呢？看到小蒙了吗？”

吴桂松的妻子闻声出门，热情招呼老人：“我们家青云在呢，怎么了？”

外婆慌了，大步进屋，对正朝她走来的邹青云问道：“小蒙到现在没有回家，我去过学校，门卫说和你一起回来的，小蒙呢？”

邹青云显然知道情况，他欲言又止。外婆急了：“好孩子，快告诉我，小蒙在哪儿？”

吴桂松和妻子也追问儿子：“小蒙去哪儿了？”

邹青云很为难的样子，迟疑半晌说：“外婆，我知道小蒙在哪里，可我不能说。我现在就去找他。”

邹青云的话让大家放心了许多。老人要邹青云带她去，邹青云不肯：“外婆，您先回去，我肯定把小蒙找回来。”说完，一溜烟跑了。

母亲在后面喊道：“快点儿回来啊，家里等你吃饭呢！”

吕小蒙差不多是和外婆同时回到家的。

看到小蒙，老人几乎瘫倒了，吕小蒙和邹青云慌忙上前扶住。吕小蒙知道自己闯了祸，急得涨红了脸：“外婆，我错了，以后不这样了。”

邹青云也说：“外婆您别生气了，小蒙他不是故意的。”

陈志萍责怪儿子道：“回来得这么晚，事前也不和家里说一声。”

吕小蒙说：“临时有事，没有注意时间。”

他转身对邹青云说：“你快回去吧，别让叔叔婶婶再找过来。”

老人盯着吕小蒙不说话，脸色铁青，这让吕小蒙和陈志萍感到害怕。突然，老人泪流满面，哭出声来。陈志萍看到母亲哭得伤心，也流下泪来，她一面劝慰母亲，一面狠狠地瞪着吕小蒙。老人又哭了一场，才渐渐平静下来，她拉着吕小蒙的手说：“讨债鬼，你这是要外婆的命啊！你要是有个三长两短，让我老太婆怎么活啊！”

吕小蒙也哭了，他后悔极了。陈志萍觉得，儿子现在不能让家人省心了。小时候，他淘气归淘气，总在母亲和她的眼皮底下，长大了，心思重了，真叫人操心。

草草吃过饭，陈志萍去厨房收拾，吕小蒙送外婆回房间。

服侍外婆躺下。看得出来，外婆很想知道他放学后去哪儿了，但他不能说，又不想骗外婆，沉默良久，喃喃地说：“外婆，我像是会做坏事的人吗？以后我一定早点儿回家。”

“好孩子，外婆相信你，回你房间去吧，我也累了。”

陈志萍走进吕小蒙的房间，吕小蒙躺在床上，像是在想心事。陈志萍想说什么，终究没有说，正准备走开，吕小蒙说话了："妈，我没有做坏事，我只是想去挣点儿钱。"

陈志萍听了这句话，便坐了下来，温和地看着儿子说："小蒙啊，妈对你关心不够。你长到这么大，外婆可是在你身上倾注了心血，可不能惹外婆生气。"陈志萍又说："马上要念初三了，心思该用到学习上，将来从事一份好工作，还怕挣不到钱？再说你要钱做什么？要钱，同我们说一声，我们不给你？"

吕小蒙没有吱声，过了一会儿，抬头对母亲说："妈，我知道了。"

"你要多少钱？"陈志萍问。

"不要了。"

"早点儿睡吧。"陈志萍没有再说什么。

陈志萍走到母亲的房间，母亲还躺在那里。陈志萍坐在床沿上说："妈，孩子总是要长大的，今后走什么路吃什么饭，都是命中注定的。他跟我说他想挣钱，我没有追问他。现在的孩子不像我们以前了，想到什么，都想尝试，过了一阵子，也许又改变想法了。妈，你要照顾好自己，伤了身体，我和小蒙罪过就大了，哥哥那里更是没法儿交代。小蒙到底是什么情况，明天我去问问青云，他应当知道的。德全的工作好了，家里的日子更好了，以后我会多做点儿家务，您也好省点儿心、省点儿力。"

听了女儿的话，老人又是笑，又是哭："孩子是我带大的，又是吕家的独苗，可不敢有一点儿闪失啊，以后得好好管管他了。万一走错道，可就毁了他一辈子！"

陈志萍点头道："妈，我们要相信小蒙。"

14

晚上，吕小蒙久久睡不着，他想了很多很多。

爷爷和外公很早就去世了，他两岁时，奶奶也去世了。自那时起，他就和外婆生活在一起。母亲是个不善理家持家的大孩子，父亲常年在外，外婆的全部精力都用在这个家上了。十多年的朝夕相处，祖孙俩有很深的感情。外婆坚贞果敢、勤快节俭、持家有道，她的性格品德潜移默化地影响了他。对于外婆，小蒙既敬她，又怕她。

前段时间，张老师的妻子提出离婚，张老师的精神再次受到刺激，老毛病又犯了，上海的家人接他回去治疗，学校图书室暂时关闭。事实上，张老师早已成了吕小蒙的良师益友，一旦见不到，他就不习惯。下了课，他在图书室的走道里来回走；放了学，他到操场去，却再也没有像往常那样的好兴致。

要是张老师是省城人就好了，到父亲那儿就可以去看他。可张老师是上海人，而且不知道他家的地址；就是知道，又怎么去呢？上海那么远，路费不会便宜，问外婆要，外婆就是愿意给，也不会同意他去，谁会放心自家的孩子贸然去一个陌生的大城市呢？吕小蒙百无聊赖，上课走神，学习成绩下滑。

班主任找到他：“小蒙，你最近的情绪不对，是不是在想张老师？张老师对你不错，他这次回上海是去治病，治好了自然就回来了。你学习受影响，张老师知道了会不高兴的。还有一年就要中考了，你可不能掉队。”

这话听上去像是张老师说的话。吕小蒙认真听课了，认真做作业了，接下来的会考，成绩有所回升。

他想念张老师。他突发奇想：如果张老师不回来，暑假就去上海找他。至于他家的地址，暂且不管，总会有办法知道的，先弄到车费再说。

他去找邹青云、郭志勤商量。邹青云说：“我有一个办法——捡废品卖。”

吕小蒙说：“学习这么紧张，哪儿有时间捡废品？再说，捡废品容易攒够钱吗？”

“我们可以去捡破铜烂铁啊，那个可以卖个好价钱。”

“去哪里捡啊？”

“镇上几个厂里用到铜啊铁的，有零星废料，每天会被清理到垃圾堆。虽然没有大块的，但总比那些旧纸破玻璃容易卖到钱。”

三个人约定周日去捡。

吕小蒙等不及了，他想这是自己的事情，尽量不去麻烦朋友。再说，现在是备战中考的关键时期，如果邹青云、郭志勤的父母知道了，会怪罪到他们，他吕小蒙可不是这样的人。他向邹青云问了垃圾场的大致位置，准备放学后就去。邹青云也要一起去，被吕小蒙阻止了：“我先去看看，周日我们再一起去。”

到了那里，果然看到一个很大的垃圾堆，里面隐约有一些细小的铁块和铜丝。吕小蒙好像看到那些东西已经变成了去上海的火车票。他放下书包，用树枝一点点地剔，用手一把一把地刨，越往深处发现越多。

邹青云跑来时，他已经捡到一小堆了。

邹青云告诉他，外婆找到他家去了。吕小蒙这才意识到天色已晚。他不敢把这些东西带回家，就和邹青云一起把它们装在袋子里，找地方先藏起来。

没想到外婆会如此紧张，吕小蒙感动于外婆对他的关心，觉得以后凡事应该考虑得周全些。

最近，他在学习上找到感觉了。如果张老师知道他现在的情况，一定会高兴的。他想，还是要把全部精力都用在学习上，没有什么比成绩上去更让张老师和家人放心的。至于捡废品的事，还是留到以后再说吧。

就在这时，张老师回到了学校，吕小蒙和一帮同学去看他。张老师看上去气色不错，像以前一样，拿出糖果饼干来给大家吃。闲谈好久，同学们才散去。

张老师留下吕小蒙，对他说："小蒙，我这次回学校是来办理病退手续的，我的病情已有所好转，但医生说我不适合再工作了，家里也希望我回去。丹凤县教育局同意我办病退，以后我们就很难见面了。我在这里待了五年，认识你也有一年多，我对这里有感情，也喜欢你们这些孩子，我会想你们的。"

吕小蒙难过起来，动情地说："张老师，我们舍不得你走。"

"是的，我们的心情是一样的，不过，也许以后还有见面的机会。"

"我不会忘记你的。"吕小蒙诚恳地说。

张老师拿出一本崭新的日记本："这个送给你，里面有我大学时拍的一张相片，做个念想吧。一个人的青春时光多么值得留恋和回忆啊！作家柳青有段话我写在这上面，送给你。这对你将来的人生道路会有所警示的。”

吕小蒙打开日记本，扉页上写着：

人生的路虽然漫长，但紧要处却只有那么几步，特别是当人年轻的时候。

吕小蒙感受到了这本日记本的分量，他向张老师讲了近期的思想和学习情况。张老师说：“小蒙，很高兴你有这样的进步。以后走上社会，不管做什么工作，你都能够做出成绩来的。人生的道路不可能一帆风顺，遇到困难和挫折要有耐心，要受得了委屈，要懂得识别，注意总结经验。好人要处好，坏人也要学会与他们处，好人和坏人不是一成不变的。人之初，性本善。希望你今后有出息。”

之后的几天，吕小蒙又多次去张老师宿舍，两个人说了许多话，吕小蒙还问到了张老师家的住址和联系电话。

张老师走后，吕小蒙全身心扑在学习上，期中考试名次又往前提升了好几位。

15

为了不让外婆和母亲担心，吕小蒙周末才去捡那些废品。当然，做这件事已经不是为了换取去上海的火车票，而是出于一种新奇感、一种想法。

邹青云、郭志勤积极响应。他们跟着吕小蒙去捡那些玩意儿。他们把几天捡到的细铜碎铁装进袋子，去了废品收购站。

废品收购站在镇西，从大门进去是一个宽大的水泥场，三面是仓库。他们来到东侧的房子前，门口墙上挂着木牌子，标有“有色金属”字样。昏暗的房间内有人，他们提着废品袋子走了进去。

管事人打开袋子，看了一眼，吩咐他们说：“全部倒出来，按不同的种类分拣好。”

同时，又指着一边说：“去拿几个小筐来装上。”

结下账，得七八元钱，他们乐坏了，原来垃圾堆里真能拾到钱，而且竟有这么多。

他们买了三根冰棍，把余下的钱分了。

有了第一次就有第二次，一两个月下来，每人拿到十几元。

捡废品的活儿干了一阵子后，吕小蒙忽然感到空虚起来。这些钱他不知道怎么花，想给外婆买些吃的，可外婆问起来，他怎么回答？再说马上要期末考试了，心思不用在学习上，外婆知道了，只会又让她生气。想到张老师临走时送给他的那句话——“紧要处却只有那么几步，特别是当人年轻的时候”，吕小蒙意识到应当收手了。他把那些钱存了起来，同邹青云、郭志勤说他不想再干了。

郭志勤也说：“本来就是玩儿的，不干就不干吧。”

谁承想，期末考试一结束，邹青云就失踪了。吴桂松家乱成一团，四处寻找。一周过去了，还没找到，邹美仙哭得瘫倒在床上，吴桂松心如刀绞。虽然希望儿子能够成才，可平时厂里事情多，邹青云的学习他也没有怎么管，也没有逼他呀，怎么好端端的人就不见了？他能上哪儿去呢？吴桂松百思不得其解，忧愁伤心，黑发几天就变成了白发，人也立显憔悴。

终于从吕小蒙和郭志勤那里得知邹青云有想学做生意的念头。吴桂松恍然大悟。如此说来，儿子应该没事，他极有可能跑到外面去了。他能去哪儿呢？

吴桂松突然想到了苏北老家，儿子会不会去那里？只是，儿子很小的时候去过那里，如今十多年过去了，他还能认得？

吴桂松打电话到老家，弟弟吴玉松说邹青云在他那里。吴桂松立即乘长途汽车赶赴苏北。

到了那里见到儿子，吴桂松又气又恨，就要动手教训儿子。吴玉松拦下了，说："哥，青云这孩子，我同他谈过了。他有他的想法。你先冷静冷静。"

吴桂松随即就怪弟弟："孩子到这里，也不告知我们，害得家里闹翻了天，你嫂子现在还病在床上呢。"

吴玉松这才知道侄儿来这儿，家里并不知晓。邹青云见到叔叔，只说父母让他来这里玩儿几天。吴玉松问他："你不是还在上学吗？"邹青云谎说学校放假了。侄儿来得蹊跷，却说得滴水不漏，做叔叔的也不好深究，毕竟他是吴家的孩子，况且十几年没有来了。

吴桂松给家里打电话，让儿子同母亲说话。邹美仙边骂边哭，邹青云脸色凝重，一言不发，任凭母亲责备。邹美仙责令丈夫把这个"小牲畜"绑也要绑回去，回来打死算了。

吴玉松对哥哥说："强扭的瓜不甜，就是让青云现在回去他也没心思念书，不如就先在我这里待待，慢慢来，等过一过也许能学点儿技术，以后大了看情况。这小家伙儿脑子灵光，是块料儿，看得出来，他对做生意有兴趣。”看到儿子好好的，吴桂松只好留他在老家了。

16

进入初三后，学校将原来的四个班分为两个重点班和两个普通班。郭志勤、孙春英、曾柯柯、任华平、吕小蒙被分在重点班，不过不在一个班。曾柯柯、孙春英和郭志勤同班，任华平和吕小蒙同班。按照学习成绩，吕小蒙本来只能进普通班，可班主任考虑到吕小蒙体育方面的特长，就安排他进了重点班。这种明显带有个人意志的做法让吕小蒙惭愧，同时内心也充满感激。

数学分为几何和代数两门，可巧的是，教这两门课的老师是一对三十多岁的夫妻。女的教几何，男的教代数，他们是本学期从外地调来的，一口标准的普通话。吕小蒙的数学不好，自从这两位老师来了以后，情况发生了变化。女老师长得甜美，声音也温柔，特别是板书，蜿蜒走笔，又隽秀洒脱。

吕小蒙感受到了几何课程的魅力，对变化多端的辅助线的添加产生了兴趣。他从图书室找来几何资料书，按照里边的题解方法试着做，很多题居然都能做出来，这让他很受鼓舞。那位男老师也有意思，说话慢条斯理，讲课时眼睛望着天花板，提问的时候对着花名册胡乱地叫学生的名字：“吕蒙！”“吕蒙！”

吕小蒙这时站也不是，坐也不是，惹得同学们哄堂大笑。老师茫然地问道：“你们笑什么，他不叫吕蒙吗？”

有学生就提醒他：“他叫吕小蒙。”

老师执拗地笑着说：“我就叫他吕蒙。吕蒙名气大，容易记。”

老师的滑稽让吕小蒙觉得有趣，他对老师教的复杂公式也产生了兴趣。

期中考试时，吕小蒙的两门数学课成绩居然上升到了班上的中等水平。班主任非常满意当初的决定，他觉得对于有个性有潜力的学生，就要区别对待。这是做教师的责任，也是对学生负责。

再过一个月就放寒假了。陈志国拍电报给吕德全，说他们一家回来过春节。吕德全把这个消息告诉家里，大家很高兴。老人住在蒙城，陈志国一两年才能回来看望母亲，每次都住妹妹家，每次都只身一人，来去匆匆。

很多年，陈志国在野战部队，妻子高敏和女儿陈小颖生活在城市，聚少离多。陈小颖跟着父母回陈家村老家也不过一两次，因此，这次调到军区机关后，陈志国就想要带妻女回老家过年。

听到舅舅要回来的消息，吕小蒙又激动又紧张：到时舅舅也许会问到他的学习情况，那可怎么办呢？

吕小蒙抓紧时间复习，希望尽可能考得好一点儿，至少不能让自己太难看。

17

临近春节，吕德全在省城等陈志国他们。东北没有直达蒙城的火车，在省城转车后，吕德全同他们于除夕前一天回到了蒙城。

出了站，吕德全叫来两辆电动车。陈小颖看着蒙城大街两旁的商店和工厂，惊喜地对吕德全说：“姑父，蒙城不错呀。”

陈志国对女儿说：“蒙城是古镇，三国时期，吕蒙曾在这里屯兵筑城。”

“原来还有这段故事。”

高敏七八年前来过这里，这次回来，明显地感受到了蒙城的变化。改革开放初期的中国乡镇已露峥嵘。她说：“南方就是好，一个乡镇就有这样的气派。”

“哥哥调到了机关，以后你们回来就方便了。”吕德全说，“妈早就在准备了，保不定你们这次来，走时能长胖几斤呢。”

大家都笑了。

陈小颖说：“奶奶还能认出我吗？”

“当然能，我哪次回来不带上你和你妈的相片？奶奶说，宝贝丫头越长越漂亮了，都长成大人了。”陈志国说。

高敏说：“我们也想回来，可一年到头，不是他有事，就是我有事。现在总算稳定下来了，以后要多回来。”

车子在泰定桥左转进入东街，刚过青龙桥，就见两个女人在那里举目张望。陈志国对女儿说："奶奶和姑妈在等我们了。"

车子在院子门口停下，老人走过来，欢喜得直抹眼泪。她一把搂住刚跳下车的孙女："可回来了，宝贝丫头都长这么高了。"

"奶奶！"陈小颖高声叫唤。

"妈——！"高敏走下车，朝老人迎去。

"哎！"老人一边应儿媳，一边说，"回来就好，回来就好。"

大家进了院子。陈小颖看到那两棵大树，上前触摸着树干说："咦，姑父家竟有这样的大树！"

"有些年头了。这桂花树还是小蒙爷爷栽下的，梧桐也有十多年了。"

"小蒙呢？不是放假了吗？"陈志国问。

"一早就出去玩儿了，也应该快回来了。"陈志萍答道。

老人说："这孩子贪玩儿，不过在人跟前倒是乖的，志萍说我惯他。我也就是在他的吃穿上用了点儿心，也不是什么都由着他的性子。志国小时候，我还不是一样？志国不是也蛮有出息？叫我说，小蒙什么都好，就是学习不上心。好在进入初三后，回来也知道认真做作业了。"

"我爸说，小蒙长得比我高呢！"陈小颖笑着说。

"你也不矮，一个女孩子家，个子太高也不是个事儿，以后婆家不好找。"老人开起了玩笑。

"奶奶怕我嫁不出去啊？"陈小颖到底是城里人，听到奶奶说笑，她也乐起来了。

"我家丫头可得挑个好人家嫁呢。"

“奶奶放心，我要是找了男朋友，先领他来给奶奶看看，奶奶说好就好。”

“呵呵！”老人笑了，“奶奶乡下人，没文化，做不了你的主，得你爸妈去做主。”

“他们做不了我的主，奶奶要是不管，我就随便找个人嫁了。”陈小颖继续说笑。

“也不难为情，才上大学，就嫁人不嫁人的，家里留不住你啊？”高敏狠狠地瞪着女儿。

“都是奶奶挑起来说的，我又没有说要嫁人，我还要在家蹭吃蹭喝的，哪天你们不让我在家里了，我才……”

“那更不行了，女大当嫁，留你在家里当老姑娘做什么？”高敏说。

陈志国说：“小颖在部队机关大院长大，性格有点儿像男孩子，不过长到这么大没叫我们太操心，学习一直很好，今年考上了理想的大学。说句实在的，妈对小蒙有点儿惯，好在现在管还来得及。”

高敏说：“妈不是说了嘛，小蒙知道用功了，你还唠叨什么呀？”

老人说：“学习上的事我不懂，这次回来，你做舅舅的说说他。”

“德全在外头工作，难得回家，我又不懂怎么教育孩子，妈倒也是一直督促小蒙读书。可是这孩子偏科，总成绩在班里的排名就是不容易上去。”陈志萍说。

吕小蒙气喘吁吁地跑进来，也不等谁说什么，就“舅舅、舅妈、姐姐、爸爸”地叫过来。陈小颖的相片他之前是见过的，不过真人比相片好看，他对陈小颖说："姐，你真厉害，都上大学了！"

"还是名牌大学呢。"陈志萍强调说。

"你也快了。"陈小颖说，"爸爸经常提到你，没想到小蒙和高仓健一样帅气。"

"高仓健是谁？"吕小蒙一脸茫然。陈小颖从小包里拿出一个精美的盒子递给吕小蒙。

"姐送你的，电子表，城里男生都有这个，你戴戴看。"

"谢谢姐姐。"吕小蒙打开盒子，这是一款乡间罕见的电子表。很显然他喜欢。

陈小颖说："蒙城不错，挺南方的，什么时候带我出去逛逛？"

陈志萍和母亲准备午饭，高敏走进厨房要帮忙，被老人拦住："你快歇歇，坐了这么长时间的火车，也累了。"

高敏笑着说："也是奇怪，要是平时，确实就累了，今天精神倒十足。妈，您得让我做点儿事，难得回来，我不能像个客人。"

老人欢喜地说："真是上辈子积的德，儿子好，儿媳妇好，女儿好，女婿好，孙女外孙也都好。你愿意做就做吧，我也省力些。"

吕德全和陈志国在客厅里喝茶，说着闲话。

吕德全说："多住些日子，我在家陪你们。"

陈志国说："这次是要住个十天半月的。"

"家里地方小，志萍在旅馆开了两间房，那里条件比家里好。"

"来时我就说了，回来住宾馆，我们自己结账。"

“这就见外了，哪儿有这个理？自然是我们来结账。前段时间我还和妈、志萍商量，把家里的房子翻盖成二层楼房，你们回来也有个地方住。”

“现在有条件了，盖幢小楼也好。”

说到李大成，吕德全说：“大成之前在我们公司当科长，最近中层干部调整，他主动提出到汽车修理厂。修理厂工作繁杂，任务重，一般人不愿意去，大成说他适合干这个，苦点儿累点儿没啥。”

陈志国说：“山东人耿直，大成也是这样，不过人是挺好的。”

“是的，我们关系不错。”

“人与人之间就是个缘分。当年在部队有人非议他，认为他鲁莽，说话尖锐，但他能做事、肯做事，任务交给他，他不折不扣地完成，我因此信任他、支持他。他从排级被提拔到连级，转业时又提升到了副营。说起来，因性格原因，他到地方来可能要吃点儿亏，但我相信，他是能够适应社会的。以后有机会我去看看他。”

“你也算是大成的贵人了。”

“关键还是人的本质要好。德全你在部队从战士做起，成为汽车兵、志愿兵，转业到省公交公司，现在成了工会干部，不也是一点点做出来的？”

吕德全点头称是。

老人精心准备了一桌的好饭菜。陈志国说：“一家人难得团聚，真是高兴，高敏，你去把箱子里的白酒拿出来，再拿瓶红酒。”

陈志萍让吕小蒙从柜里拿出几个茶杯来，陈志国将酒一一倒好，又特别将一小杯白酒递给母亲：“妈，您用小杯。”

老人笑呵呵地说：“今儿个我是要喝点儿的。”

陈小颖面前也有一小杯红酒，吕小蒙以茶代酒。

陈志国说：“这第一杯酒，我们来敬老娘，祝老娘寿比南山、福如东海。小颖、小蒙一起来。”

大家响应。陈志国、吕德全举杯同老人的杯子碰了碰，一口饮下。

“这第二杯酒，我和高敏、小颖敬德全和志萍你们。至亲兄妹，一年到头难得聚，干！”陈志国再次举起酒杯。

吕德全说：“哥哥嫂嫂回来，我们高兴。”

看着一家人其乐融融，老人像吃了蜜糖：“别净喝酒，多吃点儿菜。”

“这菜是妈亲自做的。”陈志萍转身对哥哥说，“妈知道你喜欢吃红烧肉，一早就用小火煨上了。哥，尝尝。”

陈志国吃上一块，啧啧称赞：“妈做的菜就是好吃。”

陈志萍也说：“德全也这么说。”

老人越发高兴，又喝了几杯，就是平时不喝酒的高敏和陈志萍也喝了。

吃过饭，吕德全送他们去宾馆住下。

18

除夕上午，陈志萍陪哥哥一家回陈家村看望了族亲，又去祭扫了祖先和父亲的墓。回到蒙城，吃过中饭，一家人坐着说话。陈小颖叫吕小蒙陪她出去逛街。她问："哪里好玩儿？"

吕小蒙说："你知道我们这里为什么叫蒙城吗？"

"我爸说了，吕蒙曾在这里屯兵筑城。"

"是的，蒙城是丹凤县四大古镇之一。"吕小蒙说，"一会儿我带你去泰定桥，那桥也算是古迹了。"

吕德全说："小蒙说的泰定桥，就是我们这边东街到吕蒙大街交口处的那座桥。"

正值除夕这天，街面上人流如织，熙来攘去，一派过年的景象。他们来到泰定桥上。

时值隆冬，站在桥上，寒风刺骨。陈小颖却很兴奋，面前的这条河流一眼望不到尽头，河水泛黄，水浪滔滔，两岸人家的门窗上贴着春联和福字，一派迎接新年的气象。码头那边人声嘈杂，笑声朗朗，时高时低的各种声音飘送过来，虽然听不清、听不懂，但陈小颖晓得，这是乡音。她凝视前方，思绪飞扬。

吕小蒙说："姐，这是京杭大运河。"

"呀，这就是京杭大运河啊！"陈小颖惊喜地叫出声来。这条大运河她岂能不知道，只是没想到竟从蒙城镇经过。

“是的，这条河把我们镇分为南北两半，泰定桥就像一位老爷爷，一手牵着河南，一手牵着河北。”吕小蒙信口说道。

“你真有想象力。”陈小颖说，“回去我要告诉同学们，说京杭大运河就从我表弟家门前经过。”

吕小蒙说：“蒙城以前有不少古庙、古桥等，现在大多消失了，只有这座泰定桥一直都还在。一会儿我再带你去二街，那里有家电影院，我同学郭志勤家就在那里头。”

走下桥，两个人往二街去。突然，背后传来声音：“小蒙，你要去哪里？”

吕小蒙立住脚，回头看——原来是任华平和他的妹妹任华芳。

“这是我姐姐陈小颖，我舅舅家的女儿，昨天刚从东北回来。我们准备去二街玩玩儿。”吕小蒙对任华平说道。

“你姐姐好漂亮。”任华芳眨着一双活泼天真的大眼睛。

“你也很漂亮。”陈小颖热情地对任华芳说。

“她是我妹妹，任华芳；我是任华平，小蒙的同学。”任华平落落大方地同陈小颖打招呼。

“我们是同学。”吕小蒙对姐姐说道。

“和你说的那个郭志勤都是同年级的？”

“是的。”吕小蒙回答说。

吕小蒙问任华平去哪里，任华平说：“我们去买下午的电影票。电影院门口贴着春节期间的放映预告，都是新片子。”

吕小蒙问：“姐姐，你想看电影吗？”

“好啊。”陈小颖爽快地回应。

他们一起往电影院方向走。

看了电影预告，陈小颖说："我喜欢看外国电影，过几天才有的，要预先买票吗？"

吕小蒙不喜欢看外国电影，可既然姐姐喜欢看，就说："那我们买吧。"

陈小颖就要掏钱，吕小蒙拦住她："姐姐，我来买。"

"你有钱？"陈小颖笑着问。

"有。"他上次捡破烂儿卖掉的钱一直没有用。

任华平注意到吕小蒙的手，说："你戴手表了？"

"我姐给的。"

"好看。"

"叫爸爸也给你买一个。"任华芳大声嚷嚷道。

"我不要。"任华平说。

"等我长大了，我给你买一个。"任华芳表情认真得有些滑稽。

听着兄妹俩的话，陈小颖觉得甚是有趣，说："小妹妹真懂事。"

吕小蒙悄悄地对任华平说："我姐是东北名牌大学的。"

"厉害。"任华平一脸羡慕的表情。

"我也要和这个姐姐一样上名牌大学。"任华芳一本正经地说。

陈小颖笑了："小姑娘多大了？"

"十岁，小学三年级。"任华平替妹妹回答。

"好聪明、好可爱。"陈小颖夸奖道，"学习成绩怎么样？"

"班上数一数二。"任华平又抢先答道。

任华芳不好意思了："哥，我们赶快回去吧，家里可要寻我们了。”

任华平兄妹走后，陈小颖和吕小蒙去百货商店买鞭炮、烟花，陈小颖买了一个体育明星挂历送给吕小蒙。

春节过后，又住了一周，陈志国一家就要回东北了。临别时，高敏对老人说：“妈，什么时候去东北住些日子吧？”

老人说：“你们有这个心，我就高兴，说起来我着实不安呢，这丫头都是你一个人带大的，我这个做奶奶的倒是没有尽到责任。”

“妈，千万别这么说，机关大院条件好，小颖小时候放在托儿所、幼儿园，有老师们照顾。妹妹这里情况特殊，我们都是理解的。”

“你们那里我总归要去的，等小蒙高中毕了业，我就去你们那儿住上一阵。”老人说，“到时候你们可别烦我。”

“怎么会呢？妈想住多久就住多久。”

吕德全说：“哥哥嫂嫂有机会就回来，一家人多些机会聚聚。”

事先准备好的蒙城特产和一些吃的用的，大包小包装了好几包，吕德全叫来车。大家依依不舍，不停地说着离别保重的话。吕德全把他们送到省城，又送他们上了北去的列车，就回单位去了。

开学后，吕小蒙把陈小颖送的手表收起来——他不想在同学们面前招摇。有张老师的鼓励、班主任的信任，又看到表姐上了名牌大学，他无形中有了动力，他决心抓住初中最后一学期冲刺一下。

中考成绩出来了，吕小蒙的总分比录取分数线差几分，但因体育特长加分，被蒙城高中录取，同时被录取的还有曾柯柯、孙春英、任华平和郭志勤等。

外孙考上高中，老人心上的石头终于落了地。她眉开眼笑：人人说她惯孩子，小蒙不是照样考上了高中？

19

暑假期间，吕小蒙和陈志萍去省城住了十多天。

吕德全在公司里干得顺风顺水，工会副主席退休，领导提拔他担任了这个职务，正式成为公司的中层干部；住房条件也随之改善，公司又多给了他半间作为厨房和杂物间。吕德全把原来的整间房子隔开来，前半间摆放沙发和桌椅，后半间摆放衣柜和大床。吕德全在厨房杂物间也安置了一张床，孩子来省城时，两代人可以各自有个私人空间；老家要有个人来落脚，也方便。

吕小蒙和李大成的儿子李建刚早就认识。这次他们聚到了一起捉迷藏、逮知了，从树干上跳到学校的围墙上行走，想到什么就玩儿什么，想去哪里玩儿就去哪里玩儿，形影不离。

李建刚贪玩儿，胆子却不大，爬树到半截就不敢动了，不像吕小蒙猴子一样上蹿下跳，不一会儿口袋里就装满了知了壳。

他们翻墙进入一所小学，里面空无一人。教学楼后面有个池塘，四周植有桃树和柳树，池水清澈，水草浮动，鱼儿隐约可见。吕小蒙一边招呼李建刚，一边脱下外裤，跳进了池塘。

乡下孩子大多从小就学会了游泳。外婆看得紧，不允许吕小蒙入水。长到十二三岁，外婆认为可以学这个了，就让陈国宝教他。吕小蒙悟性好、水性好，很快就学会，并且成了“水中小蛟龙”。

吕小蒙在池塘中出没自由，李建刚心头很是痒痒。他以前学过游泳，那是在游泳馆，却从来没有下过河塘。他站在岸上，不敢下水，吕小蒙游到哪里，他跟到哪里。忽地，吕小蒙扎进水里不见了，正疑惑间，吕小蒙从稍远处探出头来，朝李建刚做鬼脸。

李建刚终于下了决心，也脱下外裤，慢慢探下水去。吕小蒙游到李建刚身边，恶作剧地扬起水泼向他。李建刚左躲右闪，大声笑出来。李建刚在浅处，吕小蒙在深处，或游或歇，闹腾不止，十分有趣。

池中有一丛茂密的水草，吕小蒙凭以往经验认为那里面应该有鱼。他示意李建刚别动，他缓缓移过去，猛地扎入水中，很快将一条鲫鱼攥在手里。他浮出水面，把鱼举过头顶，朝李建刚挥舞了一下。李建刚睁大眼睛，又惊又喜。吕小蒙将鱼扔到岸上，又潜下水去，一条又一条，鱼竟然那么容易就被吕小蒙抓住了。

李建刚上岸，将鱼放到学校食堂前的自来水池里养起来，又回到了吕小蒙身边，讨好地拿掉沾在他身上的水草，啧啧赞叹：“小蒙，你真行！”

居民楼的窗户里伸出几个小男生的头来，其中一个显然是认识李建刚的，朝他摆手，大声嚷：“你们在干什么呀？”

李建刚指指吕小蒙，做了一个动作，小男生并不知道刚才发生的一切，指指李建刚，也做了一个动作：“下次带我玩儿啊！”

李建刚高声答应。他俩又在水中玩儿了好一阵，才走上岸。吕小蒙说："你把那些鱼拿回家去吧！"

李建刚说："都给我？那怎么行？要不，回头让我妈烧了，你和叔叔婶婶去我家吃吧。"

"那得问我爸。"

他们找来塑料袋，灌上水，将鱼装进去。李建刚一只手提着，一只手托着，来到墙边。吕小蒙爬上树，将李建刚手中的袋子接上去。李建刚爬上去，跨到围墙上，接过吕小蒙手中的袋子。吕小蒙跳下墙将鱼接下去，李建刚将鱼拿回家。

陈志萍躺在床上听收音机。听到有人说话，起身走出房间。李建刚拎着袋子，后面跟着吕小蒙。

"婶婶，你看，小蒙抓的鱼这么多、这么大！"

吕小蒙说："妈，我让建刚拿回去的。"

陈志萍本来就不会烧饭，听儿子这样说，一口答应："好啊，建刚，你快拿回去吧。"

吕德全下班回来，和往常一样，准备带妻儿去食堂吃饭。李大成却跑来了："德全，小蒙抓了那么多鲫鱼，走，喝两杯去，弟妹和小蒙也去。"

吕德全一头雾水，陈志萍告诉他原委。吕德全看着儿子，笑着说："小蒙还有这本事？我怎么不知道啊。好，今天咱们就去大成伯伯家蹭饭！"

李大成有两个孩子：大的是女儿，叫李向群，在市里的一所中学读高一；小的就是李建刚，比吕小蒙小一岁，个子比吕小蒙略矮些，却和吕小蒙一样白净帅气。

李大成到公司下属的汽车修理厂任厂长后，和吕德全见面也就少了许多。

未进屋，就闻到从厨房里飘出的香味儿。李大成的妻子正在厨房忙碌，她招呼大家屋里坐。李建刚从房间里跑出来，叫“叔叔婶婶”，搂着吕小蒙几乎压迫似的将他拖进了屋。

李向群也从房间里笑吟吟地走出来。吕小蒙以前是见过李向群的，但这么近距离地面对面还是第一次，他有点儿不好意思，用几乎听不到的声音叫了一声“姐姐”。倒是李向群大方地说：“小蒙转眼都成大人了。”

李大成拿出一瓶好酒，先给吕德全满上，再给自己满上：“德全啊，两家人难得聚在一起，我很开心。到汽修厂后，我经常出差，我们有段时间不在一起喝酒了，今晚一醉方休！”

吕德全说：“说起来也是有缘分，你和我家志国是战友，我们又成了同事。”

就在他们推杯换盏的时候，陈志萍和孩子们先后离开了。陈志萍进厨房和李大成的妻子说话，帮着端菜，三个孩子去李建刚的房间里玩儿。

20

李大成家有两个大房间，一间一分为二，前面是客厅，后面是厨房，另一间隔成了三个房间，李大成夫妻住在后面的半间房子里。前面紧靠墙的地方又被隔出两个小房间。这样，三个房间的门前就腾出了一片较为开阔的地方。

菜上齐了，李大成的妻子和陈志萍招呼孩子们回到桌上来。吕德全起身，叫上陈志萍和吕小蒙："来敬大成一家，我在公司大成对我很好，嫂子也拿我当自家人。他们一直关照我。"说完，他先干为敬。

李大成忙不迭站起身来，也一口干了："德全、志萍，说实话，陈团长对我可好了。我这个人性子急、说话直，开始和战士们的关系有点儿僵，可陈团长在公开场合从来不批评我，只提我的优点。陈团长说话沉稳、做事踏实，与人相处有理有节，有人格魅力，有领导能力，在他身上我学到不少东西，尤其对战士，我学会了理解，学会了尊重。没有陈团长的言传身教、模范带领，我就不会有以后的进步，也就不会有我们家的今天。陈团长是我的老师和恩人啊。"

他接着说："没想到转业到地方又遇到德全，这不是缘分是什么？以后我们两家要多走动。"

李大成和吕德全有说不完的话，女人、孩子吃好了，离了桌。李大成的妻子和陈志萍到外面纳凉聊天，孩子们跑到李向群的房间去。

李向群的房间很整洁，被子叠得整整齐齐，桌上摆着插花，摞着几本书。吕小蒙闻到一股淡淡的香味，他四处张望，并没有鲜花香水，哪儿来的香味？他忽然意识到这可能是李向群身上散发出来的气息。

李向群扎着马尾辫，穿着白衬衫、一条草青色长裤，皮肤白皙，脸庞富有光泽，眼睛不大却性感妩媚。

李向群主动和吕小蒙说话，问他乡下的情况，吕小蒙一一回答她。看到吕小蒙有些拘谨，李向群扑哧笑了："小蒙，听说你是孩子王，今儿个怎么了，这样闷闷的？来，我给你看一样东西。"

李向群从床边拿出一本书，书页里夹着用蜡光纸剪成的图片。李向群告诉他这是剪纸，只要有样式，就可以剪出同样的图片来。她从抽屉里拿出一张蜡光纸，将一张鸡的图片压在下面，用铅笔涂抹出印痕来，又拿出刀片来，很快就拓下和原先那个一模一样的鸡来。吕小蒙饶有兴趣地看着。李向群说："这不难学，你来试试。"

李向群手把手教他，吕小蒙终于刻出一个图来，他很高兴。李向群拿出一些图片和一沓蜡光纸："这些都送给你吧。刻的时候当心别划破手，刀片很锋利的。"

这些东西吕小蒙以前没有见过，他要带回去让伙伴们见识见识。

当天晚上，他就在房间里摆弄起来，很快能刻出一个较为复杂的图案来。他把那些剪纸铺在床上，越看越喜欢。这时他冒出来一个奇怪的念头：要是能将李向群的样子也剪出来，一定很有意思吧？他马上意识到这个想法不好，李向群知道了会笑话他的。

每天，吕小蒙和李建刚都出去玩儿，陈志萍在屋里干点儿家务活儿，闲下来听听收音机，睡睡觉。吕德全中午和晚上下班回来，带妻子、儿子去食堂吃饭，有时候晚上也带他们去摊头或小店吃小吃，顺便逛逛街。

一天临近傍晚，李建刚来约吕小蒙去看电影。一家人刚吃完饭回来，吕德全提醒说电影院离家远，注意安全，陈志萍也叮嘱了一番。李建刚说："叔叔婶婶放心，我姐也去的。"

吕小蒙听说李向群也去，不由得惊喜：李向群身上的香味很吸引他。

吕小蒙跟李建刚到家，李建刚的母亲正在厨房洗涮，吕小蒙进去叫了一声"伯母"。李建刚问姐去哪儿了，母亲说去同学家了，很快就回来。李建刚对吕小蒙说："我们去房间里玩儿，等等她。"

吕小蒙随意地坐下来。李建刚拿出万花筒，往里面瞧了瞧，然后递给吕小蒙："你看这个，挺好玩儿的。"

吕小蒙照着李建刚的样子拿着万花筒左转右转，看到里面有五颜六色不同的图案，说不准像什么，就是不一样。他对李建刚说："城里人玩儿的花样就是多，我们那里就没有这个。"

李建刚说："这有什么？你在池塘里捉鱼，那才好玩儿呢。"

正说着，李向群回来了，她穿着粉红色的连衣裙，越发好看了。进门听到说话声，知道他们在等她了，她从架子上取下毛巾，朝里屋喊："小蒙，建刚！等我一下啊。"说完，她朝外面的洗漱池走去。

李向群洗过脸，回到屋里，看看时钟，还早呢。想到吕小蒙难得来，有心带他到街上逛逛，就和母亲打个招呼，带吕小蒙和李建刚出了门。

晚风里弥漫着各种气味：有饭馆和点心店里散发出来的香味；有川流不息的汽车喷出的尾气味；有垃圾箱边瓜果菜叶腐烂味……李向群姐弟已经习以为常，吕小蒙却觉得这些气味新鲜、刺激，有城市味道。

吕小蒙走在李向群的后头。身边走过各式各样的城市人，有戴着变色眼镜烫着卷发哼着小曲的，有穿着高跟鞋屁股扭来扭去的，有男女相拥边走边接吻的。这些城市人真奇怪，可他也承认，眼前所看到的让他动心。

拐进曲径通幽的小街，来到一条更加宽阔的马路上，两旁是清一色的法国梧桐。这种树吕小蒙家里有，只是这里的更茂密、更高大、更粗壮，也更多。李向群放慢脚步，指着两旁的老建筑如数家珍地说给吕小蒙听。她的声音婉转甜美，悦耳动听。

21

跨上一座大桥，桥面很宽，上面有不少纳凉的人。他们有的伏在栏杆上谈天说地，有的摇着扇子悠闲散步，有的围在那里看人下棋，有的在凉席上或坐或躺。李向群指着远处一座房子对吕小蒙说："那就是电影院，我们在桥上吹吹风，等会儿再过去。"

她又说："这条河通向长江，前面就是长江。"

李向群说的长江此刻已被暮色淹没，只有那些驶向远方的船只还隐约可辨。

夜色浓重，灯火闪烁。吕小蒙站在桥上，想到家乡的泰定桥，与面前的景色有几分相似。任华平、郭志勤、邹青云他们此时在做什么呢？又想到孙春英，孙春英和身边的李向群一样，都很神秘，都很吸引他，可又都是可望而不可即的。

"时间差不多了，我们过去吧。"李向群说。

他们朝电影院走去。

进入电影院，李向群让李建刚和吕小蒙坐在自己的两侧。吕小蒙内心窃喜，却假装淡然。电影院内灯光明亮，人声鼎沸。省城毕竟是省城，电影院比蒙城的可大多了。在这个空间里，吕小蒙和李向群第一次挨得这么近，他感到无比奇妙和激动。

灯光暗下来，电影院里鸦雀无声。

屏幕上推出了片名：《街上流行红裙子》，讲的是一群纺织女工的故事。吕小蒙从没有在屏幕上看到这么多姑娘在一起，而且还是非常陌生的纺织姑娘。女主角着实好看，那群姑娘着实好看。他看得津津有味，同时想到了《红楼梦》里的姑娘们，想到了身边的李向群，想到了家乡的孙春英。不管是书里的，还是电影里的，抑或是现实中的女孩子，都是那么可爱、那么迷人、那么神秘。他想，正是有了这些水做的女孩子，人世间才有梦想、才有希望、才有幸福。

吕小蒙在家乡也经常看电影，他喜欢看战争片，有时也看生活片。战争片紧张刺激，却毫无悬念，电影结束之时，也就是我方胜利之时。生活片就不一样了，特别是青春片，很多对白让他心动，仿佛说出了他的心里话，很多女孩子都让他印象深刻。

那回看《庐山恋》，他和同伴一个个都看痴了，好长一段时间都沉迷于电影里的氛围中。这一次，虽然比不得上次那样让他热血沸腾，但因为坐在李向群身边，产生了一种真实的幸福感。他想象李向群就是片中的陶星儿，要是她也穿一身红裙子，会是怎么样呢？会和陶星儿一样好看吧？

回家的路上，三个人沉浸在电影的情节中。李建刚突然冒出来一句：“我以后也要当警察。”

吕小蒙问李向群："姐，你以后会当纺织工人吗？"

"有可能啊，要是考不上大学，我就去纺织厂当工人。"她问吕小蒙，"今天的电影好看吗？"

吕小蒙答非所问地说："那首《金梭和银梭》很好听，我都会唱了。"

"真的吗？你唱给我听。"

吕小蒙就清清亮亮地唱起来：

太阳啊太阳像一把金梭
月亮啊月亮像一把银梭
交给你也交给我
看谁织出最美的生活
…………
金梭和银梭日夜在穿梭
时光如流水督促你和我
年轻人别消磨
珍惜今天的好日月，好日月
…………

李向群惊讶地说："小蒙，你记性真好，这么快就会唱了，回去我也学这首歌。"

再过几天，陈志萍和吕小蒙要回乡下去了。

这天午后，吕小蒙和李建刚去公园，那里有溜冰场——其实就是一块围好了的水泥场。他们穿上溜冰鞋，玩儿了一个多钟头，又去动物园看猴子，太阳西落才回家。

公司宿舍区外面的大树底下聚集着很多人，他们在议论纷纷。李建刚和吕小蒙好奇地凑上去想看个究竟。

旁边有个防空洞，当年备战时修筑的，早已废弃了，平时没有人进去，有路人内急找不到厕所，会钻进洞里去；有附近的居民图省事，也会将一些生活垃圾扔进洞里，不时还可以看到有老鼠在洞口出没，或者一些猫啊狗啊的穿梭其中。

这天，一个小偷被人追赶，慌乱中躲进洞里，几乎同时他又丧魂落魄地跑出来，大喊：“有鬼！有鬼！”随即赶来的人也不捉拿他了，忙问洞里是什么情况。

“里面有鬼，我看到的！”他语气急促地说。

附近的居民和路人围拢过来，你一句我一句。有的说：“哪里有什么鬼哟，大概是那些小猫小狗跑进去了吧？”

有的说：“上次就看到有人提着裤子跑出来的。”

还有的说：“莫非真的有鬼？前段时间晚上回家，好像是听到里面有人喊叫的，还以为是幻觉呢！”

甚至还有人说：“不会是有人在里面自杀吧？”越说越玄乎，越说越可怕。

吕小蒙听说这里曾经是防空洞，立即有了兴趣。他看过的战争片或侦探片里，那些防空洞又长又深，里面有一些不同用途的设施。这个防空洞会是什么样呢？他可不相信鬼。有一年，他和邹青云去其他乡镇打球，回来时天色已晚，急着赶路，走进了一个长满荒草的大坟场。吕小蒙一点儿也不害怕，还不小心踢掉了一个坟头。

吕小蒙说：“都别猜了，我进去看看就知道了。”

众人都被吓住了。有人问：“谁家的孩子？这么胆大？”

人群中有人回应说：“是吕主席家的儿子，经常来的。”

有的说：“里面的情况还不清楚，这样贸然进去，遇到危险可不得了。”

又有的说：“最好还是进去看看究竟怎么回事。”

几个小青年看到吕小蒙要进洞，也愿意跟他进去。

吕小蒙对李建刚说：“你在这里，我进去看看就出来。”

22

有人取来手电筒、棒杵、渔网等，在众人“千万小心”的嘱咐声中，他们鱼贯而入，弯腰缓缓移步。外面的人也弯着腰，将目光尽可能远地送他们进洞里，屏气凝神地等待着结果。

洞口堆满垃圾，散发出浓烈的臭味，一群苍蝇嗡嗡地飞着。越往里走，越阴暗潮湿，只是比洞口宽敞。眼看前面有墙，以为到头了，右侧却又出现了一个洞。吕小蒙他们相互紧挨着朝这个洞深入。

突然，大家似乎看到不远处有个黑影在晃动，立刻就有人受了惊，一把拉住吕小蒙，浑身直哆嗦。吕小蒙也吃了一惊，他用手电筒照着里面，旁边也有人用手电筒照着——原来是一个人，蓬头垢面、衣衫褴褛，似乎蹲着，又似乎在爬行，面对灯光一动也不动，死死地盯着他们。

吕小蒙镇定下来了。他说：“别怕，我们不会伤害你，我们来接你回家。”

那个人“啊啊啊”地发出了浑浊不清的声音。

吕小蒙又捡了一块石子扔过去，没有任何反应。

大家判断那人精神有问题，低声商量了一下，退了出来。

外面的人看到他们出来，悬着的心才放了下来，围着他们问这问那。吕小蒙说：“里面有个人，精神不太正常，叫公安局的人来吧，一直待在洞里会死掉的。”

这会是谁呢？没有听说过附近有精神不太正常的人啊？

公安局很快来人把那个人弄了出来。那人浑身臭味。人们捂住鼻子，纷纷退避。

警察带走那人后，人们又一次围拢过来，七嘴八舌地说开了。有的说这个人要是晚上出来，可要吓死人的。有的说吕主席的儿子胆子真大。有的说快叫人来把洞口封死，别再生出什么事端来。

吕小蒙和李建刚正准备离开，看到吕德全、陈志萍、李大成和李向群正朝这里大步走来。原来，听说吕小蒙和李建刚钻进防空洞里去了，两家人慌了神，不约而同地赶来了。

看到吕德全，人们纷纷围过来：“你儿子胆子这般大，要是在古代就是梁山好汉，要是在战场就是孤胆英雄。”

吕德全一路上还在埋怨儿子冒失，听众人这么夸他，只好说：“乡下孩子野惯了的，这点儿事对他来说不算什么。”

李向群心疼弟弟，碍着吕德全和陈志萍的面，又不好怎么样，就用很着急的语气责怪李建刚：“你这么大的胆子？这么脏这么深的洞也敢去钻？”

李建刚辩驳：“我没有进去，小蒙让我站在外面等他的。”

李向群哑然了，缓步走过来，讪讪地对吕小蒙说："这个洞平时就没有人敢进去，要是里面有毒蛇或有坏人，可不是闹着玩儿的！"

吕小蒙不知道怎么回答。他现在想来也后怕，只是当时没有想那么多，只是好奇，只是有那个胆，而现在惊动了两家人，他倒有些不安了。

因为错怪了吕小蒙，李向群对吕小蒙有些愧疚。吕小蒙胆大，她打心里佩服，听说吕小蒙就要回乡下了，她想用自己积攒下来的零花钱给吕小蒙买套衣服。

她要吕小蒙陪她去逛街。吕小蒙没有多想，也没有多问，就跟她去了。

逛了几家商店，最后进了一家运动服专卖店。

李向群指着里面的男运动服问吕小蒙这套好不好，那套好不好。吕小蒙不知缘故，随口答道："你说好就好。"

李向群又故意指着几套女运动服问吕小蒙好看不好看。吕小蒙说："你说好看就好看。"

这次来省城，吕小蒙与李向群有了近距离的接触，这个比她大两岁的女孩子既美丽又温和。然而他知道，这个女孩子就像天上的一朵云彩，偶尔在他面前出现，终究是会飘向远方的。

想到就要回去了，他感到有些失落和茫然。

李向群又带吕小蒙去了小吃店吃了几个小笼包，出来后借口去看同学，让他先回去。吕小蒙本来就不喜欢逛商店，今天因为是李向群约他，才陪她出来的，听见李向群让他先回去，立即爽快地答应了。

吕小蒙走后，李向群又折回到那家运动服店，买下了一套自己中意的运动服。

她来到吕德全家，看见陈志萍正在打点行李，走上前去：“婶婶，这是我买给小蒙的，您别吱声，回去给他吧。”

陈志萍有些莫名其妙，李向群为什么要送吕小蒙衣服？这在农村就是一种很深的情意。她想要说什么，又不好说什么。吃过晚饭，吕德全带陈志萍和吕小蒙去李大成家道别，李向群又送了一些蜡光纸和剪纸样品给吕小蒙。

火车载着陈志萍和吕小蒙返回家乡。这次来省城，看到吕德全的事业很顺利，加上居住条件有了很大的改善，陈志萍的心情很好。

吕小蒙这次来，虽然没有以前待的时间长，但经历的事情却不少，至于临行前的那次洞穴探险，在他看来很平常，而一旦成了众人眼中的英雄，连他也觉得很威风。

23

母子俩回到蒙城时，已过晌午。刚进院子，陈志萍和吕小蒙就大声地喊着老人。老人笑呵呵地从屋里迎出来，说：“不知道你们回来，饭菜也没准备，我这就给你们做去。”

进了屋，放下行李，陈志萍对母亲说：“妈，您歇着吧，回来时，德全给我们带了点心的，随便吃点儿就好了。”

吕小蒙也说：“外婆，听我妈的吧。”

外婆说："那怎么行？要不我给你们去煮碗面条，煎几个鸡蛋。晚上再做好吃的。"

吕小蒙正要进房间，陈志萍叫住他，打开行李，将运动服拿出来递过去："这是向群送给你的，穿穿看吧。"

"她——送给我的？"吕小蒙有些意外，立刻想起昨天李向群带他去逛商店的事，原来是去给他选衣服的。

他试了一下，果然合身，想不到这个只比他大两岁的女孩子心有这么细。为什么要送自己衣裳呢？在省城，并没有觉得李向群对他有什么特别啊。

母亲和外婆看了也都说好。陈志萍说起这是吕德全的同事家女儿送给小蒙的。

吃过面条，吕小蒙就去找伙伴玩儿了。

陈志萍和母亲坐着聊天。陈志萍告诉母亲吕德全住房条件改善了，老人听了很欢喜。"这是德全做人做事好，单位才会提拔他。只是你们一年到头难得在一起，总不是个事儿。当年你父亲在苏州做事，我一个人在家里带孩子种田，苦点儿累点儿还好说，晚上连个说话的人也没有，孤啊。总指望将来日子好过些了，就让他回来吧，谁承想，那么早就去世了。要是还活着，看到志国这么有出息，看到你们日子过得好，该多高兴，可他就是没有这个福气。"说着撩起裙布抹眼泪。

陈志萍连忙说："妈，别难过了，现在大家的日子都好过了，爸在那边也会放心的，您要多保重身体。您为我和我哥，为我们这个家，吃了不少苦，操了不少心，现在要好好享福。夫妻分居也是没有办法的事情，德全不可能回来，我也不可能去。十几年了，我们也习惯了。等小蒙工作了，我多些时间去他那里住住。再说，德全现在节假日都能回来。”

“也只能这样了。”老人站起身来说，“换下来的衣服给我吧，趁现在日头好，我去洗出来。”

陈志萍说：“妈，您去休息，衣服我来洗。”说完拿出衣服，端起盆子，朝井台走去。

老人是闲不住的，她去院子里采摘丝瓜葫芦，准备晚餐。

午后，天气炎热。街上少有人走动，几只狗趴在树荫底下大口喘气。吕小蒙想先去郭志勤家，到泰定桥附近，看到卖茶水香烟的小店门前的凉棚下一帮人在喝茶聊天、下象棋，有人围观。恰巧郭志勤也在那里，他就远远地叫了一声。郭志勤跑来，狠狠地推了他一下：“你这家伙，还知道回来啊？”

吕小蒙笑着说：“这不回来了嘛。”

“前几天华平来约我，我说等小蒙回来吧。”郭志勤说，“你不在，青云又不在，我也提不起兴致来。”

“青云还没回来？”吕小蒙问道。

“还说呢，你走以后，我和华平去找过他。家里说，青云在苏北他叔叔厂里。这么长时间了，他也不给我们写信，也不回来。”

“青云有青云的想法，不管怎么说，他能一直待在那里，说明他去苏北不是一时冲动。”吕小蒙拉起郭志勤的手，“走，去华平家，看看他在做什么。”

任华平家在镇南的泰定巷，两间低矮的平房，前面用篱笆围成一个大院子，有不少花木、不少盆景。任志宏的父亲早年在城市公园里当花工，退休后，将大部分精力都放在养花和制作盆景上。在全国花木园艺博览会上，他家的盆景还得过大奖，吸引不少省内外花木爱好者前来观赏学习。

任志宏多年受到父亲的熏陶，也爱上了花木园艺，上班前下班后，就喜欢站在院子里看看花、看看树。有时候父亲制作盆景，他也在旁边看，久而久之，说起花木也头头是道。夏天的晨夕，他们一家在院子里吃饭，闻着花香，唠着家常，有时候晚上他还会陪着父亲喝点儿酒。

任华平躺在竹椅上，听到声音，转过身来，看到吕小蒙他们，一骨碌翻身下地来，乐呵呵地对吕小蒙说："刚刚我还和我爸说到你。"

吕小蒙示意别嚷嚷，问："你爷爷奶奶呢？"

"去我姑姑家了。"

"婶婶去上班了？"

"嗯。"

"华芳不在家？"

"跟我爷爷奶奶去的。"

"我说呢，家里这么安静。"

任华平说："这次回来，你有没有给我俩带好东西？"

"有啊。"吕小蒙说，"什么时候去我家，给你们看样稀奇东西，保证你们从来没有见过。"

"什么好东西？"任华平和郭志勤异口同声地问道。

"剪纸。没听说过吧？"

"没有。"

"就是呢，这次去，最大的收获就是学会了剪纸，那东西挺好玩儿的。我带了不少蜡光纸回来，回头送给你们一些，让你们也开开眼界。"

正说着，听到屋里任志宏的声音传来：“华平，和谁说话呢？”

任华平说：“是小蒙、志勤他们来了。”

过了一会儿，任志宏从屋里走出来，手里端着一个盆子，里面放着好几块西瓜：“来来来，吃西瓜。”

吕小蒙和郭志勤叫了一声“叔叔”，任华平将盆子递给他们，笑着说：“还是你们面子大，一来就有西瓜吃；我要了几天，我爸就是不肯，说是要留着招待客人呢。”

“我们又不是客人。”吕小蒙说着，做出要退回去的样子。

“别听他胡说，你们难得来。”任志宏对吕小蒙说，“你爸爸还好吧？又有好几个月没有见着他了。”

吕小蒙说：“我爸也说到您和孙叔叔的，现在他那儿的住宿条件好多了，你们去住也更方便了。”他把父亲的情况大致说了一下。

任志宏高兴地说：“能在省城立住脚不容易。”他转身对郭志勤说：“你爸店里事情多，平常我们也少有来往，你代我向他问个好吧。”

郭志勤说好。

吃完西瓜，任志宏说：“我上班去了。你们在这里玩儿，以后常来。”他把空盆子拿走，又出来嘱咐了任华平几句，就走了。

任华平提议说：“我们下盘棋吧。”郭志勤说好。

吕小蒙对棋类兴趣不大，说：“你们玩儿吧，华平，我可以去看看你爸爸的书房吗？”

“当然可以，我带你去。”任华平说着，拉吕小蒙进了他父亲的书房，然后从书桌上取出一盒象棋出去了。

24

吕小蒙是第一次到任志宏的书房里来。说是书房，其实就是卧室里多出几柜子书，大部分书在学校的图书室里他都看到过。他便抽出一本期刊，坐下翻看起来。

都是些极平常的事、极平常的人，用这样极平常的文字写出来，就成了新闻，成了通讯报道了？就可以上报纸上广播了？他觉得自己也可以试试。

吕小蒙又取出一本书，任华平和郭志勤走进来，看到吕小蒙专注的神情，都有些惊奇。“这里怎么冒出了个书生？”两个人调侃道。

吕小蒙对任华平说：“哪天我拜你爸为师。”

“拜我爸为师？跟他学什么呀？”

“学写新闻写通讯报道啊。”

“你什么时候喜欢上这个了？没问题，回头我和我爸说。走，出去下几盘。我下不过志勤，他的棋太狠了。”

“哪里，是你让我的。”郭志勤说。

三个人出去又下了一会儿，才收起棋盘。任华平提议说：“过几天我们去看看蒙城高中。”

“以前不是去过的吗？”吕小蒙说。

“有什么看头儿？还不是老样子”郭志勤也说。

“当然去过的，听说，近两年又新建了教学楼和宿舍楼，还搞了绿化，变化很大的。”

这引起了吕小蒙和郭志勤的好奇，他们同意约个时间去看看。

三个人又聊了好一会儿，直到任华平的妈妈下班回来，吕小蒙和郭志勤才离开了任华平家。

和郭志勤在泰定桥边分开后，吕小蒙朝家里走，刚进院子，就闻到屋子里弥漫着的饭菜香味。

“外婆，这么早就做晚饭了？”吕小蒙说着走向厨房。

“中午吃的面条，容易饿，晚饭就早点儿做了。你妈去厂里了，等她回来我们就开饭。先把桌椅搬出去。”外婆吩咐道。

夏天的傍晚，许多人家都是在家门口吃饭的，一是凉快，二是亮堂。吕小蒙从井里提上水来，朝地面上泼洒开去，立刻有了凉意。他搬出一张小方桌，又搬来几个小凳子，一切准备妥当，就等母亲回家了。

陈志萍和吕小蒙这次去省城，陈志萍向厂里请了一个星期的假，因为吕德全的居住条件好了，夫妻有了更好的空间，让他们不忍分别，又多住了几天。好在吕德全和孙银成关系非同一般，当年孙银成以厂里业务发展快，需要增添一名仓库保管员为说辞，将陈志萍从生产车间里调了出来。仓库保管员既轻松又自由，许多人都想去干。

之前陈志萍去省城探亲，一般就是两三天时间，偶尔也会超出一两天。每次超过时间回来，陈志萍都会在回来当天就去厂里报到，并带上一些省城的特产。看在厂长的面子上，当然也看在陈志萍的为人上，别人都不会说什么。可这一次比之前几次又多待了几天，陈志萍不安心，洗过衣服就奔厂里去了。

孙银成出差去了，副厂长在，看到陈志萍，一如往常地和她说笑，这让陈志萍踏实了些。她拿出一份特产送过去，对方很自然地收下了。另一位仓库保管员看到陈志萍送上的东西，就说为何不在城里多待些日子。陈志萍笑笑说：“小蒙马上就要开学了，再说这次去，时间也不短了。”

陈志萍回到家，饭菜已端在桌上。老人说：“我估摸你也该回来了。”

夕阳渐渐落下去，开始有了丝丝凉风，一家人一边吃饭，一边说着闲话。

忽然想起什么事来，老人对陈志萍说：“前两天张家村的老姐妹带着孙女到家里来，说到她孙女今年也考上了蒙城高中，可不就和小蒙是同学了？那孩子脾气又好，模样又好，我一见就喜欢上了。”

张家村的阿姨是老人在娘家做姑娘时相处得很好的姐妹，后来嫁到离陈家村不远的张家村。以前在村里时，两个人经常走动。老人住到镇上了，遇到蒙城集场，张家村的阿姨有时也来家里坐坐，陈志萍和吕小蒙都是认识的。

老人看了一眼吕小蒙，欲言又止。

吃过晚饭，吕小蒙出门玩儿去了。外婆和陈志萍坐在院子里说话。

老人又提起那个女孩子来：“老姐妹家的孙女叫凤仙，我怎么看她都觉得好，要是以后她做了我们家小蒙的媳妇，我就称心了。”

陈志萍笑着说：“小蒙才多大啊，倒说上这个了？先留意着，要是真有缘分，自然会有结果。”

她想起了当年和吕德全的相遇，一本《红楼梦》叩开了他们的爱情大门，那就叫缘分。

“那天来，小蒙不在，我让她们开学时再到家里来，也是让他们认识一下的意思。”老人说，“你别怪我多事，小蒙是我带大的，他以后的婚事我做主，不然我不放心。”

陈志萍说：“这个自然。小蒙最听您的话。不过现在可什么也别提，他们都还只是学生。”

“这个我知道。”

25

晚上，吕小蒙翻出剪纸图案，又把李向群送给他的蜡光纸抽出来一张，想刻几个送给任华平他们。房间里很热，他穿着一条短裤，光着膀子，大汗淋漓，蜡光纸上都是湿漉漉的。一直折腾到很晚，终于刻出一片鸡鸭人物来。吕小蒙把它们排在桌上，反复欣赏，心想任华平他们会喜欢的。

第二天早上，陈志萍吃过母亲准备的早饭上班去了。老人照例做着家务，吕小蒙一觉睡到日头上了树，直到院子里传来说话的声音才醒来。

他立刻猜到是任华平、郭志勤他们。

果然，就听到老人的声音：“小蒙啊，起床吧。华平他们来了。”

老人的话还没有说完，那两个人就跑了进来：“日头照屁股了，还睡？”

“还不是为了你们？”吕小蒙说。

“这话说得，自己赖床，关我们什么事？”

“你们看看。”吕小蒙指着桌上说，“昨晚为了给你们准备剪纸，熬了差不多一夜呢！”

两个人凑到桌前，露出了惊讶的神情：“真好看，都是你弄的？”

“当然啰！”吕小蒙自豪地说。

“怎么弄出来的？”

吕小蒙把李向群教他的方法告诉了他们。

“这是女孩子干的活儿。”任华平随口说道。

没想到这句话竟刺激了吕小蒙，也提醒了他。对呀，这可是从李向群那里学来的，也没有看见李建刚弄这个啊。想到这里，他有些讪讪起来：“你们不喜欢，我还不给呢。”说着跳下床，就要把那些剪纸收起来。

郭志勤说：“还生气了不是？华平也就是这么一说。这么好看的东西，也让我们见见世面。”

看到吕小蒙尴尬的样子，任华平也觉得刚才有些冒失。他讨好地说：“是啊，真是好东西。”

吕小蒙猛然意识到，为了这个玩意儿伤了同伴们的感情可不值。他放下抓在手里的剪纸，重新铺在桌面上。

郭志勤说：“这些东西确实是宝贝，送给我们可惜了。我们要几个回去欣赏欣赏就好了，其他的你先收着吧。”

“好的，你们喜欢什么就拿去吧”。吕小蒙说，“这么早来，想去哪里玩儿啊？”

任华平说：“不是说好去蒙城高中的吗？”

“这样猴急？离开学还有十多天呢，哪天不能去？”吕小蒙说着，和他们一起走出了房间，“等我一下啊，我冲个澡，吃个早饭。”

老人去厨房给他盛早饭。

吕小蒙走到井台上，提起一桶水，刷牙洗脸，用毛巾擦洗，又提起一桶水，举起来，从头顶上哗哗地泼下。擦干身子后，他回房间换了一套新的短裤背心，一下子神清气爽起来。

吕小蒙吃早饭的时候，任华平把一本书递给了他：“你昨天说的话，我同我爸说了，他说这是好事，让我先把这个带给你看，要是写了什么文章就拿给他，他会帮你看的。”

吕小蒙很高兴。三个人出门去了。

蒙城高中在镇的东北方向，离镇上四五里路。三街有条大路通向学校，他们没有走大路，而是朝吕小蒙家东边走，虽然是田间小路，却近了不少。

鸟儿在树丛中穿梭，发出叽叽喳喳的叫声；天空蔚蓝辽阔，白云起伏涌动；树叶在阳光里泛着绿光；小路因为多日干旱显得坚硬如铁。他们大步流星地走着，遇到沟渠，就纵身跳过去，不多时就来到学校门口。

墙上贴着几张红纸，上面是高一新生名单和班级安排。看到自己的名字和所在的班级，又看到曾柯柯、孙春英的名字，他们都很激动，有了蒙城高中高一新生这个身份，以后就可以堂而皇之地出入这所学校了。吕小蒙忽然想起外婆说的那个女孩子，后悔当时没有问问她的名字，不知是否和他是同一个班。

走进学校，吕小蒙恍入梦境。两年前的暑假，这里举行过全市中学生篮球联赛，他来过这里，邹青云、任华平、郭志勤作为啦啦队队员也来过。那些房舍有的还在，有的已荡然无存，取而代之的是一排两幢崭新的教学楼和办公楼。楼房后面是两个人工开挖的长方形池塘，池塘周边种植了柳树、桃树。一条碎石子路直通校门，两旁栽有梧桐树，树下有一面带橱窗的墙，里面东西琳琅满目。走着，看着，他们不时惊叹于学校的变化，欣喜于自己终于成了这所学校的学生。

一些人在校园里走动，看上去是管事的老师，大约在准备开学的事。在校园内走了一圈儿后，他们穿过围墙东侧的小门，往操场走去。

“哇！”任华平大叫起来，“这哪里是什么运动场，分明就是飞机场嘛！比原先的大多了，篮球场从原先的两个增加到了四个，跑道移到了运动场的外围，还有了一个足球场、一个田径场——啊，多气派。”

“要是面前有只篮球就好了。”吕小蒙有些技痒了。

“看看，还说我们猴急，你不也是？以后有你玩儿的。”任华平数落道。

他们一会儿跳跃到双杠上，一会儿蹦腾在沙坑里，这里看看，那里望望，什么地方都要去走一走、摸一摸。吕小蒙说：“这里比省城的学校还好呢。”

郭志勤说：“怎么可能？”吕小蒙想了想，不作声了，确实，他到过的只是省城的一所小学，这里是高中，当然无可比性。

太阳挂到头顶，气温升高了，他们新鲜好奇，乐而忘返，还是吕小蒙发话了：“回去吧，以后这里就是我们的天下。”

他们离开了学校。

很快到了开学报到的日子，吕小蒙和任华平、郭志勤约好这天一起去学校。吕小蒙起床后，吃过外婆端来的馄饨，在家里等他们。吕小蒙想起今天家里有客人来，外婆还要准备午饭呢。

任华平和郭志勤如约而至，他们同老人道别后就往学校里去。

第二章 春暖如水

1

吕小蒙回来时，客人已经在了。张家村的姨婆他是见过的，还有一位中年男人和一个女孩子是第一次见。他猜想这位中年男人应该就是女孩子的父亲，便走过去落落大方地称呼道："姨婆好！叔叔好！"

外婆拉着吕小蒙的手对客人说："这是我外孙小蒙，和凤仙一样，今年也考上蒙城高中了。"

吕小蒙于是知道女孩子叫凤仙。眼前的这个女孩子穿着白衬衫、蓝裤子，一头乌黑发亮的头发，模样和李向群像极了。吕小蒙朝女孩子笑笑："你哪个班的？"

女孩子低声说："3班。"

吕小蒙说："我在1班。"

张家姨婆对老人说："老姐妹，凤仙住在学校里，以后还要请你们多照应哪。她没有了娘，爹在外地做工，这次是来送她上学的，家里就我一个人，离学校这么远，平时想来一趟也不容易。"

老人道："快别说见外话。不嫌弃的话，就让孩子住到我们家里来——在我房间搭个铺就是了。吃的用的，我给她弄。在我这里，不就和在你跟前一样吗？"

张家姨婆和中年男人商量了几句，说："这太麻烦你们家了。还是让她住学校吧。”

“也好，只是以后可要把这里当作自己家，想来就来，姨婆什么时候都候着你。”老人对张凤仙说道。

“那是当然，姨婆菩萨心肠，到这里来不要拘束才好。”张家姨婆也对张凤仙说。

“小蒙，带凤仙去你房间里坐坐吧。以后就是同学了，应该有话说的。”老人说。

张家姨婆也对张凤仙说：“小蒙是个好孩子，你们要相互帮衬，一起搞好学习。”

第一次有陌生的女孩子到自己的房间来，吕小蒙很激动。张凤仙更是不知所措，脸红到了脖子根，头低到了胸前。

吕小蒙到底是镇上的，灵机一动，拿出了剪纸，递给张凤仙：“这些东西好看吗？”

张凤仙一脸惊喜，拿在手里细看：“这是怎么做出来的？”

“用刀片在蜡光纸上刻出来的。”吕小蒙随即刻了一张，然后把一张红色蜡纸和刀片递给张凤仙，“你也来试试，当心手就好了。”

张凤仙迟疑了片刻，缓缓地接过刀片，依照吕小蒙教的方法，慢慢地学着刻起来。

纤纤玉手在蜡光纸上翻转游走，吕小蒙看得出了神，也可以说陶醉了。

看到张凤仙的剪纸显出了雏形，吕小蒙不禁啧啧称赞：“你真行！”

“你教的，不然我哪儿会？”张凤仙喃喃地说。

“这些你都拿去吧。”吕小蒙把李向群送给他的蜡光纸全部拿了出来，既然是女孩子的玩意儿，他留着也没有意思，再说张凤仙喜欢，就送给她好了。

有了剪纸的铺垫，两个人自然而然地聊起来。吕小蒙讲起小时候在陈家村里玩耍的事情，特别提到了那个窑场。张凤仙就说：“窑场在我们村和陈家村之间，以前我经常去那里割草。”

吕小蒙又说起他曾经带领小伙伴第一个爬到窑顶，张凤仙就说他胆子真大。他们又提起陈国宝。张凤仙说上小学他们就在一所学校，后来上了初中，他们还是一所学校。陈国宝淘气，到了初中，他一下子喜欢上学习，当上了班干部；到了初三，学习成绩稳居班上第一二名，顺利考取蒙城高中，今年应当读高三了。

这消息让吕小蒙惊讶又高兴。自从他进入初中，就没有去过陈家村。陈国宝考取蒙城高中已经有两年，他一无所知。

张凤仙告诉吕小蒙，母亲生病时，她刚上初中，因为不放心母亲，她时常迟到早退，甚至请假不上课，成绩也落下来了。母亲非常生气，大声呵斥，说家里就指望她了，她要有孝心就认真读书，将来考取大学。她不敢违背母亲意愿，白天去学校上课，晚上在家里服侍母亲，操持家务。

母亲去世后，家里欠下不少债务，父亲去外地打工，家里只有她和奶奶。她学会了做家务，针线活儿、做饭样样会，学习成绩也上去了。今年中考，他们学校只有三分之一的学生考取高中，她名列其中。说着说着，她流下泪来：“今天这样，妈妈也会高兴的。”

听了张凤仙的讲述，吕小蒙对张凤仙顿生怜悯之心，他说：“以后谁敢欺负你，告诉我，有我呢。”他又惭愧地说：“这次中考，我是体育成绩加分才被录取的，以后功课有不会的，你教教我。”

两个人越聊越投机，直到母亲回来，外婆在外头叫吃饭，他们才从房间里走出来。

送走客人，吕小蒙又出门去了。老人对陈志萍说：“凤仙这孩子，论模样，论脾气，都是没的说，要是以后给我们小蒙做媳妇，以我的老眼光看，是吕家的福气呢。”

“我也希望他们能够走到一起，他们只是现在还小，将来指不定怎么样呢！顺其自然吧。”

这次见面，吕小蒙和张凤仙都把对方记在心里了。

2

在奶奶和父亲的护送下，张凤仙来到学校，找到所在班级，办理了入学手续，在沿途指示牌的引导下来到宿舍区。

女生宿舍位于学校的西南部，与教学区隔开。教学区往北，经过食堂前的一条朝南去的林荫小道，可以看到两排矮矮的青砖瓦房，前面是教师宿舍，后面是女生宿舍。

照着钥匙上标记的房号，他们走进去，已经有几个同学和她们的母亲在了。父亲将行李物品送入宿舍后就退了出去，坐到树底下抽烟。宿舍里有八个床位，北墙上有一扇窗户，外面的阳光很好，屋内却有点儿昏暗。

同学们友好地迎接她们，问叫什么名字、从哪里来，一下子就都认识了。张凤仙记住了她们的名字：皮肤白皙、长得洋气的叫王娟；身材匀称、温柔羞涩的叫孟小楠；高个子、穿着朴素、有些瘦弱的叫李素英；四方脸、说话大大咧咧的叫郭巧珍。

据她们说，王娟家在蒙城附近，送她来的是她的姐姐。孟小楠、李素英和郭巧珍的家都和张凤仙一样，离镇上比较远，那几个中年女人是她们的母亲。

奶奶一边同那些女人寒暄，一边帮孙女整理床铺。因为赶着去镇上，安顿结束后，他们就离开了。

他们在吕小蒙家吃过中饭，又去商店添置了几样东西。奶奶和父亲把张凤仙送到学校千叮咛、万叮咛，才放手离去。

梧桐树下，一群学生在看墙报，知了鸣叫，更增添了校园的静谧。

张凤仙进入宿舍，空位已经摆上了物件，显然，另外几位同学也已经入住了。只有王娟、孟小楠和李素英在。王娟在整理东西，孟小楠躺在床上看书。张凤仙问："她们呢？"王娟说去镇上玩儿了。

张凤仙打开布包，拿出几张旧报纸，准备包书皮。王娟整理完东西，说："我们也出去玩儿吧。"

孟小楠伸了一个懒腰："有什么可玩儿的？镇上离这儿不少路呢。"

王娟说："我带你们去看看大运河吧，大运河就在前面。"

生活在平原上的孩子有几个是没有见过河流的？然而，大运河实在是太有名气了，虽然从本县境内经过，但离她们家都远。以前她们也只是从书本里知道，从长辈那里听说，却是从来没有亲眼见过。

吕小蒙的家就在大运河边，张凤仙跟奶奶去他家时，因为紧张和兴奋，并没有将她见到的河流与大运河联系起来。听王娟这么说，她就响应道："好啊，那我们去看看。"

这时，有声音从门外传进来："凤仙在吗？"话音未落，一个身材苗条、面容姣好的女孩子闯进来。

"东方来了！"张凤仙高兴地跳起来，快步迎上去。这个女孩儿姓景，是张凤仙的小学、初中同学，住在张凤仙隔壁村里，两个人一直要好。初中时，景东方是班长，张凤仙是数学课代表兼小组长。每天放学她们都结伴而行。张凤仙的妈妈生病期间，景东方还经常到张凤仙家去帮她做家务，陪她做作业，鼓励她继续学业。

景东方的外公唐元祖早年在上海开公司，中华人民共和国成立前，带着小老婆离开了。外婆和一对儿女留在老家。舅舅唐生杰大学毕业后分配到蒙城高中，做了一名普通教师；舅妈朱柔在蒙城高中图书室工作。一家人住在学校的教师宿舍。景东方的母亲唐生梅嫁给了生产队会计景国民。

"你是怎么找到我的？"张凤仙问。

"一办完入学手续，我就去你们班上找你了。"

"你知道我在哪个班？"

"学校门口新生录取名单上有啊。"

"哦。"张凤仙想起来了，早上进学校时，她就是在那里找到所在班级的，不过当时没有多看，就去教室了。

"没有人告诉你我住在这里？"张凤仙接着问。

"告诉了，我正准备来找你，有人说看见你和家人往镇上去了。这不，刚午睡醒来，我就又过来找你了。你果然就在了。"

“原来是这样。”张凤仙感动地握住景东方的手，“你在哪个班？”

“1班。”景东方说。

张凤仙立即想到吕小蒙也在1班。“住哪个宿舍？”张凤仙问。

“表哥在省城成了家，他的房间空着，舅舅让我住在他们家。”

“挺好的呀。”张凤仙羡慕地说。

“以后带你去他们家玩儿。”

两个人又说了一些话，张凤仙看到王娟在那边示意她。“听说大运河就在学校前面，我们几个说好了去那里看看，你要是没事，就和我们一道去吧。”张凤仙热情地向景东方发出邀请，同时将几个室友做了介绍。年轻人的心是容易接近的，五个女孩子很快热络起来。景东方高兴地答应了。

3

她们从女生宿舍出来，走入教学区。校园里的人多了起来，一群新同学从她们身边走过。

“我们那里考来几个？”张凤仙问。

“女生就我俩，还有几个男生。”景东方说。

“怎么一个也没见到啊？”

景东方朝学校东头的一排新房子指了指："男生宿舍在那边。我也没有见到他们。不过，张景明在我们班上。"

"这人我知道，喜欢读《资本论》。"张凤仙说。

"是的。"

"3班有我们的同学吗？"张凤仙又问。

"赵志新。"

赵志新就是那个头发整天抹得油光光的家伙，人聪明，也自负，总喜欢仰着头，不肯好好瞧人似的。

她们来到教学楼后面的池塘边。柳树绕塘，枝叶起舞，婀娜多姿。几个女同学站在那儿，有调皮的家伙经过，从地上拾起小石子用力甩下去，溅起一片水花，引得女生们尖叫、大笑。

"我们去那里。"景东方指着紧邻池塘的一排墙报说道。

墙报上贴着学生作文、名人名言、文学作品以及学校的各种通知。"东方，这里还有诗呢。"张凤仙指着一处说，"还是学生写的呢。"

景东方走过去，认真看起来。

"你一直喜欢诗，他们能写，你也能写啊。"张凤仙说。

"有机会我也写。"景东方的眼睛闪烁着光芒，她朝张凤仙调皮地说。

王娟说："想不到我们身边还有个大诗人呢。"

孟小楠也来凑热闹："不是说高手在民间嘛。"

"一会儿我们去大运河边上，让她即兴创作一首诗怎么样？"张凤仙说。

"好呀！"大家笑着起哄。

走出校门，几个人沿围墙外边的小道往南去，面前尽是田野，没有一条像样的路可以通向大运河。庄稼长得茂盛，沟渠已经干涸。她们在田埂上跳跃着，走着走着断了路，她们就踏进庄稼地里，在里面的排水沟里深一脚浅一脚地走。

五个高中生像五只野兔子，在田间忽隐忽现。一段时间后，终于看见一道长长的堤岸，她们冲上堤岸，宽阔的大运河进入视线。河面宽阔，有船只经过，有的载着煤，有的载着砖；有的用帆布盖着，也不知道里面装着什么。船上有人走动，男人从船舱里走出来，光着膀子，她们看了觉得难为情。“突突突”的机器轰鸣声由远及近，由近而远。这些船只从哪里来，往哪里去？她们好奇地想象。

堤岸上种有各种树木，有的比碗口还粗，枝叶婆娑，有的杂乱无章地与绿色藤蔓缠在一起。树林中有一条被捕鱼人抑或是牧羊人走出来的羊肠小道，她们蹒跚地走下去，直抵岸边。

林间开着许多叫不上名来的花草，几个女孩子争相采摘，景东方和孟小楠还编织成花环戴在头上。王娟一把抢过孟小楠的花环戴到自己的头上，孟小楠追赶着她。

“有蛇！”王娟忽然大叫一声。孟小楠猛地跳了起来，“啊”的一声，要哭出来了。景东方和张凤仙也吓得停住了脚步，王娟却在那边呵呵地大笑起来。

“死丫头，骗人啊！”孟小楠知道王娟是在骗她，狠狠地说，“不理你了！”

“和你闹着玩儿的。”王娟跑过来，把花环还给孟小楠，讨饶地说。

看到王娟那副故作可怜的样子，孟小楠扑哧笑了。李素英瞪了王娟一眼：“可不许欺负老实人。”

王娟说："谁敢欺负她？我同她开玩笑的。"

"这种玩笑开不得，我们都被你吓死了。"

王娟的这一吓唬让女孩们的心理产生了阴影，她们谁也不敢再进入草丛了，两眼盯着地面，脚步明显加快。前面有一处高坡，高坡上有一座建筑。王娟说那里是电灌站。她们小跑着冲向那里。

电灌站很大，两根粗大的铁筒斜着横在那里，一头连着大运河，一头连着大沟渠，中间是水泥平台。

她们沿着旁边的扶梯爬了上去。

站在平台上四处瞭望，向北看得见蒙城高中，朝东望是一望无际的田野，大运河像一把尖利的犁头将田野一分为二。河对岸有几处工厂模样的建筑，几只大烟囱巍然耸立。河西头就是蒙城了，可以望见有座桥横跨在大运河上，桥上人像皮影戏中窜动的人物。

王娟用手指着说："那就是我们这里有名的古桥——泰定桥了。"接着，她就介绍起这座桥和蒙城的历史，说得头头是道，旁边的人听得津津有味。

从小生活在偏远乡村的女孩子，头一次这样真切地看到蒙城镇。小时候，每每听大人们说起蒙城，就像在说一座城，现在看来，果然就像一座城嘛！

为了安慰孟小楠，王娟走过来，站在她身边说这说那。

张凤仙两次到蒙城都是跟着奶奶疾行，不辨东西南北。听奶奶说，吕小蒙家就在古桥附近。既然看到古桥，她猜想着吕小蒙家在什么地方。那里的建筑很多，她下意识地把吕小蒙家锁定在某一处，她觉得只有这样，上午到过的人家和看到的人才是真的。

张凤仙对着蒙城方向发呆。景东方忽然想起什么来，她走到张凤仙的身边来说："你上午去镇上做什么了呀？"

"走……走亲戚。"张凤仙掉过头来。

"你们家在镇上有亲戚？可从来没有听你说过啊。"景东方说。

"是我奶奶的亲戚，之前我也不知道。"

"是这样。"

"那家里有个老人，奶奶让我叫她姨婆，慈眉善目，对我很好的。"张凤仙忽然说。

"你奶奶带你去吃饭，证明她们的交情深。"景东方说。

"我奶奶也这么说。她家有个男孩儿叫吕小蒙，今年也考上了蒙城高中，和你同班。"张凤仙侧过脸说道。

"是吗？"景东方诡异地朝她笑笑，"帅不帅？"

"不知道。"张凤仙心里有些慌乱。

"我也不问你，明天到班上就知道了。"

"你可别多想，我和他不熟，他人挺好的。"

"看来你和这家人挺有缘的。"景东方接着说，"对了，听说今年高一年级分班是有倾向性的，文科好的分在一班，理科好的分在其他三个班。"

"为什么要这样分班呢？"张凤仙不解地问道。

景东方正要说什么，王娟挽着孟小楠的手走了过来。

4

“唠叨什么呢？”王娟问。

“在说你呢，一样吃五谷长大的，你怎么就长得这么白，这么——性感？”景东方转移了话题，开玩笑地说。

“胡乱编排我了是吧？有正经消息也不告诉我们。刚才听说文科理科的，怎么回事啊？”

景东方把刚才的话重复了一遍，说：“我也只是听说，可不要在外面传。”

“我又不是八哥儿。”王娟说。

“这也算不得秘密，我早就听说过的。”孟小楠说，“管他文科理科，到了高二年级再说。”

“对了，说好了你要现场创作一首诗的，现在登高望远，应该诗兴大发了吧？快来一首吧。”张凤仙也觉得文科理科同她没有多大关系，她推了一下景东方。

“这样的风景就是一首诗，还要我画蛇添足？我们只静静欣赏就好了。”景东方说，“不过，它让我想起艾青的《大堰河——我的保姆》，原先我能背下来的，现在只记得几句了。”

“那你背来听听。”众人嚷嚷。

景东方清了清嗓子，大声背诵起来：

大堰河，今天，你的乳儿是在狱里，
写着一首呈给你的赞美诗，
呈给你黄土下紫色的灵魂，
呈给你拥抱过我的直伸着的手，
呈给你吻过我的唇，
呈给你泥黑的温柔的脸颜，
呈给你养育了我的乳房，
呈给你的儿子们，我的兄弟们，
呈给大地上一切的，
我的大堰河般的保姆和她们的儿子，
呈给爱我如爱她自己的儿子般的大堰河。

大堰河，我是吃了你的奶而长大了的
你的儿子，
我敬你
爱你！
…………

“果然是诗人，一口气背出这么多来！”孟小楠由衷地说。

“只记得这么几句。”景东方有些遗憾。

“这诗有什么好的？乳房啊奶啊什么的，这么下流的东西也叫作诗啊？”李素英说。

“等你有机会读到全诗，了解到诗的写作背景，就能感受到它的美和力量了。”景东方很认真。

“我看王娟就很美很有力量。”孟小楠这个看上去文文静静的女孩子突然冒出了这么一句。

“要死了，扯上我了！”王娟立刻反应过来，一边笑，一边跳起来要追打孟小楠。

“好了好了，都别闹了，我们该回去了。”张凤仙一把拦住王娟。

天色暗下来——差不多到吃晚饭的时间了。“再见，大运河！再见，母亲河！”她们学着景东方的腔调，朝大运河不住地挥手致意，然后走下平台，走进田野，回到了学校。

一个同学跑来通知，班主任让大家晚饭后去教室集中。

走进教室，张凤仙看到了端坐在偏后面的赵志新，仍然是油头粉面的，他很有风度地朝张凤仙笑笑。

班主任是一位年轻男老师，戴着近视眼镜。他首先对新同学表示欢迎，寄予希望，并在讲了一通住校生纪律要求后，宣布了各宿舍的室长名单，有张凤仙的名字。

回到宿舍，大家闹腾起来，从各个初中校会集来的同学到了一个新环境，认识了新同学，兴奋不已。不要说平时喜欢说话的，就是平时不喜欢说话的，在这种气氛的感染下，也禁不住要说上几句。

张凤仙早早地钻进蚊帐，她翻出剪纸。回味上午和吕小蒙在一起那样静好，要是自己有这么一位亲哥哥有多好。可人家是镇上人，同自己非亲非故，这样对待她是看在他外婆的面子上，以后见着了还指不定怎么样呢。再说了，班主任刚刚宣布她为室长，说明老师信任她，今后要好好读书，好好表现，做一个优秀的学生。

她把剪纸收起来，夹进本子，放在枕旁。

她想念起奶奶来。

昨天，奶奶和父亲下田后，张凤仙留在家里做家务。明天就要上学去了，以后难得回来，想到这些，她恨不得一口气把家里的活儿全干完。看看实在找不出什么活儿可干了，她就走进隔壁茅草屋，取出篮子和镰刀，朝村后走去。

田野里有人在劳动。张凤仙遇见人就打招呼。有人说："凤仙真不简单，考取蒙城高中了，听说村里就你一个考上了啊。"

张凤仙不知道怎么回答，只好说："是我的运气好吧！"说完立即就后悔了，想起离世的母亲，她心里一阵难过和慌乱，不由快步从他们身边闪了过去。

奶奶看见她说："丫头，明天就要上学了，不在家里做做准备，跑这里来做什么？"

张凤仙说："我来看看有什么可以帮着做点儿的，顺便也割些羊草回去。"

父亲说："这些活儿可不是你做的。"

"没事，我去割羊草。"

不远处有片低洼地，原先是个不大的池塘，多少年后被淤泥堆积，水面越来越小，越来越浅，一到秋冬两季便见底了。因为低洼湿润、土壤肥沃，上面生长的青草丰美茂盛，是牲畜上好的饲料。村人常去那里割草，张凤仙也经常去。

草被人割得差不多了，斜坡上零星地还剩些。张凤仙绕了一圈儿，终于割满了一大篮子。天色尚早，她想在这里待会儿，便寻着一处草地坐下来。天上的云朵被挤压变幻成各式形状，如山、如树、如河、如马。秋风吹在身上，柔柔的、酥酥的，令她昏昏欲睡。

张凤仙想，这是一个收获的季节，也是一个梦幻的季节。考取蒙城高中，朝心中的理想又近了一步，她的未来就像头顶上的蓝天白云，遥不可及却近在眼前。今后可要走好人生的每一步啊。

四周看不到人影，她索性躺下来，调皮地闭上眼睛。以前，在阳光底下只要一闭上眼睛，眼皮里就会出现一种奇怪的颜色：浑浊又充盈，像红色，却不是红色；像褐色，却不是褐色。时间久了，这种颜色就布满了整个眼球，令她遐想。

回顾十多年来的人生道路，她觉得生命里有些东西真的是不可捉摸，原本是无忧无虑的年纪，却过早地承受了失去母亲的伤痛。什么是幸福，什么是悲伤，她比同龄孩子更有体会，可毕竟是花季少女，看似成熟的她也难掩一颗纯真的心。

回到家，张凤仙就张罗起晚饭来。

说是晚饭，其实就是煮一锅粥，里面放些红薯。晚上，一家人坐着吃饭。看着奶奶和父亲，张凤仙的眼眶一时竟湿润起来。明天就要离开家了，父亲不久也要外出打工，家里只剩下奶奶，地里有那么多活儿，家里还有猪羊，奶奶要吃苦了。想到这里，她流下了眼泪。

奶奶多少能够猜到孙女的心思，说：“丫头，考上高中不容易，到了学校要好好念书，要给家里争口气。”

张凤仙用衣袖擦去眼泪，说：“奶奶，您放心，我会的。”

奶奶又说：“明天，去姨婆家吃中饭。上次去说好的。姨婆人好，我们是几十年的姐妹，我让她以后照应你。”

“我听奶奶的。”

奶奶又接着说：“住在学校，不要牵挂家里。奶奶身板硬朗，再对付上十年八年没有问题，等你出息了，我也就可以享福了。”

张凤仙点头道：“奶奶，您多保重身体，不要太劳累。”

奶奶笑了：“丫头最懂事，有你这句话，奶奶就知足了。我有空儿就去学校看你。”

…………

一阵睡意袭来，张凤仙进入了梦乡。

5

第二天，天刚蒙蒙亮，鸟雀就叽叽喳喳地叫开了。张凤仙醒来，躺在床上想心事。

吕小蒙的话在耳边响起：“以后谁敢欺负你，告诉我，有我呢！”张凤仙微微一笑。这个男孩儿，第一次见面就给她留下可以信赖的感觉，这一家人又都是那样和气，让她倍感亲切。

张凤仙想：我与吕小蒙虽是同年级，却不在同一个班上，以后相见相处也是难得的；至于他家里，去一次是一次，将来怎么样，谁知道呢？又何必胡思乱想呢？安心读书才是要紧的。

天越来越亮，张凤仙穿好衣服，坐在床沿上，拿起新的语文课本翻看起来。

起床的铃声响了，房间里响起了窸窸窣窣的声音，同学们陆续下床来。张凤仙去井台漱洗，回来时听到一位女老师正大声催促还赖在床上的学生："快起来，快起来，上早操了！"

太阳像红色的火球，被瓷青色的云层衬托着徐徐升起。操场上，寄宿生已经排好队形，在体育老师的带领下做广播体操。富有节奏的旋律、整齐划一的动作，这样的场面让这些乡下来的孩子感到新鲜和振奋。

早操结束了，高一新生里不时看到原先熟悉的同学，大家彼此打着招呼。

张凤仙看到景东方，问她："不是说住在你舅舅家里的吗？怎么也出来做早操啊？"

"是的，舅舅说，住在家里也要和住校生一样，做早操、上晚自习，不能搞特殊。"

"你舅舅对你很严吗？"

"学习上他肯定管得严的，不过生活上可关心我了，说这里就是我的家，要像在自己家里一样。"

"吕小蒙的外婆也这么对我说的。"

"你几次提到吕小蒙，我倒好奇他是怎样的人呢。"

"我只是觉得人家待我不错。人家是镇上人，我可没有别的意思，你别瞎想啊。"

"看把你急的！镇上人怎么了？镇上人就是神仙了？我们凤仙冰清玉洁、聪明能干！"

"越说越不像话了。"

"哈哈，同你开个玩笑。家里都指望我们考大学呢，等考上大学，我们这些从乡下来的女孩子哪一个不是金凤凰？"

"诗人就是会想。"

"对了，我想了一首诗，念给你听？"

“好啊。”张凤仙信以为真。

“啊！美丽的校园！啊，美丽的凤仙，啊，啊，啊……”

“这是诗吗？”张凤仙笑出声来。

“当然是诗，诗必须得啊啊啊。不过呢，下面几句我还没有想好。”

“那你慢慢想吧，我的大诗人！”

吃过早饭，住校生都去教室了，走读生陆陆续续地来上学。

吕小蒙在新生录取名单里又一次寻找到熟悉的名字。孙春英、郭志勤、任华平和他在高一（1）班，曾柯柯在高一（3）班，张凤仙在曾柯柯班上。他会心一笑。

教室在教学楼一层的东头，后面有空位置，他径直坐在那里。任华平、郭志勤看到他，朝他笑笑。班主任进来了，这是一位五十多岁的男老师，中等身材、慈眉善目，自我介绍说他姓姜，姜子牙的姜，学生们听了笑出声来。

姜老师有一对虎牙，虽然姜子牙与牙齿并没有关系，但还是让学生们产生了联想。姜老师的模样也实在有点儿让人不敢恭维。

姜老师说：“以后你们叫我姜老师就可以了。”这是一句废话，当然也是一句实话。

他接着说：“你们都是从各初中校选出来的尖子生，特别是文科。”他提到了景东方，高一年级两百多位学生，她是全年级第一，不简单哪！又说：“当然我们这里还有特长生，比如吕小蒙，体育成绩顶呱呱，今后指望他为班争光哩。”吕小蒙有点儿不好意思，也有点儿恼火，他不想让别人知道他考上高中是沾了体育的光。

然后姜老师宣布班委人选：景东方任团支部书记，孙春英任班长，张景明任学习委员，吕小蒙任体育委员……这样的安排让吕小蒙很意外。小学和初中，他至多当过半学期的作文课代表和一个学期的体育课代表，到了高中竟然当上了体育委员！刚才的不快瞬间消散了，他觉得班主任虽然其貌不扬，却独具慧眼。

姜老师把全班学生叫到门外，按照身高将男女分成两排，然后鱼贯进入教室。男女穿插，有序落座，很快，教室里就像被清理过的庄稼地，整齐清爽多了。

吕小蒙注意到，坐在前排的孙春英剪成了短发，显得更加精神。初中时他偷看过她的日记，知道这个女孩子情感丰富，加上父辈又是要好的战友，对她也就亲近多了。

下课后，吕小蒙和任华平、郭志勤来到教室前的大树下。任华平冲吕小蒙做了一个鬼脸："当官了，感觉怎样？"

"呵呵，纯属意外。"吕小蒙难掩兴奋，开起玩笑，"主要还是某人优秀！"

"你优秀吗？我可看不出来。"任华平故意激他。

"脸皮厚的人不优秀谁优秀？"郭志勤说，"不过，他当体育委员也不意外。人家体育方面确实厉害。"

"同你们开句玩笑的，体育委员是什么官？好玩儿倒是真的。"吕小蒙说。

"听说孙春英的哥哥孙春平在丹凤县里当团委书记？"任华平说。

"县团委书记是多大的官？"

"反正前途无量。"

孙春英和另一个女孩子走过来，吕小蒙装着没看到。倒是孙春英开口了："吕小蒙，以后你可得帮助我哦。"

吕小蒙冲她笑笑，爽快地说："放心，老同学啦。"

他装作若无其事的样子，招呼着他的两位老同学："走吧，进教室！"

走在孙春英旁边的那个女孩子朝吕小蒙瞟了几眼，她就是张凤仙的同学景东方。

景东方没有见过吕小蒙，她凭直觉认定那个高个子男生就是吕小蒙。当孙春英叫吕小蒙时，她表现得镇定自若。她想，这个人长得帅，也面善，难怪张凤仙对他印象好。只是他同孙春英看上去很熟，他们是什么关系呢？

6

吕小蒙产生了找陈国宝的念头。他们七八年没见了，如今在一所学校里，不知道陈国宝现在怎么样了，还记得他这个小时候的玩伴吗？

一连好多天，吕小蒙在校园里溜达，留意着过往的学生，却没有看到陈国宝的影子。他想，张凤仙认识陈国宝，让她帮着找一下吧。

怎么去同她说呢？他和张凤仙只见过一次，又不在同一个班。放学回家，他就在外婆面前故意提起张凤仙。外婆说："凤仙这孩子，我也想她了呢，你问问她，哪天有空儿到家里来吃饭。”

吕小蒙这下有了名正言顺的理由，第二天，他就去找张凤仙。

在高一（3）班教室外的走廊里，曾柯柯看见吕小蒙走过来，大声说：“小蒙，你来了？有事吗？”

张凤仙在教室里看书，听到有人叫吕小蒙的名字，下意识地抬了一下头，看到一个熟悉的身影。“他不会是来找我的吧？”她想。

“柯柯，张凤仙在你们班？”吕小蒙明知故问。

“是啊，你们认识？”曾柯柯有点儿惊讶。

“嗯。帮我叫她一声。我有事找她。”

曾柯柯就在教室门口朝里面喊道：“张凤仙，有人找你。”

教室里的人都朝张凤仙看，又朝外面看。张凤仙有点儿慌乱，但很快镇定下来，大大方方地走了出去。

“吕小蒙，你找我？”她控制着自己的情绪。

“是的，外婆叫你去家里吃饭，问你哪天有空。”

旁边的同学投来了异样的目光，张凤仙脸红了。她想了一会儿，说：“这个星期天我回家拿些东西。下星期天行吗？”

吕小蒙本来希望张凤仙这个星期天就去的，可她这样说，他也不好说什么。“好的，我回去和外婆说一声。”

吕小蒙同曾柯柯打过招呼，正准备离开，张凤仙快步走上前去，问道：“我能带个人去吗？”

“谁？”

“景东方，我同学。”

“就是我们班上的那个景东方吗？”吕小蒙的脑海里立刻闪

现出一个人来。

“是的，就是她。我们是小学、初中同学。”

“好的，那就这样定了。”

回到教室，他朝身边不远的景东方看了几眼，心想：这个身材高挑、眉清目秀的女孩儿，原来和张凤仙是同学。既然有这层关系，以后要找张凤仙，让她捎个话倒也方便。

转眼到了第二周的周末。课间，景东方在走廊里遇见吕小蒙，悄悄地问他：“吕小蒙，凤仙让我明天陪她去你家，你看合适吗？”

“有什么不合适的？”吕小蒙微笑着说。

“我觉得不合适。”景东方说，“我去算什么？”

“都是同学嘛，张凤仙上个星期就同我说过了。”

“那好。”景东方说，“凤仙说她不认得去你家的路了，到时你来接我们。”

吕小蒙说没问题。

上完晚自习，张凤仙回到宿舍。王娟、李素英、郭巧珍等几个同学回家去了，只有孟小楠在。自从去大运河边上玩儿过之后，她们几个就处得很近。孟小楠温柔安静，她喜欢这样的人。外面月色很好，又不想立刻睡觉，张凤仙就约孟小楠去外面走走。

她们来到池塘边，在一张石椅上坐了下来。

“许久没有赏月了。”张凤仙说。

“赏月是需要闲情逸致的，你今天怎么有这般好心情？”孟小楠看了张凤仙一眼。

“可能到了周末，心情比较放松吧！”张凤仙笑着说。

“其实，我也喜欢赏月。初中时读过一些唐诗宋词，写月亮的很多，有的很美，也有不少是带着忧伤哀愁情绪的，我就不喜欢。月亮虽然清冷，毕竟不是悲，不是哀，那些诗人把个人的情绪带进去了，未必就是月亮的本意。”

张凤仙吃惊地看着她：“我们差点儿被你给蒙蔽了，原来你这么能说会道，你和东方一样，也是诗人呢。”

“我读过一些古诗词，不过做不了诗人，我没有理想，没有激情，我只想做个普通人。”

“你已经不普通了，你是月亮的知音呢。”张凤仙笑着说。

“这个我不知道，小时候特别热的时候，爸爸搭张床在屋外过夜，我透过蚊帐看天空，觉得月亮太可怜了，它照耀着我们，自己却孤零零地在天上。”孟小楠自言自语道。

“小楠，你真有想象力！”张凤仙说，“说得挺有意思。”

“那时我很傻吧？”孟小楠看着张凤仙说，“后来我就想，其实我们每一个人都是那天上的月亮，别人只看到它的光亮，却很少有人会想到它的孤独，谁会在意月亮的孤独呢？谁又会在意谁的孤独呢？这样想来，我应该算是月亮的知音吧。”孟小楠说着笑了起来。

“这些话说得很好，你应该去读文科。”

“我也是信口开河，我的文理科成绩差不多，选哪科都无所谓。一句话，能够考出去才好。”

“我们农村来的学生，也只有考上大学才可能改变命运。”

“英雄所见略同。”孟小楠一本正经地说。

“依我看，宿舍里几个人，数你的性格最好，又不张扬，又不偏执，和谁也处得来。”

“我这个人就是这样，对谁也不挑剔，也不计较，只求平平安安过日子，好就多说几句，不好就少交往。我不伤人，别人也很难伤到我，我对人和事的判断还是比较准的。虽说我们平时交流不多，可我看得出，你做事稳当，说话得体，成绩又好，我们当中也就你成熟些。”

张凤仙笑着说：“你尽夸我，你不知道，遇到事我也急，可我总是提醒自己要理性。事实上，做事或与人相处，理性是顶重要的。”

“是的，我们在一些地方有点儿像，”孟小楠说，“比如性格平和、遇事冷静，但其实也有不同。我是随遇而安，懒得去想什么做什么，是性格使然，你不同，你是遇事肯动脑子，有主见。”

张凤仙笑了出来：“把我说得神乎其神的，我哪里这么有心计？”

“你可别误会我的意思，我是夸你有能力，会处理事情。”

“你总是拿好话来说我，我自然高兴的。来上学的时候，奶奶反复叮嘱我，要谦虚做人，尊重老师，团结同学，遇事三思而行，别让人耻笑了。在我读初中时，我妈妈就生病去世了，有时也怨自己的命不好，可一想到‘命运要掌握在自己手里’，就觉得与其自哀自怜，不如自立自强。”

“没想到是这样，今天你不说，我还不知道呢。不过，‘与其自哀自怜，不如自立自强’这话说得好。”

孟小楠忽然想起什么，问张凤仙：“你了解王娟吗？”

张凤仙一怔：“不了解，可能是镇上人的缘故吧，我觉得她有些傲气，不过，为人倒是直爽。我一直奇怪，听说她家就在蒙城镇附近，怎么也住校？”

“开始我也奇怪，后来她同我走近了以后，我就问起这事。原来在她上小学的时候父亲就去世了，母亲跟着一个外地人走了，家里只有她和姐姐王玲，从小是奶奶爷爷照看她们。当年，母亲想把她们带走，爷爷奶奶死活不肯。王玲长大后，与镇上的一个叫朱亚中的人结了婚，本来想把王娟带到镇上来的，爷爷奶奶怕姐妹俩在一块儿住，影响到王玲的夫妻生活以及他们家人的关系，没答应。王娟进入蒙城初中后，王玲就让王娟住到家里去。王娟和吕小蒙、孙春英他们都是初中同学。王娟考取高中后，觉得还是住在学校方便，就提出来。姐姐、姐夫在工厂上班，看到妹妹大了，就随她去了。王娟每个周末都回家看爷爷奶奶，她在学校的费用全部是由姐姐、姐夫承担的。”

“原来是这样。”张凤仙叹息道，“王娟的打扮、说话的气势，可不像这样家庭里出来的人，可见，每个人的性格不一样，表现也不一样。王娟的姐姐，我们开学那天是见过的。”

“是的，王玲和王娟姐妹俩长得不像，王玲瘦弱高大，王娟个头不高，却丰满。两个人性情也不像，王玲很会照顾人、体谅人，王娟性子烈，凡事逞能逞强。不过，王娟是刀子嘴、豆腐心，别人吃不住她一时的脾气，若是时间长久了，就可以看出她人倒也不坏，甚至说还有些可怜。她的爷爷奶奶、姐姐姐夫对她不错，可她总是不开心。别看她有说有笑的，但敏感着呢。有时候，她发点儿小脾气，说点儿怪话，我也理解。”

“我以为她是小姐脾气，老实说，我最看不惯那种猖狂的人。”张凤仙想起母亲，沉默了一会儿，说，“每个人的生活都不容易，人生都难以完美，还是那句话，命运要掌握在自己的手里。”

孟小楠转过身，神情热烈地看着她：“凤仙，我打心眼儿里是敬佩你的。”

“你这样说叫我无地自容了，各人有各人的优缺点，我们相互帮助才是。三年同学，是一生的缘分，我们都要好好珍惜。”

7

第二天，吃过早饭，洗好衣服，张凤仙坐在床沿上看书。先是背一周学过的英语单词语法，将物理、化学、数学课本上的公式拿出来巩固一下，又到门外去走动走动。回到宿舍，她躺在床上，翻看着一本从图书室借来的书。

这时候，景东方的声音从门外飘进来：“马上就要去人家了，还有心思看书啊？”

张凤仙忙起身让座：“还早呢，不是在等你吗？”

景东方诡异地说：“去他家为什么叫上我？”

“别人看见会说闲话。”张凤仙诚实地说，“我们一起去，我自在些。”

“我就知道你是这么想的。”景东方笑着说。

“谁有你聪明。”

“当然！”景东方得意地笑出声来。

正嬉闹着，门外传来了吕小蒙的声音：“张凤仙在吗？”

“说曹操，曹操就到了！”景东方将张凤仙推出门，“在这儿呢！”

看到两个人都在，吕小蒙用欢快的语调说：“都在呢，我们走吧。”

8

一路上，张凤仙暗暗记下往吕小蒙家怎么走。景东方见张凤仙一言不发，主动和吕小蒙聊起天。

“吕小蒙，听说你体育不错，打篮球一定行吧？”

“一般，以前倒是经常打。”吕小蒙谦虚地说。

“哪天让我们也长长见识？”景东方瞟了一眼吕小蒙。

“初中时，学校里打篮球的不太多，我是猴子称大王。到蒙城高中，有四五个乡镇的学生，就不知道自己水平怎么样了。”

“看你的个子、身板，就知道你准行的。”

“你的个子在女生中也算是高的了，你也打球吗？”吕小蒙瞟了一眼景东方。

“我也打，不过——是皮球。”景东方扑哧笑了，吕小蒙也笑了。那也叫打球啊？那是他上幼儿园时玩儿过的，这么大的女孩子，说自己喜欢玩儿这个，有趣，但他没有说什么。

看到张凤仙安静地走在旁边，吕小蒙说：“张凤仙，你怎么不说话？”

张凤仙说：“我在听你们说话。”

“凤仙在想心事。”景东方调侃道。

“我有什么心事？”张凤仙好像内心的秘密被人发现了一样，生怕景东方说出什么让她难堪的话来，急忙打断她。

吕小蒙见状，打岔说：“我让任华平、郭志勤他们下午来我家的，我们一起上街去玩儿吧。”

张凤仙递了一个眼色，景东方心领神会地说：“我们就不去了，回学校还有事情。”

她们来到吕小蒙家的院子旁。景东方停下脚步，望着面前的河道惊喜地说：“咦，这不是我们那天看到的大运河吗？”

她跑过去，站到一个稍微高一点儿的地方，朝东边望去，又朝西边望去。张凤仙也有些惊讶，之前来过两次，却没有注意到这条宽阔的河流就从吕小蒙家门前经过。

老人听到声音，从屋里走了出来，看到他们，高兴地喊道：“是凤仙你们啊，快进来。”

“姨婆！”张凤仙叫了一声。“姨婆！”机灵的景东方也跟着张凤仙叫了一声。

老人笑嘻嘻地答应着，转向景东方说：“你就是景东方吧？小蒙同我说了。你和凤仙一起来，很好的，不要拘束啊。小蒙，你陪她们玩儿，我去做饭。”

老人进屋后，景东方对吕小蒙叫唤起来：“哇，这院子好大，这梧桐树好高啊。”

张凤仙说：“别神经兮兮的好不好？”

吕小蒙说：“这棵树是我爸从省城带回来栽下的，十多年了，都长成这样了。”

景东方竖起了手指："到底是镇上人家，连院子里的树都与我们那里的不一样。"

吕小蒙说："你们那里有什么树？"

"我们那里最常见的是楝树、泡桐树、桑树、柳树什么的。"

吕小蒙说："我们家这种树在蒙城街道也有一些。以前我那些同学来，就喜欢爬到这树上去玩儿。"

"我也来试试？"景东方做出要爬的样子。张凤仙赶紧制止。

景东方笑道："看把你急的，我也就这么一说，还真的爬了？我又不是猴子。"

看到景东方这样大大咧咧，吕小蒙想，这两个女孩子性格大不相同，却处得这么好，真是奇怪。

就在他们闲谈的时候，张凤仙悄然走进了厨房。

景东方让吕小蒙带她去大运河边看看。看到张凤仙进屋去了，吕小蒙也就没有再叫上她，他们走了出去。

老人见到张凤仙，问她在学校里吃住习惯不习惯，回去看过奶奶没有，又说："有些日子看不到你了，姨婆想你的。"

张凤仙听了，泪水噙满眼眶。她走向灶间，说："姨婆，我来帮您烧火吧。"老人见张凤仙坐下去了，也就不再说什么，她知道张凤仙在家里做惯了的，再说祖孙俩在这里说说话也挺好。

前些年，吕德全请人把门前的这条通往大运河的路铺成了碎石子路，又把码头重新加宽加固。碎石子路两侧栽了冬青树，这个地方成了一个微型的风光带。

景东方站在码头上，风儿吹起了她的长发，也撩动了她的思绪。她知道，眼前的这条大运河一头连着北京，一头连着杭州，北京是中国的首都，北京在哪里？杭州是浙江省会，杭州又在哪里？这些地方实在太遥远了。今后她要去北京和杭州看看，到那时，她可以坐着大运河上的船儿去吗？应当可以的，只要朝两端一直走，一直走，总有一天会到达的。她这样想着，嘴角浮现出一丝微笑。

看到不远处有座大桥横跨在河上，景东方问："咦，那座桥那么高，怎么没有桥墩呢？"

吕小蒙说："是的，石拱桥都是这样。"

"叫什么名字啊？"

"泰定桥。"

"那就是泰定桥啊，我听说过的。"景东方想起王娟那天说过的，原来这座桥离吕小蒙家这么近。

"夏天晚上桥上全是人。"

景东方羡慕地说："住在河边，住在镇上，蛮好的。"

"乡下也蛮好的，以前我经常跟外婆去陈家村。"

"你外婆是乡下的？"

"对啊，陈家村你知道吗？"

"知道，离我们村挺远的，离凤仙家也不近。"

"是的。"吕小蒙说，"我有很多年没有去了。"

"你家和凤仙家是亲戚？"

吕小蒙说："听我外婆说，她和张凤仙的奶奶是几十年的老交情了。"

"原来是这样啊。凤仙这个人不错，我们小学起就是同学。她心地善良，学习认真，别看她话不多，心里可有数呢，我挺喜欢她。"景东方不知道为什么要对吕小蒙说这些话，但说过以后，她觉得轻松起来。

"我外婆也挺喜欢她的。"吕小蒙实话实说。

"她不容易。"景东方说,"前些年她妈妈去世,她爸这些年一直在外面打工,家里就她和奶奶,家里的活儿她抢着干。"

吕小蒙似乎有些明白了她们为什么这么要好,张凤仙在他的心里突然间有了分量。

也许是这个话题有些沉重,景东方想起吕小蒙刚才在来的路上说的话,就问:"我看你和任华平、郭志勤挺好的,你们平时都在一起玩儿吗?"

"是的,我们是初中同学。"

"以前,总觉得镇上人高人一等,见到你们,好像又不是这样。你和任华平、郭志勤都挺好的,一点儿也没有瞧不起我们乡下人的样子。"

"蒙城只是一个镇,镇上人的祖上也都是来自五湖四海。说起来,有几户人家的祖上是真正的蒙城人?还不都是乡下人。为什么要看不起乡下人呢?"吕小蒙认真起来。

"不管怎么说,做镇上人总是神气的。"景东方打趣地说。

吕小蒙想到小时候到乡下去,确实有那么一点儿优越感,也就笑笑,不再说什么了。

9

张凤仙冲他们叫唤:"吃饭了。"

进了屋，桌上已摆好了饭菜。一个中年妇女微笑着招呼她们坐下来，吕小蒙介绍说："这是我妈。这是张凤仙的同学景东方，我们班上的团支书，她和张凤仙顶要好。"

"阿姨。"景东方叫了一声。

"听小蒙提起过。你们都是同学，以后常来家里玩儿啊。"陈志萍似乎是说给大家听，其实更是说给张凤仙听的。

吃过饭，说了一会儿闲话，陈志萍回房午休，老人去井台洗刷碗筷。张凤仙和景东方准备回学校去。

吕小蒙对张凤仙说："你认识陈国宝，他也住校，你帮我留意找找他。小时候在乡下我们处得很好。"

"好的，我也想找他，他考取高中后我们就没有见过面。"

"你也想找他？"

"是的。"张凤仙欲言又止，"我们是老乡，又是校友，我和东方同他都熟。"

走出房间，同老人道别。老人不舍地对张凤仙说："丫头，以后要经常来家里，缺什么东西就同小蒙说，我让他带给你。"

张凤仙答道："有时间我会来的。"

回来的路上，两个女孩子步伐轻盈，非常愉快。

"这一家人真的不错，一点儿也没有镇上人的架子。"景东方说，"吕小蒙的外婆对你真的就像自家人一样，我看着都眼热。"

"那是我奶奶同她有交情吧。"张凤仙也不能确定吕小蒙的外婆为什么会对自己这么好。

"看得出，老人很喜欢你的。"景东方说。

"我也把她当成自家奶奶了。"

"吕小蒙的妈妈长得蛮年轻、蛮精神的。吕小蒙很有福气。"

"听我奶奶说，吕小蒙他爸爸在省城工作，还是干部呢。"

"难怪家里看上去就是不一样，院子里屋子里的布局、式样都别致。"

张凤仙忽然说："没想到，吕小蒙同陈国宝小时候就认识。"

"说明吕小蒙重感情，这么多年过去了，还有这个心。不过，陈国宝人不错，以前对你挺关心。"

"是的，我非常感激他。"张凤仙由衷地说。

"是你人好。"景东方笑着说。

"是你们好。"张凤仙认真地说。

进入校园，她们恢复了安静，一个回宿舍，一个去舅舅家。

之后的时间里，张凤仙就留意起陈国宝来。同是住校生，接触的机会多一些，然而，好多天过去了，依然没有看到他。终于，在学校张贴墙报的橱窗里，吕小蒙和张凤仙看到了一张红纸黑字的公告，上面赫然写着陈国宝的名字，同时标注了他所在的班级。

这是一份通过飞行学员初选的喜报，全校只有两名学生入选，其中就有陈国宝。

真是他吗？他们很兴奋，然而在没有见到陈国宝本人之前，终究还是不能确定。张凤仙让吕小蒙去找陈国宝。

高三年级在另一幢教学楼的三楼。第二天早操结束后，吕小蒙找到了陈国宝的教室。吕小蒙的眼睛投向教室的每一个角落，却没有看到他，眼看就要上课了，他只得匆匆离开。

下午课间，他又跑去，仍然不见陈国宝的身影。他纳闷了，难道喜报上写的名字真的不是他们认识的陈国宝？见到一个老师正准备走进教室，他一把拉住问："请问老师，陈国宝是这个班的吗？"

"是啊，你找他有什么事？"

"我是他——亲戚。他不在教室？"

"他去参加飞行学院的科目考核了。"

"不是已经通过了吗？"

"那是初选入围，还有几关要过呢。"

吕小蒙心上的一块石头落了地——总算是找到陈国宝了。上课铃响，不及多问，他说了声"谢谢"，就飞快下楼，回到教室。

他走神了。这个小时候的伙伴将可能成为一名飞行学员了！他恨不得马上就见到他。很多年没见面，他还认识自己吗？他还是原来的他吗？

放学后，他让景东方转告张凤仙，说找到陈国宝了，飞行学员初选名单上的正是他。回到家，吕小蒙顾不得放下书包，径直找到外婆说："外婆，告诉您一个好消息。"

"什么好消息？"

"天大的好消息！"

"你今天怎么了？快说吧，有什么好消息？"

"国宝要上天了！"吕小蒙大声地说。

"胡说什么呀，国宝怎么了？"外婆吓了一跳。

"部队到我们学校招收飞行学员，国宝被选上了！"

"飞行学员干什么的？"外婆茫然地问。

"就是以后在天上开飞机的呀。"

"那多危险，他家里不会同意的。"

“外婆，您不知道呢，全校就只有两个人通过了初选，百里挑一，不容易啊。”吕小蒙发挥着想象力说，“当飞行员多神气啊，想飞多高就飞多高，想去哪里就去哪里，蒙城在他眼里只有芝麻那么大，不，还没有芝麻大呢。不过，听他们老师说，接下来还要过几道关，如果一路过关，那就厉害了。他父母高兴还来不及呢。”

外婆沉默不语，吕小蒙感到奇怪，是外婆对飞行员这个职业没有概念吗？他正要再说什么，外婆开口了：“国宝那孩子，说起来也怪可怜的。”听了外婆这句话，吕小蒙愣住了。

外婆说：“国宝不是他父母的亲生儿子。他父母结婚后一直没有生孩子，他姑父在省城一家公司上班，有一天在他们的公司附近发现了一个生下来不久的孩子，包裹里有一张纸条和一些钱。有一次他姑妈回来，还告诉我们，说知道这孩子的亲生父母是谁了。原来，有个青年喜欢上了一个姑娘，青年的父母是干部，姑娘的父母是普通工人，青年的父母不同意他们结合。可姑娘有了身孕，坚持把孩子生下来。等到孩子生下来，青年的父母仍然不松口，姑娘就跳河自杀了。青年伤心至极，也要寻短见，有人就说看在孩子的分上，活下去吧。青年的情绪暂时稳定了下来，谁承想，过了一段时间，他抛弃了孩子，还是走了姑娘那条路。”

外婆又说：“国宝其实是个孤儿。要是他亲生爸妈还活着，国宝就生活在省城了，就不是现在这个样子。好在陈家对他很好，后来有了自己的孩子，也还一直把他当作亲生儿子来养。这些，国宝都还是不知情的。”

吕小蒙听了，沉默了。他想起小时候和陈国宝在一起，还为自己是镇上人感到得意呢，谁想到身边的这个小伙伴还是省城里的孩子呢！那时候，陈国宝就像是穿梭在田野里的小兽，什么脏的地方也去，什么脏的东西也吃，哪里有一点儿城里人的影子？好在，他现在有出息了，将来如果能成为飞行员就前途无量了。这样想来，他父母的心情也确实难说。

不管怎样，吕小蒙还是为陈国宝感到高兴。

10

张凤仙和陈国宝不在同一个年级，不是同一个村的人，但两个人认识很多年了。张凤仙对陈国宝的印象很深，比如上小学时，他长得结实，却不太高，可到了初中，却长高了许多；又比如，他小学时成绩一般，到了初中，也没见他有多努力，学习成绩就噌噌上去了，末了还成了班里的尖子生，以至班主任和校长都把他作为学习典型来表扬。张凤仙是把陈国宝当成榜样的，对他存有相当的好感。后来，他俩多次被评为学习标兵，一起上台领奖，还分在不同的组别参加过县里、市里的数学竞赛，一来二去就认识了。

陈国宝也觉得张凤仙和别的女孩子不一样。听说她为服侍生病的母亲请假甚至旷课，学习成绩有所退步时，他就去找学校领导反映张凤仙的家庭情况，为她争取到困难生的补助。他还找到景东方，要她关心张凤仙。这些事情，景东方后来都告诉了张凤仙，这时陈国宝已经考取了蒙城高中，张凤仙想对他说声感谢也没有机会了。

一天下午，张凤仙来找吕小蒙。她说，中午在食堂门口看到陈国宝了，问了他近况，又把吕小蒙找他的事情也讲了。陈国宝很高兴，说："很多年没见着小蒙了，约个时间见见面吧。"张凤仙说："那就今天放学后，在操场边树林里，那里安静，还有石凳子可以坐。"张凤仙没有把陈国宝问她怎么认识吕小蒙的话告诉他。

"太好了！"吕小蒙喜不自胜。他问张凤仙和景东方去不去，张凤仙说她俩都不去。

放学后，任华平、郭志勤约吕小蒙一起回家，吕小蒙说："你们先走，我还有点儿事情。"

两个人问："有什么事情不告诉我们？"

吕小蒙故弄玄虚："我要去见一个人。"

郭志勤问："去见谁呀？"

吕小蒙笑着说："我去见陈国宝。"

郭志勤说："你说过这个人的。他现在在哪里？是我们学校的？"

"是的，在我们学校。"吕小蒙说，"他进入飞行学员初选名单了，我们学校只有两个人。"

"了不起。"两个人异口同声地说。

"以后介绍你们认识。"吕小蒙朝他们挥挥手。

吕小蒙沿着学校东侧围墙快步朝后面走去，经过一个院门，他来到操场上。

一些学生在打球，有人大声地叫他的名字，他朝他们笑笑，大步从他们身边走过去。

操场北面有一片树林，这里原是一条河流，后来断流干涸了，学校就在这里栽上水杉、水曲柳、楝树什么的。几年之后，绿树成荫，又在这里种植了一些花草，安置了一些石凳，很多学生来这里走动休闲。

吕小蒙搜寻陈国宝的身影。树林里有一些学生在走动，都不像陈国宝。就在这时，身边走来一个小伙子，身材魁梧、步伐矫健，吕小蒙觉得有些面熟，正想这人是谁，小伙子止步问他："你是小蒙吗？我是陈国宝。"

"啊，国宝，是你？变化太大了！认不出你来了。"吕小蒙惊喜地说。

"你变化也很大啊。在人群中，我一时恐怕也难以认出你。"

"七八年没见，如今竟然到一所学校里来了，真是有趣。"吕小蒙说，"我看到喜报，你入选飞行学员了！"

"预选通过了。"陈国宝平静地说，"空军飞行学院每年来我们学校招收学员，我报了名，预选通过了。不过，这只是第一步，后面还有一些考核，明年还要参加高考，等全部通过之后，才能正式被飞行学院录取。"

"我去教室找过你，你们老师也这么说。不过你肯定行的。"吕小蒙热情地说。

"还记得小时候爬过的那个窑吗？"

"当然记得，外婆说已经平地还田了。"

"是的。"陈国宝说，"很多次，我站在窑顶上，看到战斗机在天上飞，后来才知道那些飞机是蒙城边上海军机场上的。我那时候就想，以后我要参军，要去开飞机。没想到，现在离这个梦想越来越近了。”

“就像一只鸟儿在天上飞，那是一种什么样的感觉呢？”吕小蒙充满激情地想象着，忽然，想到外婆同他说过的陈国宝的身世，他沉默了。

“你怎么了？”陈国宝注意到了吕小蒙神色的异常。

“没什么，我在想，七八年不见面了，突然见到了，以后又要长时间不能见面了。”吕小蒙伤感地说。

“人生何处不相逢！”陈国宝遥望着远方，豪迈地说。

吕小蒙问：“你在蒙城高中两年多，就没有想到过我？”

“当然想到过。只是不知道你家在镇上哪里，加上功课多，周末都回去，时间一长这个念头也就淡了。”

他们边说边走，找了一处石凳坐下。陈国宝问起吕小蒙的情况，吕小蒙诚实地说：“这次考取高中，纯属运气，是体育特长加分才被录取的。没有想到，班主任还让我做体育委员，真是难为情。”

“体育成绩好也是一个优势嘛。那年我们摔跤，我比你大，力气也可以，照说我应该赢你，可是最终我们打了个平手。”

“我以后也去考飞行学院吧。”吕小蒙笑着说。

“当飞行学员也不容易，不光考核政治素质、身体素质，还要通过高考，很严格的。”陈国宝认真地说，“我的成绩在班上是前几名，按说高考报考其他学校应该没问题，只是我有个蓝天梦，所以这次才决定报考飞行学院的。”

看着身边踌躇满志的少年伙伴，吕小蒙想，要是陈国宝有一天知道了自己的身世，他接受得了吗？这个秘密他迟早会知道，只是他吕小蒙不会吐露一个字的。

陈国宝说：“你舅舅还在部队吧？什么职务了？”

“是的，他调到军区机关，升到副师职级了。”

“他是我们村里最大的官了。小时候我见过他几次，英英武武的，印象特别深。”

“我舅舅难得回来，有时候也去陈家村看看，不过可能你在学校，不容易碰见。”

“是的，我也听说你舅舅回过村里的。”陈国宝看了吕小蒙一眼，“你怎么会认识张凤仙？上次我问她，她支支吾吾没说明白，你们是亲戚吗？”

“我外婆和她奶奶是老交情，她们有来往。我以前没有见过张凤仙，开学前，她和她的奶奶去我家，我才第一次见到她。”

“是这样啊，我说呢。”陈国宝说，“张凤仙是个好女孩儿，以后你要多关心她。”

“你了解她吗？”

“我了解她，她比我低两个年级，和景东方要好。”陈国宝说，“张凤仙小小年纪就没了母亲，怪可怜的。”

听了陈国宝的这番话，又想起景东方对他说过的话，吕小蒙突然觉得张凤仙是那样值得他去关心爱护。他说：“我记住你的话了。”

吕小蒙邀请陈国宝有空儿去他家玩儿，陈国宝满口答应：“有机会是得去看看姨婆她老人家。”

“你去，我外婆会很高兴的。”吕小蒙听到陈国宝嘴里的“姨婆”，再次唤醒了他年少的记忆，他同陈国宝一下子有了更亲近的感觉。

11

张凤仙周末没有回家，在教室里看了一会儿书，想到还有衣服要洗，便回到了宿舍。一进门她就看到孟小楠和一个陌生女生坐在床沿上说话，女生清秀妩媚。张凤仙瞥了一眼，端着盆子要往井台去。

“凤仙别走，我来介绍你们认识。”孟小楠站起身来，“这是吴荷花，我初中同学，她在景东方班上。”她又向吴荷花介绍张凤仙。

吴荷花有些腼腆地笑着说：“你就是张凤仙啊，刚才小楠还提起你，说你人好呢。”

“听她瞎说，我们这里有哪个不好的？”张凤仙打趣说。

“对了，你们班上的景东方是凤仙的老同学。”孟小楠对吴荷花说。

“真的呀，她是我们班的团支书，会写诗。”

张凤仙说：“你们班上的张景明是我们那里的，他现在还读《资本论》吗？”

“他读《资本论》？这倒是没有注意。”吴荷花一脸诧异。

孟小楠也疑惑地看着张凤仙。

“这人也算书痴了，初中时就读《资本论》，那套书放在他课桌上整整三年，书里夹着许多纸条，是他写的笔记和抄写的句子。班上有人讥笑他，说他好高骛远、野心大、神经病，他有所耳闻，却还是我行我素。有人拿政治经济学上的问题去为难他，他总是一脸严肃，认真回答，还说这是《资本论》里的说法。在我们初中学校，他是个怪人，也是个名人。”

“这倒古怪。要是他是个女的，我倒很想认识一下。”孟小楠说。

“他戴着眼镜，浓眉大眼，一副知识分子的派头。回头我留意一下，看他是不是还在读《资本论》。”吴荷花笑着说。

张凤仙说：“我去洗衣服，你们继续聊。今天算是认识了，你是孟小楠的同学，我和景东方又是同学，下次约好一起玩儿。”

几天之后，孟小楠对张凤仙说：“那天来我们宿舍的吴荷花，你有印象吗？”

张凤仙说：“当然有印象，看得出来，你们关系不错。”

“是的。我和她还有点儿亲戚关系，她爸爸是我姨父亲戚，之前不认识，初中在一个班上，说起来才知道有这层关系，她的情况我知道得最多。”孟小楠说道。

张凤仙好奇地问：“她有什么情况？这么神秘？”

“你看她说话像正常的样子，其实她有些不正常。”孟小楠说，“照说不应该在人家背后说什么，只是她在景东方班上，你和景东方又要好，我才把这些情况告诉你，是想让景东方多关心关心她。”

孟小楠的话莫名其妙，又意味深长，张凤仙问：“她有什么不正常？看不出来啊。”

“说来话长……”孟小楠沉吟了一会儿，接着说，“她有什么不正常我也说不清楚。听说同我们的英语老师有关。”

张凤仙这下更吃惊了，她不住地追问孟小楠到底是怎么回事。

孟小楠说："英语老师姓陈，当年是作为工农兵学员推荐上的大学，毕业分配到我们学校当老师。他喜欢打篮球，又喜欢说笑，在青年教师当中，算是比较活跃比较显眼的。吴荷花是我们班的英语课代表，每次考试，陈老师都会叫上吴荷花和几个英语成绩比较好的学生到他的办公室去帮他批卷子。按照陈老师后来的说法，这种方式也是为了调动他们的积极性。我们学校教师宿舍不宽裕，住校的老师都是一人一间，学校就让他们将宿舍兼做办公室。有一次，别的学生走后，吴荷花留下来同陈老师谈事，也就是从那次以后，吴荷花就出了问题。上英语课时，她总是心不在焉，陈老师向她提问，她答非所问、漫不经心。几次下来，陈老师发火了，甚至重重地说了吴荷花，她不但不生气，反而痴痴地盯着陈老师看。陈老师疑惑地问：'吴荷花，你这么盯着我看，我脸上有花吗？'吴荷花说：'你脸上就是有花！你为什么要这样说我？''还不是为了你好？''我哪里不好了？'陈老师不知道说什么好，一脸尴尬，生气地离开了教室，吴荷花却在那里笑。

"有人说：'吴荷花那次去陈老师那里时还好好的，怎么忽然这样傻里傻气的了？是不是陈老师和吴荷花之间发生了什么？'一时间，流言四起，学校领导听说后，把陈老师和吴荷花分别找去了解情况。他们回来后，陈老师照常上课教书，吴荷花照常做她的英语课代表，也没有见学校有什么动静。唯一有变化的是，陈老师不再叫吴荷花和其他学生去他的办公室批改卷子了，也不再像以前那样向吴荷花提问了。吴荷花好像又正常起来，经常看到她笑眯眯的，学习成绩虽然没有进步，但也没有太退步。

“我问吴荷花有没有被陈老师欺负过，她说没有。我又问他们之间看起来怎么有点儿那个，吴荷花说她没有觉得有什么。既然她这样说，我就不好再问下去。没过几天，吴荷花主动对我讲起那次在陈老师办公室里的事。她说，那次因为有几个学习上的问题要请教陈老师，同学们走后，她就留了下来。可能是天气太热，陈老师将衬衫脱了，露出了那件七八成新的印有他们大学校名的运动背心，同时露出他那坚实饱满的肌肉。她是第一次这样近距离地看男人，她立即恍惚起来，可以说是动心了。她坐在那里一动不动，目不转睛地盯着他看。陈老师可能意识到了，又把衬衫穿上。就在他穿衬衫的过程中，吴荷花感觉自己的心都快要跳出来了。陈老师是过来人，他懂女人。他走近吴荷花，欲言又止，看得出来他很矛盾。末了，他还是恢复了老师的尊严，站到远处对她说，再过半年就要中考了，让她要好好准备，并且其他课程也要抓紧，争取考上高中。吴荷花走出教师宿舍，既紧张又兴奋，既害怕又笃定，吴荷花说这些后，反复对我说不要给任何人讲。她是把我当作唯一可以倾诉的朋友的，我当然也得为她保守秘密。我问她后来有没有单独和陈老师在一起过，吴荷花说没有。

“我问她是不是喜欢陈老师，她说她也不知道，就是喜欢他的帅。她说这样下去她会生病的。我又提醒她，陈老师是有家室的人，他又没有对她做什么，万一传出去，不但陈老师脸面无光、名誉扫地，就是她也会受到伤害。都说唾沫星子能淹死人，到时候，她和陈老师跳进黄河也洗不清。吴荷花说她知道这样下去不好，可是每天回到家，听到她妈妈对他们无端谩骂的时候，就又会想到陈老师，她觉得只有陈老师那样健壮的男人才能给她安全感，她非常渴望身边有这样的男人。

“吴荷花提到了她的母亲，这让我想起姨父曾经说过，这个女人在村里是出了名的蛮横，在家里稍不如意就摔东西骂人。我问吴荷花她妈妈对她不好吗，她说有时好，有时不好，自从弟弟出生后，她妈妈就对她说读书没什么用。她偏要读书，偏不如她妈妈的愿。说实话，她怕她妈妈，又恨她妈妈，就想早点儿离开她妈妈。

“她家的情况也实在不尽人意，要想离开那个家，只有认真读书，将来考取大学。她的成绩还是不错的，英语成绩又突出，考高中应该没有问题。我鼓励她今后把心思用在学习上，千万不要再生枝节。吴荷花说听我的，有时候想想，好像也只有这条路可走。

“我当然希望吴荷花这样想，可是后来她看陈老师的眼神仍有些异常，我就一直担心，好在陈老师不久被学校安排去教别的班了。我每天在吴荷花身边同她聊天，想以此来分散她的注意力，产生了一些效果，她看上去安稳多了。本来以为吴荷花考取高中后，视线里就可以不再有陈老师的影子了，谁知陈老师今年调到蒙城高中，竟然又做了她的英语老师，真是冤家路窄啊。”

张凤仙说：“事情过去了，吴荷花现在的状态还好，她应该能从那种状态中走出来。有机会我同东方说一下，让她留意吴荷花。吕小蒙喜欢打篮球，我让他也留意陈老师，有什么情况我们再商量。”

12

高一年级全课程阶段性考试成绩公布了，孙春英、景东方、张景明、张凤仙、曾柯柯等都名列前茅，吕小蒙的成绩在班级中排名中等偏下，这让他觉得难堪。这个年轻人不愿意在同学面前丢脸，他暗下决心，一定要迎头赶上。

外婆觉察到了外孙的变化，高兴地对陈志萍说小蒙学习上走心思了。陈志萍也留意儿子，确实像母亲所说，她也很高兴。

一天班会之后，班主任姜老师把吕小蒙留下来："怎么样？学习上吃力吗？"

"还好吧。"吕小蒙不明白老师的意思。

姜老师说："这段时间，我观察班上的同学，确实有些好苗子，比如吕小蒙你吧，成绩虽然不太理想，但比较努力，最近进步也快。这样坚持下去还是有希望的。我看过你的入学成绩，语文、历史、地理都还行，作文写得也好。我想交给你一个任务，今后黑板报由景东方和你来负责，你协助她，怎么样？"

一股热流涌上吕小蒙心头。

"姜老师，我一定争取做好。"吕小蒙感激地说。

他又迟疑了一下，问："听人说我们班是文科班，是这样的吗？"

"还不能这样说，到了高二，学校会重新分班，那才算是正式的文理科分班。”

过了几天，景东方找到他，同他商量黑板报怎么出。吕小蒙说尽可能让黑板报的内容更活泼、更丰富，今后同学们写的文章也可以登上去。

景东方说自己正好有首刚写的诗，她提议吕小蒙也写一篇文章，吕小蒙答应试试。

回家做完作业，他就开始构思作文。写什么呢？因为不是命题作文，吕小蒙心里自由许多，他想，这是第一次让同学们都能看到他写的文章，一定要认真写。可是黑板报毕竟只有那么大的地方，要登的内容很多，文章不能写得太长。他左思右想，突然想到一个题目——《大运河畔我的家》，他想写写他的家和他的外婆。

一旦有了思路，他立即动笔，不到一个小时，文章写成了。他读了几遍，觉得写出了他的感情。他感到满意。

之后的几天里，他和景东方将各自收集到的内容进行了汇总，并对新一期的黑板报版面进行了策划。为了达到更好的效果，景东方提出改变之前的做法，另外请几个字写得好的同学一起参与，比如孙春英，写出的字就很清秀。吕小蒙说还可以叫上任华平，任华平学过书法，行书、草书、隶书都能写。这让景东方大为惊叹，说：“咱们身边还有这样的人才？差点儿被埋没了，快叫上他。”

吕小蒙就去找任华平。任华平说：“你的事就是我的事，提前说好，只是我的字也一般，虽说练过，可那是我爸逼的，不过可以在班上糊弄糊弄同学。”周末，同学们放学了，他们留下来，按照之前商量好的草案，将黑板分割成几部分，各人书写各自准备好的内容。

这时候还有几个住校生在教室里看书做作业，看到他们在写黑板报，都停下来观看。没多久，黑板报的雏形就出来了。他们发现，这次黑板报的内容非常新颖，除了之前那些名人名言、励志故事、幽默趣事之外，还多了散文、诗歌等，而且作者就是他们的同学；还有那板书，之前是一个人写的，现在却是几个人在写，不同的字体同时出现在一个黑板报上，让人感觉非常赏心悦目。

不时发出的赞叹声鼓舞着正在书写的同学，景东方从凳子上跳下来，站到远处自我欣赏。她看到张景明在安静地看书，就叫唤道："张景明，给我们的黑板报提提意见啊！"

张景明抬起头，朝黑板报看了几下，对景东方笑着说："不错嘛，挺好的。"又埋头看书去了。

张景明手上有一本厚厚的书，莫非还是《资本论》？景东方哼了一声："真是个书呆子！"

黑板报完成了，同学们兴奋地议论着，其他班的同学从走廊上路过，也走进来观赏。一位男生大声朗读起景东方写的《采薇的孩子》。

采薇的孩子在童年还不如一朵薇
薇有漂亮的衣服，她却没有
采薇的孩子，童年总是在采薇
然后，自己打量自己的灰色
采薇的孩子在春天里采薇，那些
野孩子总是不陪她，采薇的孩子

只好一个人采薇，她健康的背影
看上去又瘦又小，春天是她的负担
童年也是她的负担，所以她和薇
一样，把童年开在了田埂上
开在了一大片自己的忧伤中
采薇的孩子长大后不再采薇
她把自己移植到了书本之中
在一片丰厚的土地上，她开出了
自己惊艳的花朵，采薇的孩子
成了最美的一朵薇，而童年
那一片薇，开在春天里的薇
成为采薇的孩子，一生最美的花衣服

刚一读完，就引来一片叫好声。有人说："我们这里出了一位诗人呢！"

景东方淡定地说："这次我和吕小蒙带个头儿，以后请大家都来写稿。"

吕小蒙远距离地欣赏着他们的杰作。当看到孙春英正站在他的文章面前认真看着时，惊喜得产生了幻觉，好像孙春英正在他面前倾听他内心的声音。他第一次强烈地感受到了文字的魅力。

吕小蒙和任华平一起回家。

任华平说："黑板报搞得不错，有创意。"

"可见班上还是有人才的。"吕小蒙自嘲地说，"对了，明天去你家，我想拜你爸为师，向他学习写作。"

"真的呀！我爸那里没有问题。他一向好为人师，你去，他高兴还来不及呢！”

“那就这样说定了。同时把上次借的书还回去，再借点儿别的书来读。”吕小蒙说。

“现在你还有这个时间啊？功课这么多？”

“没事，你没听说过‘兴趣是最好的老师’？说不定写作还能够帮助我提高学习成绩呢。”

“什么时候变成幻想家了？”任华平笑着说。

“今晚去哪里玩儿？”吕小蒙问。

“听你的。”

“还是去文化站看电视吧。”

“约上志勤？”

“当然。”

他们约定在泰定桥上会面。

13

吃过晚饭，吕小蒙走出家门，约上郭志勤，远远看见任华平已经站在那儿等他们了。文化站在蒙城的河南地界，走下泰定桥，穿过两条巷子，绕过几个大的工厂，就到了。这里原来是财主家的宅院，中华人民共和国成立后，院子被政府接收。这些房子有些年代了，为了保护利用，镇政府将它划拨给了文化站。

原先到这里来的人多是一些退休教师或干部，他们来这里打打球，读读报刊，借阅图书。因为比较偏僻，来的人少，平时这里很寂静。不知道从何时起，社会悄悄发生了变化。计划经济逐渐向市场经济转变，允许私人办企业了，允许农民包产到户了，在这个过程中，文化站也有了自主经营权。

文化站的负责人头脑灵光，对文化站进行了功能调整。他派人将几间闲置的房屋收拾干净，添置了一台电视机，弄来一些椅子板凳，白天放录像，晚上放电视台节目，一律收费。这样，来这里的人越来越多，文化站从此热闹起来。

吕小蒙他们之前来过很多次，虽然看到的节目不是很多，但每次来，都能够看到不同的电视剧。每个周末，没有特殊情况，他们都会相约来这里。

当晚，屏幕上打出电视剧的剧名《石门二柳》。看着看着，他们入了迷。特别是吕小蒙，随着剧情的发展，他想到了张凤仙，觉得剧中人有几分像张凤仙，或者说是张凤仙有几分像剧中人。

好几个星期没有见着张凤仙了，不知道她学习生活怎么样了。自从上次她来家里以后，吕小蒙没有再想到过她，今晚的电视剧挑动了他的神经，突然觉得应该多关心张凤仙，就像姜老师关心他一样。一个乡下来的女孩子，母亲早逝，父亲在外打工，家里只有老奶奶，多么不容易啊！外婆把她当成自家人，自己却把她忽视了。想起曾经说过的话，他感到不安，感到惭愧。

他又想起孙春英，不知道看过他的文章后，她会有怎样的反应。

今天他向姜老师问起文科班的事，因为早就听说高一新生入学时，学校就倾向性地分班了。他发现班上的同学大多对文科比较感兴趣，但他奇怪孙春英、郭志勤怎么也被分在文科班。初中时，孙春英各门功课成绩比较平衡，英语稍稍好一些，而郭志勤理科成绩一直很好，他说过想考军事院校。他又想起姜老师说的现在还没有明确，高二时再正式分文理科。如此看来，即使高二有变化也不会太大，他们班基本上是文科班的班底。

“你适合读文科的。”姜老师的话在他耳边响起，为什么姜老师会这么说？是知道他的理科基础差，安慰鼓励他吗？是看中他写的作文，对他有意识地引导吗？不过，他确实对数学不感兴趣。今后还是在文科上多用功吧。吕小蒙想。

第二天吃过早饭，吕小蒙拿出任华平借给他的书，朝他家走去。

任志宏正在侍弄花木，看到吕小蒙进来，热情地招呼道：“小蒙来了。”

吕小蒙叫了一声“叔叔”，说：“我是来向您拜师的。”

“华平昨晚同我说了。你想学写作，这很好。说拜师就见外了，我们相互学习。”任志宏笑着说。

“哪敢？您是镇上的大文豪，您肯教我，就是我的老师。”吕小蒙恳切地说。

他把那天借去的书交到任志宏手里。

“我能够教你的也只有新闻写作、通讯报道什么的，这个我搞了二十多年，比较熟悉。”

“您什么都行的，听说参加县里演出的戏曲小品都是您亲自写的。”

“那是雕虫小技，难登大雅之堂的。”

“在我眼里，您就是大作家了。”吕小蒙崇拜地说。

“作家这顶帽子可不敢乱戴，充其量我只能算个老文学爱好者。倒是你，十年八年后，保不齐真能写出名堂来。”

“开玩笑了，任叔叔，我也就是想写稿子，朝县里的广播报纸上投投稿，没有太多的想法。”

正说着，任华平从屋里走出来，朝吕小蒙点点头，说：“看到了吧，我爸爸很乐意收你为徒的。”

“小蒙比你有出息。”任志宏看似严肃的脸上露出慈爱的笑意，“以前让你练书法，你有好好练吗？还不是半途而废。”

“我的字很不错了，不信你问小蒙。”任华平一本正经地说。

“是的，华平帮我们班上出黑板报，大家都夸他写的字好呢。”

“他是半桶水。”任志宏笑着说。

当年让儿子练书法，任志宏也没有太当真，他觉得写得一手好字固然不错，但以后走向社会主要还得靠情商、靠机遇、靠自己努力。任华平后来不想学，也就由着他了。

“兴趣是最好的老师。愿意学什么就学什么，大人逼着学有什么意思？”任华平好像在说给父亲听，又好像在说给自己听。

“你不肯学，还编派出一套歪词来，快去屋里吧，这里没你的事了。”任志宏对儿子说。

任华平走后，任志宏从书架上拿出几本书递到吕小蒙手上，说：“这几本书你拿回去看，平时注意观察生活，积累素材，有了灵感就立即写出来，不管写成什么样子，多练总是好的。没有谁一开始就能够写好的，得下一番功夫。华平说得对，兴趣是最好的老师，你对写作有兴趣，坚持下去就会成功的。”

他又取出一本厚厚的笔记本来：“这是我这些年来写的新闻稿和通讯报道剪贴本，你可以对照书上讲的内容，体会体会我的写法。刚开头，你也可以模仿着我写，慢慢也就上手了。”

从任志宏家出来，吕小蒙心情很好。他觉得在生活里又多了一种希望、一份充实。

一整天他没有出门，把任志宏借给他的书和资料对照着看，越看越有滋味。他有点儿悟出写文章的奥秘来了。当他想尝试写时，又不知道如何下笔。他想，看来写作不是那么容易的，得慢慢学。

看到新的黑板报，同学们啧啧赞叹，班主任也抑制不住说板报效果太出乎意料了。不久，学校领导带着其他班上的老师和学生来观摩，这其中就有张凤仙。

14

听说1班的黑板报出得好，张凤仙想来看看，正好学校组织这次活动，她作为班上的学习委员也来了。

景东方的诗确实好。张凤仙很少读诗，景东方送给她的《徐志摩诗集》一直放在枕边，有时间就翻翻。徐志摩的诗句轻盈、空灵，有一种朦胧轻柔的美。她觉得景东方的诗风和他不同。

吕小蒙写的散文不太长，但描绘的情景却熟悉，可以说亲切。她接连读了几遍，越读越有滋味。想不到这个看似粗鲁的高大男生内心这么细腻，文笔还这样好。张凤仙朝站在不远处的吕小蒙微笑了一下。吕小蒙走过来，大大咧咧地说：“你也来了。”

到她身边时，他悄悄对她耳语道："好久不去我家了，外婆时常提起你。"

这分明是一句体贴的话，张凤仙轻声说："我也想姨婆的，有时间我去看她。"

景东方正在走廊里同人说话，看到张凤仙就快步走进来，脸上充满兴奋和自豪。她告诉张凤仙，这次和吕小蒙配合得非常好，有了他的帮助，今后班上搞些活动就省力多了。

张凤仙环顾一下教室，问起张景明和吴荷花。景东方说："你认识吴荷花？"

"是啊，她是孟小楠的初中同学，她们要好。"

"是这样，同学们都去操场了，班主任让我们几个留下来。"

回到教室，张凤仙向班长曾柯柯说起1班黑板报的事情。曾柯柯说："小蒙点子多，做事也认真，我们要向他学习。"

张凤仙又向他介绍景东方，曾柯柯热情地回应道："1班文科人才多，以后我们可以与他们结成对子，互动交流。"

张凤仙说这个意见好。

学校领导和老师、同学们的表扬极大地鼓舞了景东方，她萌生了一个念头：在班里成立文学社，办一份文学小报。

她和孙春英商量。孙春英说："这方面我可是个门外汉，不过，你们觉得合适，我可以替你们跑跑龙套。成立文学社是件好事，你有没有征求过姜老师的意见？"

"还没有。"景东方说，"我先问问你，你觉得可行，我再去同姜老师说。"

"我觉得可行。"

"那就太好了。"景东方愉快地说。

景东方又找吕小蒙、任华平说了她的想法。吕小蒙想，有了文学社，办起文学小报，就有了写作氛围，今后他的文章也有地方刊登了。他当即表示同意。任华平说："我能做什么？写作上我不行。"

景东方说："你能帮上大忙，文学小报指望你呢。"

"什么意思？"任华平有些不解。

"我看上你写的字啦，刻蜡纸这事就交给你。"

"打打杂，倒是可以的。"任华平说。

"这事还得问问姜老师，看他同不同意这样做。"

"他肯定会支持的。"吕小蒙很有信心地说。他想，这次出的黑板报引起了校领导的注意并在全校推介，作为班主任，姜老师是有面子的。成立文学社，办文学小报，可以吸引更多的同学参与写作，姜老师怎么会反对呢。

几天之后，景东方带来好消息，说姜老师支持他们，只是提醒他们要处理好学习与业余爱好的关系，不能本末倒置。有了姜老师的这句话，就好像拿到了尚方宝剑，景东方他们跃跃欲试。吕小蒙对景东方说："张凤仙这个周末去看我外婆，要不你约上几个人到我家去商量具体怎么办吧。"

"好主意。"景东方说。

确定好人员后，他俩分头去找他们谈。大家都说愿意参加，连自命不凡的张景明也应诺了。

放学回家，吕小蒙同外婆说明天张凤仙来家里外婆很高兴，说明天给她做好吃的。

"不用，她下午才来，还有几个班上的同学，我们谈点儿事情。"

"你没有叫她来吃饭？"外婆责怪道。

吕小蒙当然希望张凤仙来家里吃饭，也让景东方带话给她了。但张凤仙怕招人说闲话，便提出下午和他们几个一道来。

“她上午可能有事，我也不好勉强人家啊。”

“这孩子知趣、心细，怕我受累。”

第二天，外婆一早就忙开了。吕小蒙纳闷，不是说张凤仙不来吃饭的吗？但他没有多问。开饭时，桌上并没有多出什么菜，他忍不住发问了：“外婆，您不是做了好多菜吗？”

“桌上的菜不够你吃啊？”外婆笑着说。

“我只是随便问问。”

“是给凤仙准备的，走时让她带回去。”外婆的眼睛朝向陈志萍。

“难为您这样费心，凤仙遇上您是她的福分。”陈志萍又问儿子，“凤仙在学校表现怎么样？”

“听景东方说，张凤仙的成绩排全班前三，是班上的学习委员。”

“景东方？上次和凤仙来家里的那个女孩子？”外婆若有所思地说，“凤仙这孩子从小懂事，初中那几年，又要上学，又要服侍她妈，又要帮着做家务。就是这样，学习还是没落下，整个村上，就她考上了高中，现在成绩这样好，难得啊。”

“凤仙不错。”陈志萍看了一眼吕小蒙，嘱咐说，“都是老家来的，她奶奶同外婆又是情同手足的好姐妹，以后你要像妹妹一样照顾她。”

“知道了。”吕小蒙想，我们又不在一个班，怎么照顾呢？再说，见过几次面，张凤仙挺稳重的，早是小大人儿了。

吃过午饭，陈志萍上班去了。外婆在厨房里干活儿。吕小蒙把房间整理干净，拿出从任志宏那里借来的书，边看边等同学们。

院子外面传来乱哄哄的声音。“这儿就是吕小蒙的家。”有人大声说。

“他们家院子真大啊！”有人发出惊叹。

“小蒙在家吗？”一群人拥进了院子。张凤仙、孙春英走在前面，后面还有张景明等几个人。

15

外婆迎出来。张凤仙叫着“姨婆好”，快步走上前来。

“一直说要来看您，一直也没有空儿来。”张凤仙带着歉意说。

“正是呢，这么长时间你也不来家里看看姨婆！不过你念书忙，姨婆也不怪你。”

“姨婆，今天同学相约来商量事情，他们不认识这里，让我带路。”张凤仙很满意这个理由。

“以后常来啊。姨婆给你准备了一点儿菜，一会儿带回学校吃。”

张凤仙感动地说：“姨婆对我太好了。”

“小蒙说了你在学校的情况，我们都替你高兴。以后你要帮帮小蒙，他的作业有不会的你教他。你们都有出息，姨婆我就一百个一千个称心了。”

“学校不久前还表扬了他呢。”张凤仙说。

“有这事？小蒙可没说啊。”外婆就要叫吕小蒙过来，被张凤仙制止了。

“姨婆，小蒙他们出的黑板报，被学校领导表扬了，小蒙在里面起的作用可大哩。”

“这些我不懂，只要他学习上能够跟上你，就阿弥陀佛了。”

正说着，景东方走了过来。“姨婆，您还认识我吗？”景东方大声问。

“你是……”外婆怔住了。

“她是我同学景东方，吕小蒙班上的学习委员。她上次和我来过的。”

“哦，对对，记起来了。昨天小蒙还说到你，我知道你，只是人同名字一下子对不上号。”

“我难得来，也难怪姨婆记不住。”景东方说笑着。

“年纪大了，记性差了，对不起啊。你和凤仙、小蒙都是同学，这就太好了。小蒙小时候调皮，现在好了。凤仙她妈不在了，我把她当自家孩子的，你们要和睦相处、相互帮助。”

“姨婆，您就放心吧，凤仙的成绩没的说，吕小蒙的进步也不小，我们都很乖的。”景东方笑眯眯地说。

“那就好。”外婆说，“你们聊，我去屋里做事情。”

“华平怎么还没有来？”说着，吕小蒙走出院子，看见任华平正悠闲地朝他家走来。

“就等你了。”吕小蒙一边招手，一边大声说。

“等我做什么？我又不参加你们的讨论。”任华平吊儿郎当地说。

“少不了你，快点儿。”吕小蒙催促道。

任华平于是紧跑了几步，和吕小蒙并肩进了院子。

初秋时节，凉风习习，梧桐落叶不时掉到地上，景东方拾起几片来玩赏。看到任华平，景东方说：“人齐了，我们就在这里议议吧。”

她说：“成立文学社，就是为了帮助大家更好地提高写作能力。以后不管从事什么职业，写作都是基本技能。我们既然参与了，就要认真对待。”

她又把设想和要求讲了一下，末了说：“今天主要讨论如何办好文学社的小报。大家出出点子，看看小报用什么名字好。”

大家议论开了。有建议叫“芳草”的，有建议叫“苗圃”的，有建议叫“小小文学家”的。孙春英说：“叫什么不重要，关键是内容要好。这次黑板报，吕小蒙写的《大运河畔我的家》我就觉得很好，不如就叫‘大运河畔’吧。”大家都说这个名字行。

景东方说：“名字有了，再说说版面如何设计吧。”

“费那个神做什么，到图书室找张报纸，参照着做不就行了？”任华平说。

景东方转身问张凤仙：“说说你的意见。”

“我又不是你们的人。”

“你不是我朋友啊？叫你说你就说嘛。”景东方催促道。

“那我就说了。办文学报要花费精力，高中三年，主要任务是学习，一定要办，越简单越好。”

景东方觉得有道理：“那就照你说的办。”

他们决定将小报定为两个月一期，分为小说、散文、诗歌、杂文四个版面；景东方任主编，吕小蒙、孙春英、景东方、张景明轮流编辑，任华平刻钢板。

“怎么印出来啊？”有人问道。

“让学校帮我们印。”景东方说。

“不可能的，学校才不管我们呢。”

任华平说：“这事不难，让我爸爸帮我们。”

大家都说自己怎么没想到，那真是太好了。商定妥当后自由活动，有的坐在井台上，有的爬到树上，有的进了吕小蒙的房间。大家羡慕吕小蒙家的院子，说这里有花有树，还栽了这么多蔬菜，那些丝瓜扁豆开满了小黄花和小红花，果实累累，把藤蔓都压弯了呢。

张景明说：“什么叫小康之家，什么叫田园风光，今天领略了吧。难怪吕小蒙的文章写得好。”

吕小蒙和任华平在房间里聊天。

任华平说：“看不出，景东方挺有想法的。文学社说成立就成立了。”

“这符合诗人的性格特征。”

“诗人的性格也不全是这样。”

“我们班上有她，倒像文科班了。”

“文科班？我也听说了，不过，志勤的理科很好的。”

“姜老师说了，到了高二就正式分文科班、理科班了。”

“这样啊，看来志勤和我们在一个班也不会长久。”

“那就得他自己决定了。”

这时候，外婆叫吕小蒙过去。吕小蒙走进厨房，看见张凤仙也在那儿，就开玩笑地说：“外婆这么喜欢你，干脆让我妈认你做干女儿吧。”

“你妈巴不得呢，哪里去找这么一个懂事能干的干女儿？”外婆说，“凤仙找你有事。”说完走了出去。

吕小蒙有些纳闷：“什么事啊，这样神神秘秘的？”

张凤仙说：“你去把景东方叫来，有件事同你们说。”

吕小蒙把景东方叫了进来。

景东方问：“凤仙，你找我有事？”

张凤仙就把那天孟小楠说的话重复了一遍：“小楠让你关心关心吴荷花。”

“还有这样的事？”景东方有点儿意外。

“所以要同你们说。”

张凤仙又对吕小蒙说：“陈老师喜欢打篮球，你知道吗？”

“不知道，不过看他的身板倒像是个打篮球的人。”

“以后你可以想办法接近他，说不定能从他那里了解到一些情况的。”

“我会留意的。”

景东方说：“我去找吴荷花谈谈，开导开导她。”

从厨房出来，任华平看到他们，笑着说：“你们在里面密谋什么呀？”

景东方笑着说：“我们参观镇上人家的厨房，你要不要也进去看看？”

吕小蒙说：“你别逗他，我家里他有哪里没有到过？”

孙春英走过来：“我们该回学校了。”

老人从厨房里拿出一个包裹来交给张凤仙，张凤仙不便说什么，也不便推却，只好收下。她同姨婆告别，朝吕小蒙挥手，和同学们一块儿离开了。

16

张凤仙回到宿舍，打开吕小蒙的外婆给她的布包，里面装着两个茶缸。揭开盖子，一个装着红烧肉，一个装着红烧鱼，香味飘逸出来，直往鼻子里钻。

她的眼泪唰地流了下来。自从母亲去世后，这个世界上，最疼爱她的人就是奶奶了。每次回去，奶奶总要给她弄些好吃的，返校时还要让她捎上一些。可家里实在太穷了，最好的吃食也就是鸡蛋炒韭菜、螺蛳肉炒咸菜什么的。没想到，这个难得见过几次面的姨婆对她也这么好，又是肉又是鱼的，怎不叫她感动呢。只有好好读书，将来考取大学，才有机会报答两位老人，她想。

这时候，王娟、孟小楠、李素英嘻嘻哈哈地走进来。张凤仙将茶缸收好。孟小楠走过来，看到张凤仙脸上的泪痕，有些惊讶，正想问原因，被张凤仙用眼神制止了。

“你们去哪里疯了呀？”张凤仙迅速拭干了泪水，笑着说。

孟小楠心领神会地说：“去泰定桥上玩儿了。站在上面，蒙城全能看到，第一次看到这么繁华的地方，要是家在镇上就好了。”

“你这叫井底之蛙，蒙城只是一个镇，将来考取大学，进入城市，哪里不比蒙城大？”张凤仙说。

李素英走过来：“站在高处看运河，好壮观呀。”

“哪天我也去看看。”张凤仙说。

“好啊。”孟小楠和李素英异口同声地说。

张凤仙从食堂打饭回到宿舍，拿出鱼和肉来，叫宿舍里的人来吃。王娟好奇地问：“咦，这好东西哪儿来的？”

其他几个人也是想知道的样子，张凤仙说：“亲戚给的。”

孟小楠说：“没看见有人来找过你啊？”

张凤仙不知道怎么解释才好，她假装生气地说：“你们烦不烦哪。难不成是我偷来的？”

“好，好，不问了，只是你亲戚巴巴地来送给你，我们不好意思吃的，还是你留着吧。”李素英说。

“有福同享嘛，吃。”还没等张凤仙接话，王娟抢先一步说。她一边说一边迫不及待地动起了筷子。

“大家都尝尝。”张凤仙招呼着。

吃过晚饭，到了晚自习时间，大家陆续朝教室走去。张凤仙和孟小楠走在一起。

孟小楠问：“听说赵志新是你初中同学？”

“是的，从小学到初中一直是同学，他和景东方也是同学。”

“没想到他那么厉害。他现在成了我们班上的明星了。”张凤仙笑着说。

“别看他嘻嘻哈哈的，其实聪明着呢！他会修收音机，还会用旧零件组装收音机。这也不奇怪，他平时就喜欢捣弄这些东西，他的物理成绩一向好，他有这方面的兴趣，也有这方面的天赋。”

赵志新在3班算另类了。他上课从来不认真听讲，不是做小动作，就是翻看他感兴趣的读物，只有上物理课他才稍稍安静。老师提问，明明没有提问他，他也抢着回答。老师也不批评他，因为他答得对。每次物理考试他总是第一个交卷，老师收到考卷，看了一眼，眉头就皱起来。他把已经在教室外面玩儿的赵志新叫进来，让他拿着考卷重新回到自己的位置上去。老师发现，他做的试题答案全部正确，却没有一个写出过程来。

赵志新从他的座位底下拿出几张皱巴巴的纸来，递给老师说，过程都在这上面。说完，他快步走出教室。老师虽然生气，但是也不得不承认这家伙脑瓜子好使，给了他80分。

后来，每次物理考试后，老师宣布成绩，一念到赵志新的名字，他就大声说："80分！"引得同学们哄堂大笑，赵志新也笑了，老师也笑了。

除了物理，他的数学和化学成绩也不错，其他课程就平常了。

物理老师姓汪，刚从大学毕业，苏州人，戴一副深度眼镜，讲一口算不上纯正的普通话。他发现赵志新这个学生是个歪才，很喜欢他，隔三岔五叫他去宿舍聊天。时间长了，赵志新也喜欢上了汪老师，两个人既是师生关系，也是朋友关系了。

一天，赵志新到汪老师的宿舍去玩儿，汪老师不在，他等了一会儿，仍不见汪老师的踪影，就拿过汪老师桌子上的收音机来听。谁知没有声音，赵志新试了一下电池，电池是好的，于是他小心翼翼地拆开来，一点点检查线路，吹去灰尘，经过一番整理，重新试听，竟有了声音。就在他调节电台准备收听时，汪老师回来了。他惊喜地说："怎么可以听了？一直坏在那里的呀。"

赵志新骄傲地告诉他，是自己拆开来修理了一下，也不知道怎么就好了。汪老师很高兴：“既然是你修好的，就送给你吧。我又买了一个。”

赵志新如获至宝，他把收音机带回宿舍，立刻引来了同学们。中午或晚上，他们挤到赵志新床前，边吃饭边听收音机。

没有几天，收音机又不响了，任凭赵志新如何捣鼓也没用，他决心要修好它。他去学校图书室借来专业书籍，生吞活剥地汲取其中知识，又从废品收购站弄来一些旧的收音机零件，一有时间就待在床上琢磨，终于收音机又响起了声音。赵志新的床边又聚满了人，当他们知道收音机是赵志新修好的，无不称奇，对他由衷敬佩。

这让赵志新很受鼓舞。他兴致盎然地搞他的研究，将一堆废旧零件组装成一台又一台收音机。宿舍里的同学纷纷来巴结他，希望借去听听。赵志新成了明星，他头昂得更高了。消息传到班上，一些女生也用热切的目光看他，他更加得意。

一天，赵志新在课桌抽屉里看到了一张纸条，上面写着：

周末晚上七点学校操场的树林里见。

赵志新十分惊讶，是谁呢？他扫视班上，一个也不像，又觉得每个都像。他想，过几天不就知道答案了。

17

好不容易挨到周末，吃过晚饭，赵志新从井台洗漱回来后，对着镜子将头发梳得一丝不乱，又换了一身干净的衣裳，踩着碎步朝操场树林走去。

操场边的树林里有一些学生的身影。赵志新若无其事地在单杠上做出各式飞跃的姿势，眼神却直勾勾地投向了树林。

差不多到了约定时间，还是看不到有人过来。他想，也许天还没有黑，约定的人不好意思现身，再等等吧。

天渐渐地暗下来了，树林里的人越来越少，仍不见目标出现，难道有人搞恶作剧？不可能啊？他有些烦躁起来，突然就看到树林里闪过一个穿红裙子的人的身影，他顿时热血沸腾，朝那里小步奔去。当他走近时，看到那人竟然是王娟。

王娟个子不高，穿着洋气。赵志新以前注意过她，只是人家一副城里人派头，他一个乡下小子，也不知道能不能跟人家做朋友。没有想到，今天她竟然主动约他出来。

“王娟……你什么时候来的？”赵志新有些好奇。

“一直在林子里。”王娟狡黠地说，“你不到林子里来，在操场上晃悠什么？”

“我没有看到你啊。”

“有那么多人在，我怎么好意思？不是怕别人误会嘛。我一直在暗处，也一直看着你。”王娟笑了。

“真没想到会是你。”赵志新语气里有些意外。

“是不是失望了？”王娟昂起头笑着说。

“怎么会呢？”

“约你出来，就是想和你说说话。”

“想和我说什么？”赵志新笑着说。

“你真厉害，会整收音机。”王娟一副崇拜的表情。

“那有什么，小菜一碟。”越志新来劲了。

“什么时候帮我也整一个？”王娟笑着说出自己约他出来的目的，“多少钱一个？贵了我可给不起。”

“送给你。”赵志新脱口而出，都是同学，况且还是女同学，怎么好意思要她的钱。

“送给我我可不要。”王娟故意说。

“我也不白送给你，你是镇上人，我有找你帮忙的地方。”

“我哪里是什么镇上人。再说，我能帮你什么忙？”

“你姐嫁在镇上，你姐夫总是镇上人吧？”

“那倒是。”

“听说你姐夫在电器厂上班。”

“你是侦探啊，怎么对我家的情况这么了解？”

“还需要我侦探？你忘记你平时同别人怎么说话的？你的情况还有秘密吗？”

王娟不高兴了：“我是留不住话的人吗？”

“我没有别的意思，你和那些女同学说话挺直爽的啊。”

说她直爽没有错，确实，她和女同学说话的时候，也有可能无意中透露了自己的情况。

“王娟，收音机我答应给你就一定会给你，你帮不帮我的忙无所谓，我又不是要什么交换。”

“这话我爱听，既然你这样爽快，我也不含糊。你需要我帮什么忙尽管说，只要我能帮上的，一定帮你。”

“那就好。”

王娟说：“我们现在这样，别人会给老师打小报告，说我们有特别的关系。”

“我们又没有怎么样。男女生在一起说说话就犯法了？”

“我只是担心，以后我们还是不要私下见面了。”

赵志新无话可说，他沉默了。

王娟以为赵志新生气了，安慰他说：“你可别多想，我只是说不要私下见面，免得别人误会。”

赵志新答应她了。

如果王娟这样说就能够这样做，那她就不是王娟了。回到宿舍，王娟想到赵志新的言谈举止，觉得这个人表面上嬉皮笑脸，人还是很好的，不但聪明，还仗义。她想起自己没有兄弟，姐姐虽然对她好，只是已经嫁人了，在婆家家务多，厂里也忙，有心想到她，也难以照顾到她。人家有哥哥的，像她这种情况，说不定哥哥还能庇护到她。因此，她就想有时间同赵志新见见面、说说话也是好的，他给她一种哥哥的感觉。

赵志新不是一个头脑复杂的男生，虽然他人很聪明，但心思似乎都在他的兴趣上。他甚至像一个长不大的男生，他觉得和男同学在一起聊天，与跟同女同学在一起聊天，没什么不一样。当然，他也知道，和女同学在一起聊天还是不一样的，至少，异性相吸的原理他还是懂的。所以，当王娟再次约他出去的时候，他没有想到过回绝。

世上没有不透风的墙。男女同学之间的交往总是特别惹人注意，很快，校园里有了流言，说赵志新和王娟在谈恋爱。

张凤仙是不相信这些的，她对王娟和赵志新多少是了解的。别看王娟有些大大咧咧、敢说敢做，不过，她的成长环境影响了她的性格，她其实是敏感的，也是谨慎的。赵志新不必说了，他对谁不好？尤其是女同学。再说了，蒙城高中虽然是所农村高中，却也是农村高中里的名牌高中，许多人都是冲着高考来的，对每个同学来说，现在的任务就是准备迎接高考，这是改变命运的最好机会。

有一次，班主任把曾柯柯和张凤仙叫去。班主任说："高中阶段不准谈恋爱是学校明文规定的，赵志新和王娟有没有谈恋爱我没有根据，但有人反映到我这里了。赵志新物理不错，如果沉湎于谈恋爱，将来还有什么前途？你们是班干部，听说张凤仙和赵志新还是老同学，你们要关注这件事，有什么情况及时向我汇报。"

曾柯柯说："我们不了解情况。"

张凤仙说："赵志新就是个大男孩儿，对谁都热情和气，王娟那里我倒可以了解一下，但我是不相信有这种事的。"

之后的日子里，张凤仙有所留意，却没发现王娟有什么异常。

一天晚上，张凤仙上晚自习，正赶上来例假，有些不舒服，就提前回到宿舍。刚进门就听到有奇怪的声音，她顺着声音方向走到王娟的床边，掀开蚊帐，看到王娟在听收音机，她立即想到这可能与赵志新有关。

“你没有去上晚自习？”张凤仙问道。

“嗯，有点儿头痛，在宿舍歇歇。”

“哪儿来的收音机？”

“赵志新送我的。”

“他为什么要送给你这个？”

“我找他买的。”王娟扬昂着头说。

“还是注意点儿好。”张凤仙提醒说。

“同学送一台收音机怎么了？”王娟举了一下收音机，笑着说。

张凤仙急了：“我是好意提醒你。毕竟人言可畏。”

“我也是开玩笑，你紧张什么？”王娟说，“你这么早就回来了？”

“我有点儿不舒服。”张凤仙说着，回到了自己的床前。

“那你早点儿休息吧。”王娟把收音机音量调低，继续收听。

长到这么大，第一次拥有一台收音机，虽然是旧的、组装的，但她很满足。她想起赵志新对她说过的话：“从这台收音机里面，你能感受外面的世界。”这让她感到快乐。

张凤仙躺在床上，望着蚊帐顶，一只蚊子在飞，她懒得去扑。想起刚才同王娟的对话，觉得无聊——她有什么资格和权力去猜测王娟？他们即使有所交往，也不能证明就是在谈恋爱，就像她和吕小蒙，彼此之间的好感是难以掩饰的，谁又能说这样的情感就一定是恋爱？况且听王娟这么一说，他们也确实没什么。

“管好自己吧。”张凤仙长吁了一口气，顺手拿起一本书看起来。

18

晚自习结束后，宿舍里的人陆续回来，发现张凤仙和王娟已经在了，有些奇怪。孟小楠过来同张凤仙说话，张凤仙告诉了她提前回来的原因。孟小楠拿掉张凤仙手上的书，说："身体不舒服还不早点儿歇歇？快睡吧。"

就在这时，传来郭巧珍的声音："快来看，王娟这死丫头有收音机！"

大家纷纷围过去，交换了一下眼神，忽地从王娟手里抢过收音机，要她从实招来。

王娟说："我买的。"

"看看，说谎也不会，有卖这么旧的收音机的吗？哪儿买的？"郭巧珍穷追不舍。

"谁信呀？"李素英开玩笑地说。

"你可别胡说，我是从赵志新那儿买的。"王娟说，"有了这台收音机，我们还会寂寞吗？还不赶快来谢谢我。"

"赵志新把这个给你，说明你们的关系非同一般。"郭巧珍说，"你们是否有关系？"

"你疯了！我是这样的人吗？"王娟瞪了李素英一眼，"乱说。"

"又不是我先说的，你凶我做什么？"李素英说。

张凤仙说话了："别闹了，一会儿就要关灯。同学送个东西也正常，别让王娟难堪了。”

宿舍里安静下来，大家各自做着睡前的准备。

汪老师知道赵志新成功组装收音机的事情后，越发欣赏这个学生，他又教赵志新如何洗印相片，赵志新又多了一桩本事。

曾柯柯得知赵志新送王娟收音机的事，认为这已经可以证明他们的关系。他问张凤仙是否知道此事，张凤仙说知道。曾柯柯说：“我们向班主任汇报一下吧。这事我们管不了，可也不能不管。”

张凤仙说：“他们又没有做什么，送台收音机也不能说明什么问题啊。”

曾柯柯说：“让班主任去处理吧，我们也算尽到责任了。”

张凤仙说：“事情还没有搞清就下结论，不妥当，弄不好会伤了人。”

曾柯柯不再说什么，但没过几天，他还是去向班主任做了汇报。班主任把赵志新和王娟分别叫到办公室。

赵志新承认收音机是他送给王娟的，但不承认他们在谈恋爱。他说：“不能因为送一台收音机就说我和她在谈恋爱吧？”

“为什么送给她？”班主任问。

“我们是同学，她喜欢收音机，问我要，我就送给了她一台，这不违反学校里的什么规定吧？”赵志新说。

“不违反。”班主任见问不出什么来，就说，“不过，无风不起浪，这事有人反映到我这里了。既然你是这个意思，以后少和王娟来往。”

赵志新走后，王娟来了。

“听说你和赵志新在谈恋爱？”班主任老师问。

“没有啊。”王娟说，“我们只是普通的同学关系。”

“你那台收音机是从哪里来的？”

“是我从赵志新那里借来的。”

“他为什么要借给你？”

“我觉得挺新奇，也想有一台。不就是一台破收音机嘛，我还不稀罕呢！”

“那怎么你同宿舍的人说你是从赵志新那里买的？”

王娟怔住了，连这样的细节班主任老师都一清二楚，肯定是宿舍里出了奸细。是谁呢？她立刻想到张凤仙，那天晚上大家在闹，只有张凤仙在蚊帐里默不作声。越想越觉得是她，王娟的怒气一下子冒了出来，但她还是忍住了。

“老师，谁向您告密的？”王娟嬉皮笑脸地说，“这个人真可恶，事情不了解清楚，就陷害我来了。”

“严肃点儿，怎么叫告密呢？还不都是为你好！”

“放心吧，老师，我和赵志新正常得很，我们就是正常的同学关系。”王娟信誓旦旦地说。

班主任说：“我有责任提醒你们，高中阶段不准谈恋爱。既然是这样，希望你们保持好同学关系，等以后走上社会了，到那时，我可能还要祝福你们。如果有证据证明你们违反了校纪，可就怪不得别人了。”

“您放心，老师，我和赵志新都不是那种人。”王娟再次信誓旦旦地说。

正准备离开办公室，班主任又叫住她，话中有话地说：“王娟，一个女孩子，可要懂得自重啊。”

王娟噎住了，泪水顿时在眼眶里打转，她盯着班主任，嘴角抖动着，一句话也说不出来。她和赵志新之间分明什么也没有，没想到被误解成这样。她快步跑出来，回到宿舍，越想越气，什么恶毒的话语都想到了。这时候张凤仙走进来，王娟猛地冲过去，怒吼道："张凤仙，你这个小人！"

张凤仙吓了一跳，说："你这是怎么了？哪儿来的这么大火气？谁惹你了？"

"你！就是你！你看见我和赵志新谈恋爱了？"

看到王娟气急败坏的样子，张凤仙莫名其妙，她问道："到底发生了什么事情？"

"别装了，我们是一个宿舍的，你害我，赵志新是你的老同学，你也害他，你怎么这样歹毒？"王娟怒气冲冲地说。

"我害你们什么了呀？"张凤仙委屈地哭出声来。

"你到老师面前去告密，你还想抵赖？"

张凤仙这才知道曾柯柯去班主任那里了。王娟认为是她张凤仙做的，所以才冲着她发火。可是此刻她能说什么？她能说出可能是曾柯柯去班主任那儿的吗？

"王娟，你冷静点儿。"张凤仙平静了下来。

王娟说："我从来没有惹过你，你却暗地里来害我。"

"王娟，学校并没有说男女生之间不能有正常的交往。我并不认为你和赵志新有什么呀。"张凤仙继续解释说。

"你别充好人，我不相信你了。"王娟咬牙切齿地说。

这时候，孟小楠、李素英和郭巧珍进来了，一进门，她们就察觉到了气氛不对，但张凤仙已经回到了自己的床位前，好像什么事情也没有发生过，而王娟仍然怒气未消。

过了几天，有人发现，一向喜欢说话的王娟像被霜打过的柿子。接着又有了新发现：张凤仙和王娟好几天不说话了。这是怎么回事呢？

孟小楠向张凤仙探究原因，张凤仙说："一两句话说不清楚，过段时间就好了。"

她同时劝告孟小楠也不要再问别人了。

孟小楠越发疑惑，又去问王娟，王娟好像还带着很大的气："知人知面不知心，差点儿让张某人害惨了。"

孟小楠说："谁会害你啊？赵志新送你收音机的事情，我们可都没有说出去啊。"

"有人告到班主任那里了，我可不怕。"王娟指着张凤仙的床说。

"凤仙可不是那样的人！"

"不是她还会是谁？"

"我也不知道。"孟小楠说，"总之，你别疑神疑鬼，没有根据的话不要乱说。"

"开始我真的来气，现在好多了。本来我跟赵志新就是普通的同学关系，学校也不会对我怎么样。"

"学校并没有说不准男女生之间交往。"孟小楠说。

"你也这样说？"

"当然了，谁这样说过？"

"张凤仙。"

"张凤仙是个好人，你别冤枉她。"孟小楠说。

"冤枉她？我看不像。我那么凶她，她也没有骂我，可见她心虚。"

"你啊。"孟小楠叹了口气，摇摇头走开了。

19

曾柯柯找到张凤仙："王娟找你吵架了？她太过分了，别人为她好，她反倒乱咬人。"

"我理解她。"张凤仙坦然地说。

"你理解她，她还冤枉你，你也不解释一下，就说是我去找老师说的。"曾柯柯说。

"何必搞得那么复杂？我一个人受气也就够了，连累你做什么？"

"张凤仙，这事让你受委屈了，我要为你主持公道。"

"别节外生枝了。赵志新和王娟之间没什么。我的意见是，既然他们只是正常往来，就别说他们了。人都是要面子的。"

"难道我向老师反映情况错了吗？"曾柯柯委屈地说。

"我没有怪你的意思。对了，王娟说老师什么都知道了，我没有告诉你什么啊，你怎么知道的？"

"是李素英告诉我的。"曾柯柯说。

"啊，李素英说的？她为什么要告诉你这些？"

"不知道，不过既然是事实，谁说的也就不重要了。"

"唉，怎么会这样啊？"张凤仙一时还是无法将李素英与这件事联系起来，"算了，还是不去管他们的事情了。"

"是的，他们都是高中生了，得对自己的行为负责。"曾柯柯表示同意。

张凤仙告诉曾柯柯，高一（1）班成立了文学社，准备油印《大运河畔》文学小报。曾柯柯说："他们班上文科人才多，办这个有优势。"

曾柯柯想到一件事情，说："我们班上的朱玉芳，她家是特困户，父亲腿瘸，母亲有神经性疾病，家里靠政府救助金生活。朱玉芳自尊心很强，不愿意别人知道她家的情况，班主任问我们怎么可以帮到她。"

张凤仙说："这个情况我知道了，既然她不想让人知道，就不能明着帮她，我们想想办法吧。"

"我打扫卫生时，塞了三十斤粮票在她的课桌抽屉里，多少也算是帮帮她。"

"这个办法好。"

"要不我建议老师把朱玉芳和王娟的宿舍对调，这样你就有机会多了解朱玉芳，也就有机会帮助她，也省得总是看王娟的脸色。"

"是误会就可以消除的，这样做，方便我帮助朱玉芳，但是我和王娟的这个结却不容易打开了。你放心，既然你有办法帮助到朱玉芳，我也能。"

"你的意见对，你考虑问题比我周到。我有点儿书呆子气了。"

"你是干部子弟，素质好，成绩也好，又肯帮助人，当班长名副其实，你是我们的榜样。"张凤仙由衷地说。

"人无完人，初中时我和吕小蒙、孙春英、任华平、郭志勤都在一个班，开始还有隔阂，后来都成了要好的同学。吕小蒙球打得好，还喜欢写作；孙春英的父亲是厂长，家境好，学习成绩也好，可她不显山露水，安安静静读书，和和气气做人；还有任华平、郭志勤，也都是各有优点。我跟随父亲来到蒙城后，他们没有把我当作异乡人，我也就把这里当作了第二故乡，现在我也会说一些这里的方言了。”

“能考到蒙城中学都是不简单的。”

曾柯柯忽然问道：“张凤仙，记得刚开学时，吕小蒙来找过你，我很好奇，你们是怎么认识的？”

“他的奶奶，我叫她姨婆。”

“这是一种什么关系？”曾柯柯有些弄不明白。

“我也说不好，总之，我家和他家也算是老亲戚了。”

“吕小蒙什么都好，就是偏科，以后你可以帮帮他。”

“学习上还得靠自己，再说了，虽说有这层关系，但平时我也难得见到他。”

“我也就是这么一说。同学之间相互帮助是必要的。”

“是的，很多方面我也有不足，今后你要多帮助我啊。”

“相互帮助，相互帮助。”曾柯柯笑着说，他和张凤仙打过招呼，离开了。

张凤仙目送曾柯柯离去，她想，从性格上来说，曾柯柯和吕小蒙完全不是同类人，能够相交，说明这两个人都不错。

20

文学小报的稿子收齐了，有景东方的长诗、吕小蒙的散文、孙春英的读后感、张景明的论文，还有其他几位同学的文章。景东方他们利用放学时间审阅稿件，讨论版面。

任志宏在任华平的房间里无意中看到那些稿件，饶有兴趣地翻看了几篇，他问儿子这诗是谁写的。任华平说是他们班的景东方。任志宏说高中生能写出这样的诗很难得，他随即读起来：

请深入，像蜜蜂深入花蕊，葡萄酒
深入夜光杯，酸甜苦辣，深入生活，
而一缕炊烟，一个生病的月亮，
几句乡音，深入久远的故乡。
请深入，深入一个词语的成分，深入他的
近邻和远亲，深入他身体里的冷和暖；
深入一个女人的闺房，深入她的前世和今生，
深入她爱情里的疾病：死去和活来。
也请丰收前，深入一个玉米，田野中
怀孕的喜悦；隆冬前，深入一块铁块，
熔炉中火红的激情；而在岁月的门槛前
深入母亲的苦难，和父亲的沧桑。

…………

看到父亲这样有兴致，任华平就提出小报刻出来后，请父亲带到办公室去油印出来。任志宏一口答应，并说报头由他来写。

得到父亲的鼓励，任华平劲头足了。做完作业，他就埋头刻起钢板。差不多用了几个晚上，《大运河畔》创刊号刻出来了。任志宏让秘书打印一百份，留下几份，其余的全给了任华平。

第二天，景东方从任华平手上接过包裹，打开就闻到浓郁的油墨味。同学们围过来，人手一份地抢去。

大家被小报的版面吸引了，特别是报头“大运河畔”四个字，遒劲有力，十分醒目。

“任华平，没想到你把它做得这样好。”景东方赞叹道，她指着报头问，“这是你写的？”

“我哪儿有这本事？是我爸写的！”任华平得意地说，“我爸说了，高中生办出这样一份文学小报，不简单。”

“你爸是谁？这么有眼光。”景东方笑着问。

“蒙城镇党政办主任，镇上一支笔。”吕小蒙高声说。

“我就说呢——代我们谢谢你爸！”景东方对任华平说。

吕小蒙也拿到了一份，看到自己的文章以这种形式出现，很是新鲜、满足。他的脑海里闪过一个念头——张凤仙会看到吗，看到了会有怎样的反应？

说起来，文字这东西是奇怪，一旦形成白纸黑字，就像一只断了线的风筝，谁也不知道它会飘向何方，会落到谁的手上，但无论如何，终究会给人留下印象，这比任何形式的自我介绍和表白都管用。

高一（1）班出文学小报的消息很快传开来，成了学校的新闻。曾柯柯来找吕小蒙要小报，吕小蒙将他介绍给了景东方，并告诉景东方，曾柯柯和孙春英及他们几个都是初中同学。景东方说认识曾柯柯很高兴，她顶要好的初中同学张凤仙也在高一（3）班。景东方给了曾柯柯十几份小报，叮嘱他带给张凤仙、赵志新他们。

张凤仙拿到小报逐字逐句地读起来。她对文学没有特别的爱好，但她喜欢读书。看到这份由几位熟识的同学办的小报，还有他们写的文章，倍感真实亲切。

赵志新、孟小楠、郭巧珍、王娟看了也说好。赵志新站在那里，用他一贯的滑稽腔调念着景东方的诗句。大家还在关注小报，议论小报，没人理会他表演，他就嚷嚷说："你们知道吗？这诗是我老同学写的！"说完，迅速扫视了一下周围，看见张凤仙转过身朝他望了一眼，又补充道："当然，也是张凤仙的老同学。"

景东方约上孙春英，拿着几份小报送到班主任姜老师的办公室。姜老师浏览了一下，随即将几份小报递给了其他几位老师。姜老师对两个学生说："你们搞这个我是支持的，不能影响学习啊。"两个人答应着回到班里，将姜老师的话转告其他几个同学，大家都说不会。

高一（1）班的同学写作热情高涨起来，不时把稿子交到景东方等人手上，有时间就聚到一起，谈文学、谈写作、谈生活，大家都很亢奋。

周末，吕小蒙到任华平家玩儿。任志宏在家，他主动提起了《大运河畔》，说在蒙城高中的历史上，这也算创新之举，可以写篇新闻稿投寄给市广播电台。吕小蒙回家后就搬出新闻写作指导书，依葫芦画瓢，一口气写出一千多字，第二天让任华平带回去给他父亲看。任志宏在上面做了几处小小的改动，投寄给了市广播电台。

过了几天，吕小蒙和同学们正在学校的橱窗前浏览，突然听到广播里传来女播音员字正腔圆的声音——播送的正是他投的那篇稿子！吕小蒙激动极了，但他很快镇定下来，耳朵却伸到了喇叭跟前。

有人叫出声来："咦，广播里说的不正是我们学校的事情吗？"

几个人停下脚步，驻足聆听，脸上露出惊讶又羡慕的神情。回到教室，也有人在议论广播里的稿子，大家纷纷猜测是谁写的，这下他们班出名了。

吕小蒙想，虽然有人听到了广播，却似乎还不清楚是谁写的，这样他反觉得自在。第一次给市里的广播电台写稿，他心里没有底，也不想声张，他安静地走回自己的座位，一副事不关己的样子。

又过了几天，门房外面墙上的敞开式信件袋里出现了一封印有"市广播电台"字样的信封，赫然写着"吕小蒙收"。一同学发现后取下信，跑进教室，叫嚷道："逮住了，逮住了！"

"逮住什么了？"同学们蜂拥过去，纷纷问道。

"终于知道广播里的稿子是谁写的了，原来是吕小蒙！"他把信交到吕小蒙的手里，一副抓着现行的得意样子。

"小蒙，你成了我们班的才子了！"

吕小蒙不知道说什么好，他打开信封，原来是五元的稿费单。没想到写稿子还可以挣钱，而且有这么多，吕小蒙的嘴角掠过了一丝不易察觉的笑意。

景东方抢过吕小蒙手上的稿费单，看了几遍，笑着对吕小蒙说："这下可要请客了。"

"没问题。"吕小蒙热情地说，"我第一次写新闻稿就被采用，可见投稿也不难。你的诗写得那么好，你要是投稿，一定比我行的。"

"我倒可以试试的。"景东方半开玩笑半一本正经地说。

就在大家准备第二期组稿时，一个坏消息传来。学校领导看到小报后，认为学生要把精力用在学习上，如果允许高一（1）班油印文学小报，任其发展下去，会影响到学生们的注意力，进而影响到学习成绩，追求高考升学率的校方对此不能不管。姜老师收到学校要求停办小报的通知，虽然也想帮学生们解释争取，最终还是妥协了。

同学们群情激昂，认为学校事先不与他们沟通，就做出这样的决定，太简单粗暴了。有人提出要去校长那里说理，景东方甚至激动得哭出来。

"我们做错什么了？怎么就确定我们不能处理好写作和学习的关系？"张景明生气地说。

"本来以为学校还会鼓励支持我们的，没想到是这个结果。"孙春英有些沮丧地说。

"我们办报的事情都上了县里的广播电台了，说明我们做得好啊，学校怎么就这样不讲理呢？"有人说。

姜老师不知道怎么安慰同学们，沉默了一会儿说："你们的心情我非常理解，我也认为只要不影响学习，办份小报，没有什么不好，同学们对写作的热情值得鼓励。但学校既然这样决定了，也有理由。确实，办报会占用大家宝贵的学习时间，毕竟你们每个人都希望通过高考来改变自己的人生。虽然小报停办，但我们班的文学社可以继续存在，大家对文学的爱好和热情仍然有释放的空间。”

“大家听姜老师的吧。小报停办了，我们还可以向报社投稿。”吕小蒙说。

同学们渐渐平静下来，他们也知道，学校一旦做出决定，费多少口舌也不可能改变什么了，他们只能接受。

任华平回家告诉父亲学校停办小报的事，任志宏很是惊讶，他摇摇头说：“这太可惜了。”忽然想到了什么，补充道，“告诉小蒙，以后有稿件还可以给我。有时间让他来我们家借点儿书去看看。”

放学后，任华平和吕小蒙一起回家，任华平说：“青云年底就要回来了。”

“你听谁说的？他不在苏北做工了？”

“具体我也不清楚，他回来总会来找我们的吧？我们有大半年没有见到他了。”

“这家伙也是，出去这么长时间也不同我们联系，真行。回来见到他，好好审审他。”

“难得见上一面，别算旧账了，只要他在那边过得好就行了。”任华平笑着说。

“他爱面子，不过，时间长了还有谁在意？今后的路长着呢，‘三十年河东，三十年河西’，说不定他将来比我们还有出息呢。”

21

自从上次曾柯柯说到朱玉芳的情况后，张凤仙就关注起她来。这位女同学长得黄而瘦，头发浓密无光泽，几乎听不到她说话的声音，她回答老师的提问也是细声细语，走路慢条斯理，看人的眼神直勾勾的，不冷也不热。就是这样一位貌不惊人、有点儿怪异的女孩子，学习上却非常刻苦，每次考试成绩都名列前茅。

汪老师的课，原本枯燥的内容他讲得引人入胜。看得出来，汪老师对自己的讲课水平是自信的。

有一次，就在全班同学都全神贯注听他讲解时，北面窗户突然冒出一个人头来，倏地不见了。汪老师朝那里瞄了一下，没有动静，继续讲课。一会儿，那人头又冒出来，同学们纷纷朝窗外看去，人头又消失了。汪老师走近窗户——人头刚一出现，他就跳起来大吼：“干吗你？”

窗外的人猛地受到惊吓，一瘸一拐地逃离了。这时候，就见朱玉芳从座位上跳起来，号啕大哭，冲出门去。汪老师目瞪口呆，表情显然很夸张。他立即意识到了什么，却仍激动地咆哮着。教室里死一般寂静，随后大家议论纷纷。曾柯柯示意张凤仙跟出去看看是怎么回事。

张凤仙站起来，用目光征求汪老师的意见，汪老师回过神来，他无奈地耸耸肩，将夹着粉笔的手挥了挥。张凤仙快步走出教室。

“继续上课。”汪老师说。可有一些人仍在朝窗外张望，汪老师咳嗽提醒他们，教室终于安静下来。汪老师已经没有心情再讲下去，他说：“课就讲到这儿，你们看书吧。”他站在讲台上胡乱地翻动着备课笔记本。

此刻，他的心情糟透了，好好的一堂课就这样搞砸了。那个被他的吼声吓坏了的人，很可能就是朱玉芳的父亲。朱玉芳的大哭说明她也受到了刺激，也可以说受到伤害。

作为大学里曾经的高才生，汪老师是爱才的，他目睹了朱玉芳的学习情况，也听说了朱玉芳家里的情况，打心眼儿里同情这个学生，而朱玉芳也从汪老师平时对她的言语和态度上体察到了认可和关心，然而，这突如其来的情况把师生情给碾碎了。他非常后悔那声吼叫，不但得罪了一个优秀的学生，也暴露出了他遇事不冷静的毛病。

直到下课，也没有见到朱玉芳和张凤仙的身影，汪老师不踏实了。他让曾柯柯跟着去找。

张凤仙是在学校的池塘边追到朱玉芳的。这时候，她的身边放着一副担子，一个瘦弱的中年男子不安地站在旁边，不停地安慰还在抽泣的朱玉芳。

张凤仙见此情形，忙问朱玉芳这人是谁。朱玉芳说是她的父亲。她走过去，叫了一声“叔叔”。中年男子听到声音，左右看了一下，确定叫的是他，一时不知道怎样应答，手足无措起来。

张凤仙走到朱玉芳身边，掏出手绢，替她擦眼泪，说：“汪老师让我过来看看你。”

朱玉芳又哭了起来，那个男人也哭了。张凤仙也落下泪来，她上前挑起担子，说：“先去宿舍吧。”

中年男子过来夺担子，张凤仙说：“叔叔，我是玉芳的同学，您从家里过来走了不少路，就让我挑过去吧。”

朱玉芳也来夺担子，张凤仙拦住她：“你和你爸爸说说话。”

朱玉芳听了，也就放手了。

到了宿舍，朱玉芳端过一个凳子让父亲坐下。中年男子让给张凤仙坐，张凤仙说：“叔叔，您坐下歇歇。”又对朱玉芳说：“你爸难得来，你陪陪他，上午的课就别去上了，回头我把课堂笔记给你。”

“我马上走，上课要紧。”中年男子说着从担子里拿出一小袋米和几个腌菜瓶子，还有一件棉袄，又从那袋米里刨出几个鸡蛋，对朱玉芳说，“你妈让我拿这些来，说你念书苦，得补补身体——家里也只有这些了。天冷，早晚记得加穿件棉袄。”

他对张凤仙说：“实在对不起，我不认得你们教室，门卫指了个方向，我就寻过去，心想站到窗户外，玉芳看到就会出来的。没想到影响你们上课了。”

“叔叔，您大老远来一趟不容易，我们汪老师平时对玉芳也是挺好的。是场误会，您千万别往心里去。”

“都怪我，玉芳有你们这些同学，我就放心了。”他转身对女儿说，“你可要好好读书，我们穷人家没有别的出路，都指望你呢。”

“爸，你和妈多保重身体，别太累着。老师和同学们对我都挺好的。学习上的事我心里有数，你们只管放心好了。”

张凤仙也说：“叔叔你就放心吧，玉芳成绩很好，将来肯定能考上大学的。”

朱玉芳的脸色舒展了一些，她对父亲介绍张凤仙是班上的学习委员，人很好。

看到朱玉芳平静下来，想到父女还有话说，张凤仙先行离开了。

朱玉芳要留父亲在学校里吃中饭。父亲说：“不了，我还要赶回去，家里事情多。”又反复嘱咐女儿不许埋怨老师，要听老师的话。朱玉芳虽然对汪老师耿耿于怀，此刻却是老老实实地答应着父亲，把他送出校门，目送他远去。

22

下午课后，汪老师到班上来了，手里揣了几本书。他走到朱玉芳身边，从课桌上拿起几本笔记本来翻看，问她物理题目有没有不会的，接着又问昨天窗外人是谁，朱玉芳回答是她的父亲。朱玉芳把事情原委讲清楚，汪老师感到惊讶。

汪老师问：“家离学校远吗？”

朱玉芳说：“十多里路。”

汪老师沉默了一会儿，说：“做父母的都不容易，熬过几年就好了。”他把手里的书递给朱玉芳，“这几本书你留着看看，对你有帮助。”说完，又在教室里随意地走动了一下，没有再作停留，就走出门去。

曾柯柯和张凤仙看在眼里，心有所动：汪老师看似平常的举动是对朱玉芳最好的抚慰。这位只比他们大几岁的年轻老师教学上是认真的，对待学生是热忱的，只是有时候脾气急、说话冲，然而谁又是完人呢？

第二天，张凤仙把昨天朱玉芳的情况向曾柯柯讲了。她说：“昨天那个人是朱玉芳的父亲，他脚不好，挑着担子走了十多里路来给朱玉芳送吃的穿的，谁知被汪老师那么一吼，朱玉芳哪儿能不伤心？她父亲给她送来几瓶腌菜，还有五个鸡蛋，我看在眼里，心里难过，她家里实在太困难了。她的心气高，别看平时不作声，其实心细着呢，也敏感，以后我们关心她也要注意方式，别让她以为我们是在同情她。列夫·托尔斯泰的那句‘幸福的家庭是相似的，不幸的家庭却各有各的不幸’说得非常有道理。有人说幸福的或者不幸的家庭总是少数，以前我总认为我是不幸的，现在看来，又何止我一个。同时我们又是幸福的，亲人关心我们，身边有那么多的人给我们帮助。”

曾柯柯说：“是的，每个人都不可能一帆风顺，顺境中不猖狂，逆境中不气馁。朱玉芳就有这种心气儿，我们要向她学习，也要继续关心她，让她快乐起来。”

张凤仙说：“我不明白为什么班主任没有让她做班干部，她学习那么好，就是因为她比较内向，不爱说话吗？”

“你的意见很好，我们建议班主任在下次调整班干部时把朱玉芳也吸纳进来，相信这对她有帮助。”

曾柯柯又提到赵志新和王娟，说：“最近他们好像没有什么新情况，是不是班主任找他们谈过话后起作用了？王娟对你怎么样？”

张凤仙说："王娟认定是我跟班主任讲的，到现在还记恨我呢。"

曾柯柯说："还不是为了他们好，再说了，这种事不管是真是假，不提醒或制止，难免会发生或发展下去，到时候可就晚了。我去向班主任汇报也是这个意思，又没有给他们下什么结论。如果王娟再对你有过激的言行，你告诉我，我去找她说清楚，告诉她事情的原委。"

张凤仙说："这事淡化处理吧，我们尽到责任就好了。马上过年了，集中精力准备期末考试才是顶要紧的。"

张凤仙又想起了什么："我想不通的是，李素英平时不多说话，为什么她要在背后说王娟的事情？"

曾柯柯欲言又止。张凤仙说："你有什么事情瞒着我啊？"

曾柯柯说："没有根据的话可不敢说。"

张凤仙说："没有根据的话自然是不能说的，不过这不像你的风格啊，你倒说说看。"

曾柯柯说："我猜想可能是李素英讨厌王娟，故意在里面捣乱的。"

张凤仙听了，大吃一惊，说："李素英应该不是这样的人啊。"

曾柯柯说："就是李素英不说，班上也在传他们的事情，只不过是收音机的事情把他们的关系坐实了，我当然有责任告诉班主任，让班主任去调查处理。"

张凤仙说："我没有怪你的意思。只是李素英这样做，说到底不厚道，也让我感到意外。"

曾柯柯说："我只关心集体的声誉，不能因为个别人的行为让全班受到影响。"

“我理解你，也支持你。”

“你不怪罪我就好了，是我连累了你。”

“王娟是刀子嘴豆腐心，我们的误会迟早会消除的。现在让她继续误会我并不是坏事，至少在我面前她要有所顾忌。”

“也只有你这样想。”

23

期终考试结束后，各年级的学生还要留校补习三天。这时候，学生们轻松起来，不但校园里走动的人多了，就是男女生宿舍里也一改以前的沉闷，充满了欢声笑语。

放假这天，张凤仙的奶奶带上米粉和红薯一早来到蒙城。她打算接了孙女，再去老姐妹那里看望一下。到了学校才知道，上午学生还要开班会，下午大扫除后才能离校。于是，她对张凤仙说了一声，背着东西往吕小蒙家来了。

刚进院子，吕小蒙的外婆就看到了，她从屋里快步走出来：“前几天听小蒙说，今天学校放假，我估摸着你要来接凤仙，我们老姐妹又可以见面了。”

张凤仙的奶奶将肩上的小袋子放下来：“我也是这个意思，一晃都几个月没到镇上来了。”

“大老远的路，背这些来做什么？”吕小蒙的外婆说。

“不值钱，都是自家地里的。”

“你也是上了年纪的人，这么远的路，还带这些东西，你让我怎么过意得去？”

“老姐姐这么说，倒叫我这张脸无处搁了，贵的东西我也拿不出来，自家地里种的，多少是我的心意。”

“以后不要带了，有机会我到你们家吃去。”吕小蒙的外婆笑了。

“按理说应该常来看看老姐姐，家里事多，总也抽不出空儿。”

“谁说不是，我一天到晚也总有事情做，你家里还有田，凤仙她爸又不在家，自然更忙了，也够难为你的，一年到头不容易啊。”

“容易不容易也就这么过来了。儿媳妇走后，落下债务，凤仙她爸出去打工，也是想早些把债还掉。”

“现在乡镇企业也多，就在近处找点儿活干干，外头虽说挣钱多点儿，可说到底家里照应不到。”

“过两年看看情况再说吧。”张凤仙的奶奶说，“凤仙回家常说起你，又是给她带吃的，又是叫她来家里吃饭。我对她说：‘姨婆对你的好，你要记在心上，将来出息了，可不能忘记姨婆。’”

吕小蒙的外婆说：“从陈家村出来也有些年头了，当年凤仙才几岁大。今年在暑假里见了，已成了大姑娘，又体面，又能干，我看了就喜欢。叫她来家里吃饭，她也是难得来。”

“凤仙从小知趣，难得老姐姐这样喜欢她。”

“凤仙没有一道来？”

“学校下午才放假，我就先过来了。”

“中午叫凤仙一块儿来家里吃饭啊。”

“我也这么说的，她说班上还有事，不能来了。”

吕小蒙回来后，看到张凤仙的奶奶，赶忙过来向老人打招呼，又问外婆：“张凤仙知道姨婆来吗？”

外婆说：“姨婆去过学校了。”

“怎么不叫她也来家里吃饭？”

陈志萍回来也说了同样的话。

张凤仙的奶奶很受用，这家人待凤仙这样有心，她很是欣慰。

外婆对吕小蒙说：“下午你替我送送她们。”

吕小蒙说“好”。

放学后，吕小蒙到学校门口的路上等。他见到张凤仙和奶奶一前一后出来，手里都提着一个包裹，就上前对张凤仙说：“我来送送你们。”

张凤仙有点儿意外，她看了奶奶一眼，从奶奶的眼神里看出，这似乎是他们商定好的，也就不再说什么。吕小蒙要去拿张凤仙手里的包裹，张凤仙不肯：“去帮我奶奶拿吧。”

奶奶说：“帮凤仙拿吧。”

吕小蒙就从张凤仙的手里取过包裹。张凤仙安静地跟在他们后头走。看到吕小蒙矫健的步伐，她有一种他可以被依赖的念头。

刚拿到包裹时，轻飘飘的，走上一程，就觉得沉了，吕小蒙下意识地换手。张凤仙觉察到了，走上前去说：“吕小蒙，你回去吧，时间太久了，姨婆会不放心的。”

吕小蒙说：“天色还早呢，难得到乡下来，一路上看看风景也是挺好的。”

“累不累？”张凤仙关切地问。

“不累。”吕小蒙说，“就是手有点儿酸。”

两个年轻人走得这样近，说话又这样随意，老人看在眼里，高兴在心里，说：“世上的事情真不好说，要不是考上蒙城高中，你们两个恐怕一辈子也没有机会认识。”

吕小蒙朝张凤仙的奶奶笑笑。

张凤仙问：“吕小蒙，期末考试怎么样？”

“语文比较顺利，就是物理、化学有难度，估计成绩不会好。”

“高二就要分文理科了，你读文科吧，你文科行的。”

“我也这样想，物理、化学，我见了就头大。”吕小蒙实话实说。

“要有信心。你的文章都被市广播电台采纳了，全校有几个？你就在文科上头加把劲，将来一样考大学。”

“希望不大。”吕小蒙说。

“别急，离高考还早呢，你原来数学不行，现在不也跟上来了？”张凤仙一说起学习，话明显多了。

“我努力吧。”吕小蒙朝张凤仙笑着说。

张凤仙说：“陈国宝的情况怎么样了？一段时间没有听到他的消息了。”

“几项考核都通过了，不过，招飞很严格的，初次入选的两个现在只剩下他一人了。”

“能不能通过对陈国宝来说也都无所谓，他成绩好，飞行学院不录取，上普通高校还是有把握的。”

“陈国宝想去看我外婆，过几天领成绩报告单时我约他，到时你也来吧。”

张凤仙问：“陈国宝去，我也去，合适吗？”

“有什么不合适的？”吕小蒙说，“以后他考取飞行学院，想见也难了。”

张凤仙将询问的目光投向奶奶。

“小蒙说合适就合适。”奶奶笑着说。

“那好吧。”

又走了一段路，老人对吕小蒙说：“就送到这儿吧，离家也不远了。”

太阳落山了，风大起来。张凤仙也示意吕小蒙回去。他们于是笑着说再见。

24

孙银成派人送来两条草鱼，老人像往年一样准备腌制它们。吕小蒙要来帮忙，老人说：“这里没有你的事，小心身上弄脏了。”

吕小蒙还是凑到老人跟前，一边帮忙，一边对老人讨好地说：“外婆，我给您打个下手，也学习学习您的经验。您腌制的东西好吃，有什么家传秘方吗？”

“学这个做什么？男孩子要想着做大事。”老人教训道。

“我们老师说了，民以食为天，吃也是大事啊。”吕小蒙故意对老人饶舌。

“看来你这书没有白念。”老人笑着说。

这时候郭志勤进门来了：“小蒙，听说了没有？青云回来了。”

“咦，这小子什么时候回来的？”

“不知道。我也是听人说的。我们去看看他？”

邹青云一声不吭去了苏北，郭志勤当时还有怨言；这次回来他也没来找他们，现在郭志勤反倒要去看他。吕小蒙故意激他：“上回的事不能便宜他，他不来找我们，我们也不要理他。”

郭志勤笑了：“我们不同他一般见识。老实说，我想这家伙了。”

吕小蒙继续激他：“他出去这么久，见了大世面，说不定不认我们了。人是会变的。”

“不管他，先找到他再说，看他怎么给我们一个解释。”郭志勤就要拉吕小蒙走。

“等一下，我洗个手。”郭志勤这才注意到，吕小蒙手上全是盐渍。

走到大街上，远远看见邹青云拎着几个小包往二街方向去。郭志勤大声吆喝道：“青云，你到哪里去？”

看到是他们，邹青云高兴地跑过来：“去找你们。”

“找我们做什么？不声不响地走，不声不响地回来，这算哪一出？”吕小蒙假装生气地责问道。

“天地良心。走，先去志勤家，慢慢讲给你们听。”

“怎么不去我家？我家不是更近吗？”吕小蒙说。

“我怕你外婆，要是问这问那，我哪里容易说得清？”

“我外婆几次提到你，说也不知道青云在外面过得好不好？再说了，我外婆是那么难缠的人吗？”

邹青云连连摆手说没有这个意思。他们边聊边走进了二街。

郭志勤家有两间正屋，楼上楼下，好几间房。他们径直来到郭志勤在二楼的房间。

邹青云从包里拿出几包糖：“这些糖你们和任华平一人一包。”

吕小蒙和郭志勤都说：“发财了？”

“就算是吧。”

邹青云讲起他的故事：“我叔叔在苏北一家乡镇企业当厂长，我爸爸在我面前几次提到。我想去我叔叔那里看看，想在叔叔身边学点儿本事。我知道，我这样做爸妈肯定不会同意，说不定我爸还会对我动粗，我就打听着怎样才能去我叔叔那里。一切妥当之后，我就准备走了。走之前，我倒是想同你们说一声，可这次出去也不知道将来会有什么结果，又怕你们问这问那，便一走了之了。我在那边一直想你们，也想给你们写信，可又怕影响你们学习。今天回来了，我当面给你们说清楚，也算是向你们道个歉。

“我在叔叔家待了一段时间，实在无聊了就跟叔叔学了点儿技术，后来叔叔带我跟他出去跑市场。我初中没毕业，可数理化知识有一点儿，再说脑子也算灵光，叔叔有意培养我。有时厂里忙，叔叔就让我出去替他办事，跑多了也就认识了一些人。后来通过朋友弄回来几批订单，为厂里赚了钱，叔叔更加器重我了。年底发奖金，你们猜有多少？800元！我不敢要，叔叔说这是我应得的，干好了，以后还不止这个数。

“叔叔先是让我负责一个地级市的业务，封我一个供销经理的名头。刚开始人家叫我邹经理，我还不习惯，现在人家不这么叫，我反倒不习惯了。

“去年没有回来过年，一是厂里事实在是太多，二是我家婶婶病了，我在医院替叔叔照料病人。我爸我妈去看望我婶婶的时候，告诉我，你们几个都考上了蒙城高中，我当时听了心里真不是滋味。我们从小在一起，这么早就被岔开了，想想能不难受？不过我很快也就想开了，豆萁同根，总要各奔东西，何况我们只是走不同的道路，并不是真正的各奔东西。我们还是好朋友、好兄弟。”

吕小蒙想，这家伙真能混。这次回来也算是衣锦还乡了，看他身上穿的衣服便知。可见，“条条大路通罗马”“当生活给你关上一扇门，必定会为你打开一扇窗”，这类说法是有道理的。

郭志勤和邹青云开玩笑：“邹经理，要不我也跟你出去闯荡闯荡吧？”

邹青云说：“别瞎扯，你叫什么邹经理呢！你是大户人家出身，比不得我，铁匠家的，我混得好不好没有人笑话，就是笑话我也不怕。你不一样，你得上大学，走正道，得出人头地、光宗耀祖。刚才对你们说的是我风光的一面，还有别的我没有对你们说，说了你们也不会相信。这两年我也吃过不少苦，一个乡镇企业能够生存发展，都是苦出来、干出来的。”

吕小蒙对郭志勤说：“青云说得对，成功的背后总要付出许多不为人知的艰辛。再说了，办厂做生意也不是每个人都可以，青云是这方面的料。”

邹青云又说：“我在外面闯荡，收获还是很大的。现在社会发展快，变化也大，一些在机关单位上班的人都下海办公司、做生意了。听说集体企业不久也要改制，今后的发展会怎样不可想象，但有一点可以肯定：时代变了，人们的命运有了多种多样的选择。”

“社会也是一所大学，青云出去增长了见识，增加了才干，挣到了钱。只是你太性急了，等高中毕业至少初中毕业都来不及吗？我是多少替你可惜的。以后你回来多给我们说说外面的事情，让我们也开开眼界。”吕小蒙对邹青云说。

邹青云说：“春节之后，我到苏北再待半年就回来了。乡镇企业还是苏南这边发展势头好，我和家里说了，过段时间我准备到苏南这边乡镇企业找工作，接触不同的行业，积累不同的经验，对自己的将来总是有益处的。”

“这么好的工资薪金待遇，还要去找新的工作？”郭志勤瞪大了眼睛。

“是的，我有这个想法。”邹青云自信满满地说。

吕小蒙、郭志勤他们也意识到，蒙城其实也正在悄悄地发生着变化，只是他们身在校园，所知不多，感受不深。也因此，他们对邹青云和外面的世界有了隔膜和向往。

25

第二天，他们约上任华平去文化站看录像，大家看上去很客气、很亲热，可邹青云觉得与他们有了隔阂，至于是什么样的隔阂，他说不准。他知道，他和这几位老同学正走着不同的道路，有着不同的生活目标。他很想念以前的那些时光。

领成绩报告单的那天，吕小蒙见到陈国宝，约他到家里去，陈国宝答应了。吕小蒙叫上张凤仙，张凤仙叫上景东方。

家里来了这些年轻人，老人很高兴，留他们吃饭，又怪吕小蒙不早说，也好有个准备。吕小蒙说："都不是外人，再说了，家里有鱼有肉，不都是现成的？"

老人问了陈国宝一些话，就准备饭去了，张凤仙进厨房去给老人打下手。陈国宝纳闷：张凤仙和他们家是什么关系？怎么这样自然亲切？

门外有人喊："小蒙在家吗？"

是邹青云。这小子不是说怕外婆的吗？吕小蒙走出来，看到邹青云后面跟着任华平和郭志勤。"约好的？刚才在学校也没听你们要来我家啊？早知道我和你们一道回来。"

郭志勤说："我和华平在街上遇到青云，看他提着东西，就问他到哪里去，他说到你家来，就问他不是说怕见外婆吗，青云说怕是怕，可躲得了初一躲不过十五。再说小蒙不是也说外婆念叨他呢，就要过年了，他来向老人家问个好。他约我们一起来，说节后一走，又不知道几时见面了。"

吕小蒙看到邹青云提着礼包，说："你带这些东西来做什么？"

老人看到邹青云他们，放下手里的活儿，走过来："今天真热闹，又来了几个。"

她对邹青云说："你这孩子，多久没有见到你了，几时回来的？”

邹青云笑嘻嘻地回答：“外婆，回来几天了，一直乱忙，今天才来看您，不要见怪啊。”

“怎么会怪你？你和小蒙他们要好，是个好孩子，在外面怎么样？吃苦了吧？”

邹青云把在外面的情况大致说了一遍，老人高兴地说：“那就好，那就好，人要有志气，肯吃苦，肯动脑子，在社会上才能立得住，父母也放心。”

邹青云朝屋里屋外看了一下，问：“阿姨不在家吗？”

老人说：“去了省城，如果小蒙不是领成绩报告单也就一起去了。”

邹青云递上礼包：“外婆，这是我孝敬您的，您收下。”

老人推却说：“这个不能收，你小小年纪在外面不容易，快拿走，外婆不能吃你小孩子的。”

“外婆，难得回来孝敬您一次，您要是不肯收，就是瞧不起我。虽说我在外面打工，可也不是做苦力的。”邹青云说这话时，眼睛朝吕小蒙他们看了看。

“外婆，这是青云的心意，您就收下吧。他现在当上经理了。”吕小蒙说。

“有出息了！”老人有些不相信自己的耳朵，可还是说，“只要你们好好的，我就高兴。”

老人对邹青云、任华平和郭志勤说：“今天留下来吃饭，我这里还有几个小客人在。”老人指着旁边的张凤仙、景东方和陈国宝，他们都在那头冲着邹青云他们笑。

吕小蒙向邹青云介绍说：“这是陈国宝，小时候一起玩儿的好朋友，我外婆村上的，马上要当飞行学员了。”

陈国宝大方地伸出手来说：“还早呢。”

邹青云握着陈国宝的手：“小蒙以前同我们说过你，果然有军人风度。”

“张凤仙是我外婆的亲戚，景东方是张凤仙的好朋友，我们是同年级同学。”吕小蒙介绍完张凤仙和景东方，又强调一下说，“她们都是班干部。”

邹青云说笑道：“你们像仙女下凡，个个都是画里人。”这句无厘头的话把张凤仙、景东方说得面红耳赤。

景东方说：“我们不是仙女，我们是花木兰，以后和陈国宝一样去当兵，保家卫国。”

吕小蒙说：“你当兵也不错，部队里多了一个女诗人。”

“她会写诗？”邹青云好奇地问。

张凤仙说：“东方的诗写得可好呢。”

吕小蒙说：“马上过年了，难得有机会在一起，今天就在我家里聚一聚。”

邹青云说：“中午我们去蒙城饭店，我请客。”

“我外婆一早就在准备了，今天就在我家吧。”吕小蒙说。

景东方和陈国宝也都说就在这里吃，外婆和张凤仙都在厨房忙了好一阵子了。

邹青云说：“既然如此，我去弄点儿饮料来。”

吕小蒙说：“我们一起去。”

吕小蒙他们回到家时，桌上碗筷已备齐。大家坐下来，老人和张凤仙还在厨房里，邹青云和景东方叫她们，老人把张凤仙推出来，说：“你们年轻人吃饭，我一个老太婆在厨房里随便吃点儿就好了。”

景东方拉老人坐下：“姨婆，我们来敬您。”

说话间，已经给老人倒上了饮料，景东方站起来，招呼着身边的同学们，对老人说：“姨婆，我们以饮料代酒，敬您一杯。您忙到现在，我们谢谢您。”

老人就要站起来。

“姨婆您坐着。”陈国宝按住老人说，“我们站着敬您。”

看到孩子们这样乖巧懂事，老人乐不可支，吃了几口菜，站起身：“我去厨房看看。”

大家知道老人坐在这里不自在，也就随她去了。

年轻人心头总是充满着快乐。邹青云讲起他的故事，不时引发笑声。大家夸他见识多、记性好。邹青云不好意思地说：“我是半桶水，比不得你们肚里有真货。我献丑了，自罚一杯。”说完，将手中的饮料端起来，猛地喝了下去。

邹青云说：“我在外面也应酬，为了谋利。今天我们老同学在一起团聚，大家高兴就好。”

说着他又给自己满上饮料，吕小蒙也满上。

大家明白这次过后，不知几时才能聚到一起，不免有点儿伤感，又连喝了好几杯，直到下午一点多才散去。

26

开学不久，学校组织篮球赛，各年级的学生都可以报名，年轻老师也参与进来。比赛分六个小组，采用淘汰制，最终决出冠亚军。通过抽签，吕小蒙和陈老师分在了一组。

各个小组进行了多场次多形式的热身，陈老师发现吕小蒙球打得不错，吕小蒙也感觉到陈老师的基本功扎实。两个人之间很快有了信任和默契。正式比赛时，他们这组中，吕小蒙打小前锋，陈老师打得分后卫。

这种形式的比赛在蒙城高中是第一次，因为有各年级的老师和学生的参与，引发了全校师生观看的兴趣。

想起张凤仙从来没有看过他打球，想到景东方有次说过想看他打球的话，当然也是为了更好地证明自己，吕小蒙全身心投入比赛。

比赛安排在每天放学后，球场成了师生狂欢的集结地。欢呼声呐喊声此起彼伏，学生们仿佛要通过这种方式将平时的学习压力尽情释放出来。那些女教师站在人群中，也在为她们的同事加油助威。

校长一改平时的威严，变成了大孩子，也许他原本就是个球迷。这时候，他不停地向旁边人解说，每当有得分，他也会像其他人一样欢呼。校长近于夸张的表现，鼓舞了参加比赛和围观的师生，球场气氛更加热烈。

吕小蒙注意到每次他参加比赛，任华平、郭志勤、孙春英、景东方、张景明等一帮人都会来，张凤仙、曾柯柯、赵志新、孟小楠、王娟他们也会来，他还看到了吴荷花。

经过两周的比赛，吕小蒙所在的小组获得亚军，他个人获得“最佳得分手”称号。

陈老师欣赏吕小蒙的表现。他对吕小蒙说，周末自己约上同小组的赵老师，让吕小蒙约上同小组的几个学生去蒙城镇上吃饭。

小吃店里，陈老师说：“今天难得相聚，又是庆祝我们比赛得奖，大家多吃点儿。”学生们纷纷点头说好。陈老师拿来几瓶汽水，对大家说：“这几瓶汽水大家一起喝。”

大家边喝边聊，虽然在一起参加比赛，但毕竟来自不同的年级、不同的班级，刚开始时有些拘谨，聊着聊着，就热络起来。特别是陈老师和另一位青年教师，吃了会儿饭之后，话明显多了起来，他们说起小时候的事情、上大学的事情。学生们听着有趣，两位老师也就更滔滔不绝了。

吕小蒙觉得陈老师豪爽、健谈，是个有魅力的男人。

从那以后，他和陈老师接触就多起来。有时候，青年教师们想打场篮球赛，人数凑不齐，陈老师就叫上吕小蒙。开始和老师打，吕小蒙有些放不开。陈老师看出来了，说：“吕小蒙你打球的时候可要忘掉我们是当老师的，球场上我们都是球员，该怎么打就怎么打。”

这句话提醒了吕小蒙，他很快恢复了状态，运球传球、投篮得分有板有眼，球技与那些老师相比并不逊色。老师们对吕小蒙很友好，吕小蒙也更有了自信。

有一次，吕小蒙和陈老师单独在一起，吕小蒙故意提及吴荷花，想看看陈老师有什么反应。

陈老师说："我做过她的英语老师，她是英语课代表。那时候，有老师叫学生到办公室帮着批阅试卷的情况。我刚参加工作，也这样做。每次考试后，我会叫吴荷花和几个成绩比较好的学生到我办公室去。我们住校的老师，办公室是兼作宿舍的。有一次，考卷批完后，其他同学走了，吴荷花有问题问我就留了下来。那天气温很高，我感觉热，就脱去衬衫，露出运动背心。我这个人比较随意，当时根本没有想太多，可看到吴荷花那样反常，我有所意识，就把衬衫又穿上了。后来吴荷花的精神出了问题，学校里也出现了流言蜚语，校领导把我叫去了解情况，我如实讲了我知道的情况。因为是无心之过，校领导也没有把我怎么样，但我却接受了教训，从此不叫学生去我的办公室了。吴荷花的精神状态时好时坏，好的时候，就像正常人一样；不好的时候，就可以看到她总是冲着别人笑。我感觉这样下去，万一吴荷花再有什么精神问题我说不清，就向学校要求调离这个班。学校同意了，后来的情况我就不清楚了。现在吴荷花考上了蒙城高中，说明她恢复了，我很高兴。吴荷花聪明，将来考大学还是有可能考上的。"

听了陈老师的话，吕小蒙放心了。吴荷花的反常，陈老师应当没有责任。他想，陈老师终究是个好老师，不然一个初中老师也不可能被调到蒙城高中来的。

他将陈老师的话一五一十地告诉了景东方，景东方又将吕小蒙的话告诉了张凤仙。张凤仙对景东方说："陈老师的情况我们了解了，吴荷花这方面以后还得多注意，有机会你找她聊聊，开导开导她。”景东方满口答应。

27

因为怀疑张凤仙到班主任那里告密，王娟对张凤仙耿耿于怀，孟小楠不止一次地劝她，她就是听不进去。张凤仙也不做任何解释，淡然处之，任由她误会去。

有一天王娟碰到赵志新，劈头就问：“赵志新，你最近怎么样？”

赵志新笑嘻嘻地说：“很好啊。”

看到赵志新油腔滑调的样子，王娟语气生硬地说：“你是很好，可我不好啊。”

“你怎么不好了？”

王娟一时语塞，沉默了一会儿才说：“外面的人都传我们之间的关系不一般，明明我跟你是正常关系，他们这样谣传也太欺负人了！”

“我一直也是这样认为的，别人要说我又能怎么样？这段时间手头事情也多，又有好几个同学问我要收音机……我哪儿有这么多配件，就去镇上电器厂问人家买那些旧配件。人家看我是学生，也没有多收我钱。”赵志新慢条斯理地说，“再说了，现在人家时不时在议论我们，我们总得避避嫌吧？”

“我们又没有什么，怕什么？再说了，难道我们就不交往了？”

“当然要交往，不过不能像以前那样，我看还是你以前的说法对——不要再在私底下见面。谣言如流感，众口能铄金哪。”赵志新说。

“你说得有些道理，以后还是不要私底下见面。”王娟有些泄气地说。

赵志新看到周围没人，就像安慰一个不懂事的妹妹：“你就像个孩子，也老大不小了，现在要以学习为主。”

“就是普通同学说说话而已，我没有别的意思。”

“我说话随意，爱开玩笑，你倒是喜欢听我说话。”赵志新说，“男女同学还是少交往为好，免得人家说闲话。”

“谁规定男女同学不准交往了？”

“没有规定，不过注意点儿好。”赵志新忽然想起什么，“你听我一句劝，要搞好同学关系，比如张凤仙，别人都同她要好，你为什么就不能同她处好？一个人，心胸狭窄了，心情就不会好。我是乡下人，又和你一般大。再说，我也不是一个成熟的人，照说我没有资格说你，可是，我不能看着你这样下去，你听不听我的，我都要说。”

回到宿舍，王娟想起赵志新的话，心想：难道自己真的冤枉张凤仙了？赵志新和张凤仙是老同学，他们相互是比较了解的，赵志新这样说自有他的道理。况且，张凤仙确实不像是搬弄是非的人，她温和善良、乐意助人，说话做事稳重妥当，就是和吕小蒙有些瓜葛，也没有听到过别人有什么话说。可是老师的话言之凿凿，如果不是同宿舍的人说的，老师怎么可能知道得这么清楚？不是张凤仙，会是谁呢？

她突然想到李素英，那天她是冲着李素英吼了一下的，难道是她？只是事情既然过去了这么久，又没有根据，她也不想再追究了。

以后的几天里，碰到张凤仙同宿舍里的人在一起说话，她就装着不经意也过来插上几句。张凤仙觉察到了王娟的变化，其他人也觉察到了，她们都没有挑明，心照不宣地继续装糊涂。一段时间过后，王娟和张凤仙也就有些交流了。

一天，汪老师来到教室，通知赵志新准备参加省教育厅组织的物理竞赛，说得到名次，不但高考可以加分，而且在选择院校时也有优先权。丹凤县教育局非常重视此次竞赛，每所学校给一个预选名额，先参加县里的专门训练，最终择优决定参加市里和省里比赛的正式名单。

同学们朝赵志新投来羡慕的目光。赵志新暗暗得意，心想这下一定要好好发挥一下。

学校报栏橱窗里贴出喜报——赵志新获得省物理竞赛二等奖。他是丹凤县参赛选手中唯一获奖的。学校召开表彰会，校长介绍了这次竞赛的情况，强调这是学校的光荣，并宣布了学校的奖励决定。

表彰会后，汪老师把赵志新叫到宿舍："是金子总会发光的，这次你为全校争得了荣誉，你个人也朝大学的校门迈进了一步，以后要继续努力，争取更大成绩。"

赵志新笑着说："汪老师，说实话，我对物理就是有兴趣，图书室专业杂志，我每期都看。这次竞赛我还是比较轻松的，下次拿个一等奖给您。"

“别小瞧这二等奖，全省那么多省重点高中，那么多尖子生参赛，高手如云，你能拿到二等奖就非常了不起了。当然，如果能拿到一等奖，就更了不起，也许清华北大都来要你。”

“清华北大不指望，上所省城大学就不错了。”

汪老师忽然想起什么，说：“听说你和王娟谈恋爱，有没有这个事？”

“我们单独见过几次面，我也送过她一台组装的收音机。不过，我们只是正常的同学关系。我们在一起聊得倒是挺好的，很随便、很开心。汪老师，您是知道我的，我就知道玩儿，我们也知道学校的管理规定，您尽管放心好了。”

“男女同学也可以有友谊，只是不要有其他的想法，不要单独待在一起，要把心思用在学习上。”

“您的话我都听进去了，以后我们会更加注意的。”

赵志新获奖之后，不管是老师还是学生都对他高看一眼，不少女生都对赵志新投来欣赏的目光。

28

王娟最近遇到烦心事，想找个人说说话，排解一下烦闷。她给赵志新写了纸条，约他晚饭后出去见面。

赵志新很纠结，汪老师的话还在耳边。他犹豫再三，最终还是决定赴约，他预备见面时同王娟说清楚。

天色还早，宿舍还有人在，王娟耐着性子，躺在床上听收音机。她心不在焉，等宿舍里的人都走掉了，才起身出门。

人们已换上春装，走起路来轻轻盈盈的，每个人的脸上因对美好季节的欢喜而神情舒展。

王娟一边胡思乱想，一边注意路上的行人。约定的地点在蒙城西边四五里的一个水库边，这个地方是他们之前偶然发现的。有一天，他们在蒙城周边散步，看到了一处大面积的水域，堤岸上下全是树木，很奇怪这么好的地方怎么就看不到人影。

接近大街的地方，王娟停下来，折向了旁边的一个池塘，虽然这儿离水库远许多，却可以避开众人的视线。

池塘又叫庙河，南北走向，菱形，离大街远，两边全是菜地，除了庄稼人偶尔出现外，平时最常见的也就是那些顽皮的孩子了。这时候的池塘边，树木青翠葱茏，野花开在树脚下，池水清澈，波光粼粼，不时可以看到一群小鱼浮在水面，忽地又不见了。

一群男孩子在树下朝水面上甩碎瓦片，瓦片贴着水面嗖嗖飞去，溅起一道道水花。以前有好几次，王娟看到赵志新也玩儿这个，她想，要是赵志新在这里，也会过去露一手。

不远处，几个女孩儿在割草，王娟想起小时候跟着姐姐到村外割羊草。姐姐割得很认真，她在旁边玩儿，草装满篮子，姐姐就坐下来给她讲故事。姐姐比她大八岁，在她的印象中，父亲离世母亲出走后，姐姐一直把她带在身边照顾。

姐姐出嫁的前一天晚上，她几乎一夜没睡，想到一朝要和姐姐分开，爷爷奶奶的年纪越来越大，今后将面临怎样的生活，不觉伤心流泪。迷迷糊糊中，她又想到，姐夫家在蒙城，姐夫在一家工厂上班，有技术，家境好，姐姐嫁过去，终究是找到了她的归宿和幸福，又转悲为喜。

太阳挂在树梢上，屋顶上已升起了炊烟，王娟快步朝水库走去。

水库堤坝上，赵志新正朝着她走来的方向张望。王娟走到赵志新面前，十分抱歉地说："我来晚了，你一早就来的？"

"嗯。"赵志新并不在意地说，"这个季节好，树全绿了，树影映在水中，鸟紧贴水面飞，溅起水花，这里就像一幅大型的水彩画。"

王娟有些意外："没想到你一个理科生变成诗人了——不过这里的风景确实美。"

赵志新说："一年四季，春天最美好。这时节，大地苏醒，草木旺盛，充满着生机活力；人的一生也是青春美好，这时候人们有精力、有理想，许多人都是在这个时候打下成功基础的。"

"我好像没有什么理想，学习成绩一般，高考悬呢，以后也许只能在镇上找家工厂上上班。要说理想，我的理想很现实，虽然我知道这是不可能实现的。"

赵志新明白她话里的意思，走到王娟身边说："我知道你的想法，只是我们现在还在念书，说这些还早。"

"我是说高中毕业以后。"她觉得自己很难考上大学。

"那以后我们尽量少联系，等考上大学到更广阔的天地里去，不比现在强多了。"

"我也想这样，但是自己的学习成绩总是提不上去，脾气也不怎么好，也不会很好地处理人际关系。"

听了王娟的烦恼，赵志新很能理解，他担心王娟过于沉湎于这种情绪之中，安慰她说：“王娟，我们是很要好的同学和朋友，所以我还是希望你多把心思用在学习上，不要去在意那些。你是镇上人，心地又好，你就听我的，放宽心，好好学习。”

“我算不得镇上人，我命不好，虽说有爷爷奶奶和姐姐，可到底隔了一层。”

赵志新和王娟走到凉棚下，寻一处石板坐下：“你的命怎么不好了？你说给我听。”

王娟幽幽地说：“有些话，我一直憋在心里，不敢跟别人说，我把你当哥哥才跟你说。你听了，可别瞧不起我，也不要跟别人说。”

“到底是怎么回事？”

王娟一五一十地将自己的身世讲给赵志新听。听着听着，赵志新的脸色凝重起来，他心里起了波澜——原来这个女孩子有着这样不幸的人生经历。想到之前他所认识的泼辣又直爽的王娟，想到刚才对她说过的话，赵志新觉得自己作为朋友和同学应该多关心她、安慰她、鼓励她。

忽然乌云密布，狂风大作。两个人慌乱起身，躲到屋旁的棚子下，就在这时，大雨倾盆而下，气温骤然下降，王娟的身体开始颤抖起来。雨越下越大，天越来越黑，王娟感到害怕，赵志新也有了担心。雨势没有停歇减弱的迹象，赵志新找来一块破塑料，让王娟顶着，两个人冒雨回到了学校。

29

王娟一夜没有睡好，第二天早上饭也不想吃了，到了中午，竟发起高烧来。

下午三点多，孟小楠返回学校，看到王娟的床前有双鞋子，觉得奇怪，掀开蚊帐，吓了一跳。王娟紧锁双眉，一脸病容，蔫蔫地躺在床上。

“王娟，你这是怎么了？”孟小楠紧张地问。

听到是孟小楠的声音，王娟转过身，睁开眼睛，有气无力地说：“身体不舒服——睡睡就好了。”

孟小楠摸了一下她的额头：“呀，发烧了，快起来，我带你去看医生。”

“不用的，你去学校医务室里看看，帮我配点儿退烧药吧。”

“那怎么行？药不是随便就能吃的。”

“听我的吧，昨晚可能吹了冷风，受了寒。”

“昨晚？昨晚你没有回家吗？你去哪儿了？”孟小楠道。

“没有回家，我去外面走了走——你还是别问了。”王娟忽然不耐烦起来。

孟小楠朝学校医务室走去，刚拐过通往食堂那条路就碰到了张凤仙。张凤仙问她这样急匆匆地去哪里，孟小楠就把王娟的情况说了。张凤仙说：“这不行，得查明病因，对症下药。这样吧，你先去医务室看看是不是有医生在，如果有，我们把王娟带过去。”

孟小楠一向信任张凤仙，立即点头说好。

医务室的女医生热情地说：“既然这位同学在发烧，还是我过去吧。”

她让孟小楠带她去女生宿舍，孟小楠帮女医生提医药箱，快步走在前头。

孟小楠带着女医生进了宿舍，张凤仙忙起身说：“陈阿姨，您还亲自来啊，真是太麻烦您了。”

这位陈医生和景东方的舅妈朱柔关系很好，张凤仙跟着景东方叫她陈阿姨。陈医生和蔼地对张凤仙说：“原来是你们宿舍的。”

张凤仙说：“是的，您给她看看吧。”

陈医生给王娟量了体温，让王娟张嘴看舌苔，拿起听筒按在王娟的胸部，问了她几句然后说：“是病毒性感冒，吃点儿药，喝点儿水，盖上被子出点儿汗，休息休息就好了。”

她让孟小楠跟她去医务室拿药。张凤仙把陈医生送出门。

看到孟小楠和张凤仙这样为她操心，王娟很感动。宿舍里，她和孟小楠最合得来，几乎无话不说，帮她自在情理之中。可张凤仙呢？自从上次那件事后，王娟对她就一直不理不睬，没想到张凤仙不计前嫌，和孟小楠一起来照顾她。王娟惭愧和自责，觉得自己想问题太简单，遇事不冷静，伤害了张凤仙，也伤害了她们之间的同学友情。她对张凤仙暗生敬意。

张凤仙从学校食堂打了开水回来，孟小楠也进了门。

她俩服侍王娟吃过药、喝了水，又给她盖了一条被子。宿舍里其他人陆续回来了，她们带回各种来自家乡的消息，叽叽喳喳地说个不停。孟小楠和张凤仙告诉她们王娟生病了，大家纷纷过来看望。王娟谢过大家，却发现这当中没有李素英，她没有多想，迷迷糊糊地睡去了。

吃过晚饭，宿舍里的人都去上晚自习。王娟出了一身汗，感觉好些了，她睁开眼睛，望着昏暗的房间，胡思乱想起来。

晚自习，赵志新没有看到王娟，有些纳闷，也有些不安。

第二天王娟没来上课，赵志新想着她是不是前天淋了雨感冒了。课间，他走近张凤仙身边打听王娟的情况。张凤仙告诉他王娟生病了，请假在宿舍里休息。赵志新问是什么病，要不要紧。张凤仙说："医生昨天去看过了，说是受了凉，重感冒。"

赵志新"哦"了一声，默默走开了。

张凤仙有些奇怪，赵志新这是怎么了？她敏感地意识到王娟生病可能同赵志新有关。

第二天王娟来上课了，赵志新悬着的心才放下来。不过，王娟的精神看上去蔫蔫的，他向她投去了关切的目光，王娟也冲他勉强笑了一下。

赵志新踏实多了。他又想到，王娟虽然性子急，心地却善良。王娟的理科不太好，文科可能比较适合她。他想到了一个办法：高二时让她选择读文科班，说不定那时她的成绩能有所上升。

30

陈国宝面临高考，吕小蒙不想打扰他。有时课间操遇到，他们也聊上几句。他祝福陈国宝。这时候，文理科开始提前公布分班的消息在高一年级中传开了，不少同学都在评估自己的学科情况，有的干脆直接去找班主任表达个人意愿。

赵志新试探王娟的想法，王娟说：“我文理科都差不多。”

赵志新分析给她听：“你的理科成绩在理科班并不突出，到文科班就体现出优势了，不如读文科班。”

王娟觉得有道理：“我到文科班去也好。”

赵志新没有想到思想工作这么好做，他高兴地看着王娟：“到了文科班，再努力一下，高考还是有希望的。”他是真的希望王娟能考上大学，改变命运。

有段时间没有见到景东方了。放学后，张凤仙去她舅舅家找她，走进房间，桌子上摆着一堆诗歌杂志，景东方躺在床上，眼睛直勾勾地望着天花板。

听到动静，景东方抬起头，见是张凤仙，一骨碌坐了起来：“稀客，你怎么来了？”

张凤仙坐到床边：“也只有现在有点儿时间。在忙什么啊？”

“你来得正好，前些日子我心血来潮，给省外一家诗刊投了几首诗，竟然被录用了一首。最近我放学后就想着这事，梦里也在写诗，快成神经病了。”

景东方翻出一本新杂志，笑着对张凤仙说：“没有激情写不好诗，太有激情又容易走火入魔。我写诗纯粹是个人兴趣爱好，灵感来了就写上几首，有时候，一两个月也写不出一首来。这不，现在逼着自己写诗，反倒写不出像样的了。”

“我不懂诗，不会评论，不过，你的诗确实好。”

“现在写诗的人多，写得好的人不多，诗刊上有些诗也一般。”

“你的诗有自己的风格和味道，我喜欢。”张凤仙由衷地说。

“还不成熟呢。”景东方的脸色忽然凝重起来，“你知道吴荷花的事了吗？”

“不知道啊，她怎么了？”张凤仙吃了一惊。

“她休学了，我也是才知道的。”

“前段时间见到她，还好好的呀！”

“是的，她突然就不来上课了，我问了姜老师，姜老师说她生病了，具体情况他也不清楚。”

“怎么会这样？”张凤仙叹息道，“我回头问问孟小楠是不是了解情况。”

回到宿舍，张凤仙向孟小楠提起吴荷花。孟小楠吃了一惊：“吴荷花前段时间还来找过我，只说和她妈妈吵架了，问她为什么，她不肯说。我劝了她几句，她还点了头，没想到就休学了。”

“她父母待她不好吗？”

“她父亲是村干部，实诚能干，没听说对荷花有什么不好。倒是她妈妈，吴荷花提到她就激动，看上去她妈妈对她刺激很大。有时间我去她家里，看看到底是什么情况。”

“好端端一个女孩子，竟然被折磨成这样，真是可叹可恨。”张凤仙叹息说。

过了两个星期，孟小楠带来了吴荷花的消息，说吴荷花回去拿生活费，她妈妈就数落她说整天只知道回家拿钱。吴荷花说等她考取大学有了工作，就把家里给她的钱一分不少地还上。她妈妈一听暴跳如雷，说她的话吴荷花也敢顶撞，有本事不要回来拿钱，又讥笑吴荷花说也不撒泡尿照照，还想上大学。吴荷花急得哭起来，说不给她钱，自己就出去打工，自己供自己读书。她妈妈说这样最好，倒要看看吴荷花有多大本事。吴荷花于是来学校借口生病，要求休学，她真的到一家服装厂打工去了。

“世上竟有这样的母亲，可害了吴荷花。”张凤仙说道。

第三章

远方霞光

1

天气一天比一天热起来，高三年级经过预考，留下来的学生到了关键时刻。大家都在积蓄力量做最后的冲刺。这期间，校园里安静了许多。

上次预考，陈国宝总成绩名列全年级前列，老师们说，这样的成绩考大学是没问题的，但陈国宝丝毫不敢掉以轻心，直到交上最后一张考卷，他才长长地吁了一口气。他想，这次考试发挥正常，上飞行学院应当没有问题的。

高一年级期末考试也已结束，学校公布了高二年级的分科情况。孙春英、郭志勤被分到了理科班；王娟被分到了文科班；曾柯柯仍在理科班，不过被分到了2班，同孙春英、郭志勤成了同班同学；景东方、吕小蒙、张凤仙、任华平仍然留在原班。大家怀着心中的梦想，等待新学年的到来。

离正式放假还有几天，文理科分班后，学生们不用正式上课了，他们开始相互走动认识，校园里充满着欢声笑语。

有些事情要处理，陈国宝还在学校。这天他约吕小蒙和张凤仙、景东方去附近的机场玩儿。

这个机场是军用机场，隶属海军航空兵部队，离蒙城镇七八里地。陈国宝曾站在砖瓦窑顶上瞭望过机场，也看到过各种战斗机在空中飞过。早就听说机场戒备森严，外人很难进入，也就一直没有去那里看过。眼看有可能成为飞行员，他就想先近距离地观察一下，体验一下。

他们在操场集合，跳跃着，说笑着，大步往机场方向去。

七月的田野绿意盎然，稻子长势很好，太阳照在上面泛着绿光。成群的鸟儿在稻田里出没，知了在树上叫得正欢，躲藏在稻田水沟里的青蛙不知疲倦地发出呱呱的叫声，声浪大得好像要把大地抬起来。

谁也没有去过机场，他们摸索着朝前走。大约半小时后，就听到一阵轰鸣声，随即一架飞机出现在他们的头顶上，他们不约而同地欢呼起来。陈国宝说："快到了，机场就在前面。"

经过一片瓜果地，再过去便是一片宽阔的树林。此刻，他们都安静下来，脚步也放慢了许多，穿越树林时几个人注意观察，隐约看到前面有道铁丝网。当他们走近铁丝网时，发现有一条又宽又深的壕沟挡住他们的去路，很显然，这条沟是用来与外界隔离的。

虽然已不能靠近，但从这里已经可以看到机场里面的场景。数十架战斗机有序地停在地坪上，地勤人员在各处走动，还可以看到不少座被绿色植被覆盖的小丘，因为外形一致，他们猜想那些应是机库或弹药库。

这是一次奇特的探访，他们充满好奇、紧张和兴奋。吕小蒙问陈国宝高考是否顺利。张凤仙、景东方也同时看向他。陈国宝沉稳地说："过段时间就知道分数了。"

吕小蒙知道，陈国宝胸有成竹，问这样的问题是多余的。

景东方问："陈国宝，以后你会不会也到这里来当飞行员？"

"不知道。"陈国宝望着机场说。

张凤仙也说：“中国这么大，空军部队这么多，陈国宝能这么巧到这里来？”

景东方笑着说：“以后我们看陈国宝得仰视了。”

张凤仙也笑了：“到底是诗人，想问题就是与众不同。”

他们的目光把机场扫了一遍又一遍，吕小蒙说：“真羡慕国宝，全校唯一一个考上飞行学院的。”

陈国宝说：“真的能够考上当然是幸运的，只是听说考飞行学院还要经过严格的考核，现在还难说。”

“你行的。”吕小蒙笃定地说。

阳光从树叶缝隙里照射下来，树林里冒着热气，大家身上冒汗了。陈国宝朝机场看了又看，说：“看也看过了，我们回去吧。”

2

景东方说：“既然出来了，也不必急着回去，找个阴凉地方再玩儿一会儿。”

吕小蒙看到附近的河上有座桥，就说：“去那儿，桥下凉快。”

桥下有几块干净的大石板可坐，河水清澈，静静地流淌，有小鱼在游动，河里的水草如丝般飘柔摇曳。景东方又有了诗情：“眼前的这一切，让我想起徐志摩的《再别康桥》，似乎有些意境上的相通之处。”

张凤仙说：“那你背给我们听吧。”

陈国宝和吕小蒙也说：“我们都想听呢。”

于是景东方走到河边，舒缓地吟诵起来：

轻轻地我走了，
正如我轻轻地来；
我轻轻地招手，
作别西天的云彩。

那河畔的金柳，
是夕阳中的新娘；
波光里的艳影，
在我的心头荡漾。

软泥上的青荇，
油油的在水底招摇；
在康河的柔波里，
我甘心做一条水草！

那榆荫下的一潭，
不是清泉，是天上虹；
揉碎在浮藻间，
沉淀着彩虹似的梦。

寻梦？撑一支长篙，
向青草更青处漫溯；
满载一船星辉，
在星辉斑斓里放歌。

但我不能放歌，
悄悄是别离的笙箫；
夏虫也为我沉默，
沉默是今晚的康桥！

悄悄地我走了，
正如我悄悄地来；
我挥一挥衣袖，
不带走一片云彩。

景东方意犹未尽，沉默了一会儿，自言自语道：“多美的诗啊。”

陈国宝诚实地表达他的意见：“我不懂诗，但感觉这诗阴柔有余，阳刚不足，不过能把景和情融合成这样，并且写出味道，就表明这是首好诗。”

“这首诗名气是大，不过男人还是应该写些豪迈的诗。”张凤仙说。

景东方分析说：“仁者见仁，诗与作者密切相关，什么性情的诗人就会写什么样的诗。我喜欢徐志摩，喜欢他的诗，正是因为他的诗撞击了我们内心深处最柔软的部分，我们眼睛里看到的、心里想到的，他都给委婉地写出来了。”

吕小蒙插话：“你这样推崇徐志摩，可你的诗风和他完全不一样啊。”

张凤仙说：“东方的诗有哲理、沉稳大气，不像徐志摩那样软绵绵的。”

景东方有些沮丧：“可见你们终究还是不懂诗。”

大家有些尴尬。吕小蒙说：“你们在这里等着，我去去就来。”还没等大家反应过来，他已经跑开了。

陈国宝说：“景东方，你别介意，我们没有诋毁徐志摩先生的意思，他的诗有那么多的人喜欢，证明是有价值的。我们生活在农村，从小过着艰苦日子，最关心的还是蔬菜和粮食，男同学受英雄故事的熏陶和教育，自然关心国家命运，更喜欢豪放一些的诗。”

景东方说：“你说的我能理解，我喜欢徐志摩的诗可能也同我的性格有关。读他的诗，从某种意义上说，是心灵契合，是精神上的互补吧。”

吕小蒙捧着一大把杨梅回来了：“来来，吃杨梅，熟透了的。”

景东方拍手说：“好哇，我正想吃东西呢。”

她问哪儿来的，吕小蒙说：“当然是从树上摘的。”

景东方问：“附近有杨梅树吗？”

吕小蒙开玩笑地说：“你眼里只有水草，我眼里只有吃食。刚才进树林时，我就留意到那边有棵挺大的杨梅树，想着应该挂果了，过去一看，果然。摘一颗尝尝，还真不错，就去弄来给你们吃。”

张凤仙说："拿到河里去洗洗干净再吃吧。"说罢就和景东方去洗了来。大家一边嚼着杨梅，一边说着闲话。

杨梅又酸又甜，景东方吃得直咂嘴，说："这东西真难吃。"

张凤仙也说："太酸了。"

陈国宝就说："不酸不甜就不叫酸杨梅了，小时候，我和小蒙经常去采来吃。"

吕小蒙抢着说："那时我们才几岁？一晃都是高中生了。"

"是啊，一晃我都高中毕业了。"陈国宝感慨道。

吃了几颗，景东方回过味儿来："也奇怪，刚才我还觉得难吃，听你们这么一讲，倒觉得蛮有滋味了。"

张凤仙笑道："这叫心理作用。杨梅刚吃起来会觉得酸，适应了你就能吃出它的滋味不一般了。"

回去的路上，大家都很兴奋。想到很快就要分离了，陈国宝动情地说："我毕业之后，什么时候再同你们见面也难说了。我在这里祝福大家，希望你们继续努力，将来都考取大学。也许在某一天某个地方我们能够再相会，到那时，一起追忆逝水流年，一定如梦如幻吧。"

景东方充满想象地说："到那时，天也新，地也新……"

张凤仙真诚地对陈国宝说："你是我们的榜样，相信我们都能梦想成真。我们等着你的好消息。"

陈国宝提议大家唱首歌，张凤仙说："那就唱《年轻的朋友来相会》吧。东方，你给我们起个头儿。"

年轻的朋友们

今天来相会

荡起小船儿
暖风轻轻吹
花儿香　鸟儿鸣
春光惹人醉
欢歌笑语绕着彩云飞
啊
亲爱的朋友们
美妙的春光属于谁
属于我　属于你
属于我们八十年代的新一辈
…………

几个朝气蓬勃、对未来充满希望的年轻人大步向前，高亢激越的歌声在田野上飘荡，正在觅食的鸟儿被他们的歌声吸引，不住地朝他们张望……

3

暑假结束，学生又返回了校园。在学校门卫处，吕小蒙、张凤仙、景东方分别收到了一封没有邮票的信。这是陈国宝去飞行学院前留下的，信里回忆了他们相识相交的过往，给每个人都送去了祝福。学校的宣传橱窗里，一个鲜红的大喜报赫然在目：

“热烈祝贺我校毕业生陈国宝被空军飞行学院光荣录取，为我校争得了无上的荣耀。”

虽然是意料之中的事，吕小蒙还是觉得兴奋。从此以后，每当他在蓝天上看到战斗机，就总会想象着那上面坐着威武的陈国宝。

开学典礼上，校长再次向全校师生宣布了这一喜讯，表示陈国宝是学校的骄傲，是同学们的榜样，又强调蒙城高中的大学升学率位列全市农村中学第一。校长近乎得意地说：“我们蒙城高中有着光辉的历史，出了不少人物，今天我们邀请蒙城高中的一位校友来给大家做重要讲话，他将与同学们分享他的成功经验。”

一个中年男人大步走上台去与校长握手，然后转向学生说：“我姓贾，刚才校长介绍说我是蒙城高中的校友，没错，我为作为蒙城高中的老校友感到自豪，不过成功经验谈不上。我只是一个老兵，从部队转业回到家乡，现在是蒙城镇的副镇长。高中时，我没有认真学习，没有考取大学，这是我一辈子的遗憾。到部队后，我才意识到知识的重要，业余时间参加了成人自学考试，拿到了本科文凭，同时苦练军事本领，多次获得部队嘉奖，从战士升到正营职干部。这些年的奋斗历程，我的体会是，知识就是力量，实干培养能力，只要咬定青山不放松，坚持不懈多努力，就一定能取得成功。”

典礼结束后，同学们回到教室，班主任宣布班干部名单。唯一的文科班里，景东方担任团支书，张景明担任班长，吕小蒙还是体育委员。高二（2）班里，曾柯柯担任团支书，孙春英担任班长。张凤仙在（3）班仍担任学习委员。

下午没有安排课程，同学们整理好宿舍后，有的在教室自学，有的在校园里闲逛，有的去了镇上。

张凤仙和孟小楠、郭巧珍仍在一个宿舍，朱玉芳是新安排进来的，她对张凤仙一直有好感，到宿舍后，主动同张凤仙说话，请她多关照。张凤仙说："都住一个宿舍了，以后互相关照。"

几天后，学校里传出一则新闻，说暑假期间，有人给陈老师写了几十封信，几乎每天一封。刚开始，门卫没有在意，把信收好，准备等开学时给陈老师，后来经常有信来，而且寄件人都是同一个，字体娟秀像是女生。门卫就奇怪了，但也只是把那些信搁在一起，准备开学再说。

直到有一天早上，学校来了个女学生，在校园里四处游荡，又不住地去陈老师的办公室和宿舍打探。门卫发现后，上前问询，女学生说是陈老师叫她来的。门卫虽然心里打鼓，但也没有说什么。

可是临近中午还没有见陈老师的身影，再看看那女生的行迹，门卫开始把她与给陈老师写信的人联系起来，就问她叫什么名字、哪个班的。女生就说出她叫吴荷花和所在班级。门卫说："吃饭时间了，你快回去，找陈老师等开学吧。"

吴荷花说："和他说好的，怎么能不来呢？"就问门卫陈老师家住在哪里。

门卫察觉到吴荷花的精神不正常，就故意说："陈老师家远着呢。"随便说了个名字，打发她走了。

过了几天，门卫把情况详细报告给了校长。校长立即派人去把陈老师叫回学校，了解大致情况后，认为陈老师不知情，无过错。校长派教导处副主任去吴荷花家，她家里人说吴荷花在外打工，住在厂里，一个多月没回家了。

副主任又赶到吴荷花打工的工厂。厂里人说她早就不在这里了，开始还好，后来发现她精神上有问题，遇到男人，她就一个劲儿地冲着对方笑，男人都怕她。她对人说，她男人是蒙城高中的老师。看她那个年纪也就十七八岁，她哪儿来的男人？别人都躲她远远的。本来厂里没有给她安排宿舍，可她就是不回家，晚上厂里开夜工，工作结束了她就偷偷睡在车间里，厂长怕发生意外，又看她做工肯吃苦，就让她住在厂里了。

后来宿舍里的人反映，每天晚上熄灯以后，她躲在被窝里给人写信，第二天中午就溜出去寄掉。有人将这一情况报告给厂长，厂长把她找了去，刚进门，她又冲着厂长笑。厂长原来只是听说，见了面才知道这个孩子病得不轻，立即叫人来把她带走，说结了工资，走人吧。吴荷花也没有闹，就走了。

教导处副主任把这些情况告诉了校长，校长叹息说：“这孩子可惜了。”

开学后，姜老师还是做文科班的班主任，校长把他找去讲了吴荷花的情况，问班上有哪位同学与她走得近，有机会去吴荷花家看看，毕竟她只是休学，还是要关心她。

姜老师想到上次景东方问过吴荷花的情况，就向她打听。景东方把张凤仙托她关心吴荷花的事说了一遍，又说张凤仙班上的孟小楠和她是初中同学，两个人以前关系一直不错。姜老师就让她们抽时间去吴荷花家里看看到底是什么情况，回来告诉他。

景东方放学后去找张凤仙，孟小楠也在。说起吴荷花，孟小楠说：“暑假我去厂里找过她，她只说她想陈老师了，她要给他写信，因为她当时看上去情况还好，我就没有当回事。我让她注意休息，别累着了。要是可以上学还是上学去，大家都盼望她早点儿回去。吴荷花说等挣够了钱再去上学，她不想拿家里的了，尽受气。后来我没有再找过她。现在人不知道跑到哪里去了，看样子是旧病复发了，甚至严重了，这样下去，真不敢想。”说完就哭起来。

景东方和张凤仙也难受起来，景东方说：“你陪我们去一趟她家，看看能不能了解一些情况，都是好姐妹、好同学，找不到她我们也不安心。”

4

三个人周末去吴荷花家，快到门口时，一只大花狗“汪汪汪”朝她们迎上来，吓得景东方直往后退。张凤仙说：“你走你的，叫的狗不凶，凶的狗不叫。”

景东方还是不敢朝前挪步，张凤仙对狗大声说：“我们来看吴荷花，瞎嚷嚷什么？”

那狗果然不叫了，摇晃着身子跑到前面去。门关着，她们想，家里人都上工去了？那只大花狗围着她们打转，把头转向西边的一间小屋，又“汪汪汪”地叫起来。孟小楠立刻意识到了什么，快步走过去，看到吴荷花正朝窗户边缓步走过来。

“荷花在这里。”孟小楠叫道。张凤仙和景东方立即跟了过去。

门锁着，很显然吴荷花被关在里面。透过窗户，看到屋子里有张小床、一张小桌子和两三张破椅凳。床已经被吴荷花歪歪斜斜地挪到窗户边，有衬衣和裤子掉在地上。吴荷花头发蓬乱，神情呆滞。她们问吴荷花："你这是怎么了？为什么要把你关在这里？"

吴荷花茫然地说："他们不让我出去，我天天在等人给我开门，我要出去。"

看到这样的情景，她们都落泪了，四周不见人影，她们不知道怎么办。这时，一个中年男人掮着锄头走过来，看样子刚从地里回来。孟小楠认识他，对身边的张凤仙和景东方说那就是吴荷花的爸爸。她们看了他一眼，上前叫了一声"叔叔"，说："我们来看荷花，能让我们进去吗？"

中年男人说："里面脏，你们进去会刺激到荷花，还是到我堂屋说话吧。"三个人跟他走进了正屋。

中年男人说："都是孩子没福气，好端端生这个病。她妈脾气臭，可凡事只能忍耐些，我好歹也是村干部，在村里也是说了算的，可在家里我对她妈也没有办法，总不能天天吵架吧？荷花聪明像我，脾气像她妈，两个人一言不合就争吵，我又劝不住她们。她的病多少同我们的家庭环境有关系。上学期也是为生活费的事吵上了，荷花一气之下休了学，我怎么劝她也不听。后来她跑出去打工，也不回来住了。我去过她厂里几次，看到她在那里好好的，也就放心了，心想与其在家里不得安生，不如就在厂里。谁知没有做上几个月，她就离厂了。一开始我们不知道，是村上有个嫁在邻乡的妇女跑到我家来，说有个女孩子在她们村边的一个早已废弃的石灰塘里，没穿衣服，很多人在围观。她也去看热闹，没想到是荷花，吓了一跳，立即下去把她拉了上来。那妇女又让她男人回家取衣裳给荷花穿上，要把她送回来。荷花死活不肯，只好来通知我们家里。”

中年男人伤心地说：“我们赶去时，荷花还在那里冲着人群笑，看到我们去就撒腿跑了。我们追上她，把她连拖带拽地弄了回来。现在，我们天天要到地头儿干活儿，怕她再乱跑，只好把她锁起来了。”

张凤仙问：“看过医生没有？”

“县里市里都去过，也配了药，没什么用。村里事多，地里活儿多，还有一个儿子在上学，我们也没有办法，听天由命了。”中年男人神情黯然。

几个人交换了一下眼神，景东方说：“荷花病成这样，我们都很难过，不知道可以为她做些什么。”

中年男人说：“你们来看她已经很好了，荷花弄成现在这样，也是她的命。”

临走时，三个人把身上的零钱散钞拿了出来，对中年男人说：“这些钱您拿着，买点儿东西给荷花吃。”

中年男人推辞了几下，又是感激又是惭愧地收下了。

她们去同吴荷花告别。吴荷花看着她们，突然眼泪流了出来，说：“你们要走了，你们也不放我出去，你们好狠心呀！”

一句话说得大家瞬间泪奔，央求中年男人放她们进去。打开门，一股异味扑鼻而来，吴荷花就要过来拥抱她们，中年男人立刻阻止了。吴荷花含着泪说：“你们带我走吧，待在这里我会死掉的。”

孟小楠早已哭成了泪人：“荷花，我们心疼你，可又能怎么样呢？”

张凤仙哽咽地说："荷花，你好好养着，不要闹，快把病养好。"

景东方也是泪眼婆娑地说："荷花，你要按时吃药，快点儿好起来，我们等着你回校去呢。"

这一夜，三个人都没睡好，第二天精神还是蔫蔫的。校长和班主任姜老师知道情况后，也都长吁短叹不已。不久就传来吴荷花离世的消息，她们大哭了一场。

5

开学后，王娟听从赵志新的话，路上遇到，方便时就说上几句，不方便时一个眼神一个微笑，算是打招呼。

一天，李素英在学校外面遇到赵志新，她迟疑了一下，像做了决定似的叫住了他。

李素英和赵志新座位离得不远，一个沉静少言，一个嘻嘻哈哈，加上男女生之间很少有交往，赵志新之前没有在意过她。

他笑着同李素英打招呼，看到李素英欲言又止，忽然疑惑起来，说："李素英，你叫我有事？"

"晚上可以出来吗？"

"可以啊，去哪里？"

"你说去哪里就去哪里。"李素英干脆地说。

赵志新想了一下，说："去蒙城水库那里走走吧，那里安静。"

“好的。”

李素英身材苗条、皮肤洁净，近距离看还是漂亮的。突然主动约自己晚上出去，这让赵志新百思不得其解。毕竟之前两个人之间一句话也没有说过。去还是不去？几番犹豫之后，他横下心来——见见再说，看她说些什么。

他们如约在蒙城石灰厂附近碰面，一起往镇西去。金秋十月，天气凉爽。一对学生模样的男女结伴而行，引来路人异样的目光。

水库的水位下降了不少，几条小船搁浅在岸边。赵志新在堤坝上停下，转身问：“李素英，你有什么事？”

李素英显然还不想回答他的提问，笑着对他说：“这地方不错呀！”

赵志新一时猜不出这句话的意思，便接着她的话问：“你喜欢这里吗？”

“视野开阔，树多水清，空气好，不错。”

“是的。”赵志新说。

李素英看了他一眼，说：“都说你和王娟谈恋爱，有这事吗？”

听到李素英提起王娟，赵志新觉得奇怪，他觉得不应该带李素英来这里。

“谈什么恋爱？谣传而已。”赵志新不慌不忙地说，“我只是把她当妹妹看，那我们今天到这里来，也算谈恋爱吗？”

“当然不算。”李素英意识到自己方才的话有些突兀，也承认赵志新这句话的力量。

赵志新觉得无聊：“你约我出来，到底想对我说什么？”

李素英笑笑说："我也以为你和王娟在谈恋爱，所以就想约你出来劝劝你，你们不合适。再说了，你有大好前程，别一时糊涂。"

"你要劝我什么呢？"

"我劝你趁早和王娟断了关系。"李素英安静地说，"你天性爱玩，又喜欢出风头，让你独立生活，你的能力就不行。王娟是镇上人，娇生惯养的，也是个动嘴不动手的。"

"你想多了，我和王娟只是正常的同学关系，你说的那些我听不懂。"赵志新好笑地看着她。

李素英走到赵志新身边："赵志新，要想澄清你们的关系，我劝你以后还是不要同王娟来往了。"

"汪老师也这么说，可王娟把我当作哥哥一样依赖，偶尔在一起也就是说说彼此学习和生活上的事。就像我们现在这样。"赵志新言不由衷地说。

"你给王娟送收音机，怎么没有送给别人？怎么解释？"李素英咄咄逼人。

"我愿意送给她，这有什么问题？况且我也给别人送过。当时她向我买，大家都是同学，你说我会要她的钱吗？换成你向我要，我会要你的钱吗？这有什么问题呢？"

"赵志新，知道我为什么约你出来吗？"

"我正想知道呢。"

"实话告诉你，我一直观察你，你聪明绝顶，怕你有时也会糊涂透顶，我好意提醒你不要再同王娟来往了。依你的学习成绩和理科特长，将来一定有个好前程，家里指望你不说，自己今后也可以拥有幸福生活。为什么执迷不悟呢？"

“谢谢你的一片好意，只是你言重了，多虑了。我和王娟，到今天也只是同学关系，至多算是朋友关系。我不会辜负谁，包括父母、汪老师和王娟。你知道我不笨，学习上，我不需要多努力，成绩不会差到哪里去，我只是贪玩儿，比如搞收音机也是玩儿。说句你不爱听的话，我觉得人生不必太刻意去追求什么，开心比什么都重要。”

赵志新一口气说了这么多后，又认真地说：“李素英，你和王娟住在一个宿舍，你自认为你了解她，其实她的情况你并不了解，所以不能站在她的角度去理解她。”

赵志新就把王娟家里的情况详细说了一下。

李素英有些意外，沉默了，过了一会儿，说：“这样家庭环境里长大的人，性格上可能会有某些缺陷，你既然想得这么明白，我也就不说什么了。”

夜幕降下来，一弯月亮挂在树梢，昏昏黄黄的。赵志新忽然说：“李素英，我把王娟当作朋友，把你也当作朋友，希望你以后别操心我的事了。”

“我们该回去了。这里的风光不错，我们谈得也不错。希望你把我的话听进去，把握好一切。我们终究是同学，所以我愿意再次提醒你。你别怪我多嘴。”

赵志新奇怪地看了李素英一眼，他到现在并不了解她，也不能完全相信她说的都是真话、实话。

6

晚自习后，景东方回到舅舅家里。舅舅舅妈正在热烈地交谈着，看到景东方来了，舅妈一改以往的沉默少语，招呼说："东方，过来，有事对你说。"

灯光下，舅舅神采奕奕，他用温和的目光迎接外甥女："你外公从香港回来了，今天我们刚去县里见了他。"

他把目光又转向妻子，似乎想从妻子那里得到证明。妻子不住地点头。

景东方坠入云里雾里，外公？自她记事起，她就没有见过外公，母亲也从来没有在她面前提起过外公。

"外公？我有外公？我的外公还活着？"景东方一连串地问着。

"当然，不但活着，还活得很好。"舅舅说。

舅舅告诉景东方，事情来得确实太突然，他也像做了一个梦。早上，镇政府来了位干部，找到学校领导，学校领导又找到他，说他父亲唐元祖带着一个访问团从香港回到家乡，受到了隆重接待，现在就住在县里一家最好的酒店。

回乡的这几天里，唐元祖几次提起他的前妻及几个子女，说要见见他们。县领导就让有关方面安排。镇上的人只说让景东方的舅舅唐生杰去县里一趟，具体情况不清楚。

唐生杰夫妇跟着镇上干部来到县里，找到这家酒店，与总台服务员联系过后，在大厅里等。不一会儿，从楼上走下来一位头发花白、戴金丝眼镜的老人，西装革履，步伐稳健，看上去身体还很硬朗，身边还有一位干部模样的年轻人陪同。

年轻干部对唐生杰说："你就是唐老师吧？"唐生杰说是。年轻干部拉着唐元祖说："唐老，这位就是您要找的唐生杰老师。"

父子俩对视了一会儿，唐元祖一下子激动地喊起来："小杰，我是你爸啊。"

唐生杰走上前去，带着十分复杂的心情喃喃地说："真没有想到，这辈子还能再见到您！"

唐元祖看着唐生杰身边的女人说："这位是儿媳妇吧？"

"是的。她叫朱柔，和我在一所学校。"

"爸爸！"朱柔上前叫了一声。

"好好，我们回房间说话。"

一群人来到唐元祖住的房间，这是一个高规格的套房。年轻干部对唐生杰说："唐老是香港知名的商界人士，对家乡的建设和发展非常关心，热情地为我县在香港招商引资牵线搭桥。县委、县政府邀请老先生带团回乡考察，他有个心愿，就是要找到你们。"

他又转身对唐元祖说："唐老，我们就不打扰您和家人团聚了，你们慢慢聊。午饭已经安排好，到时我过来带你们去。"

说完，年轻干部和镇上的人就离开了。

唐元祖让唐生杰夫妇坐下来，服务员倒了水，退了出去。

"你们的母亲还好吗？"

“两年前走了。”唐生杰语带伤感。

“啊！”唐元祖陷入回忆和悲哀之中，他沉默良久后说，“我对不起你们的母亲啊，也对不起你们啊。”

唐生杰没有说话。

“她有没有提起过我？”

“有的。”唐生杰实话实说。

唐元祖回忆说：“我和你母亲的婚姻是双方父母做的主，我们之间还是好的。她敬我在外面打拼不容易，我也体谅她一个人在乡下带着你们兄妹不容易。我一直想带你们去上海，你母亲丢不下祖上遗留下来的地，也不想增添我的负担。我劝不动她，一个人在上海也寂寞，后来就遇到了你的姨娘。

“去香港前，我想把你们接出去，你母亲坚持不走。她容不下你姨娘，也不肯原谅我。几十年来，我一直惦念你们，一直关注内地的情况。前段时间，润杨市在香港有个活动，县里的领导也去了，我才有机会回来。我一直在打听你们的消息，今天终于见到了。”

唐元祖简单地介绍了他在香港的情况，说几十年来一直做贸易，有自己的集团公司，如今年纪大了，生意上的事情交给了家人打理，目前担任着集团董事局的荣誉主席，还兼任一些社会职务。

唐生杰告诉父亲自己和妹妹的情况，说自己的两个儿子都考上了大学，现在省城工作。妹妹的女儿在自己学校里读高二。改革开放以后，环境渐渐好起来，国内的经济也开始有了新气象。

唐元祖说：“很多年来，一想到自己过着富裕生活，心里就觉得亏欠你们，也思念你们。现在回来了，希望能够对你们有所补偿，这也是一个不合格的父亲应该做的。”

唐生杰想，不是什么都能补偿的。一切都过去了，人到中年，体会到了命运这东西就是这样，它不是算术题，1+1=2，1-1=0；它是冥冥之中的安排，谁也奈何不了，怪谁也无济于事。然而父亲的出现给他带来异样的感觉，既然许多事情都是冥冥之中的安排，也就顺其自然地听天由命吧。

聊着聊着到了吃饭时间，年轻干部和那个镇上的人来了，他们在酒店的一个包厢用餐。

唐元祖下午还有其他行程安排，吃过饭，唐生杰夫妇与父亲道别。临走时，父亲和唐生杰约定这个周末回蒙城老家看看。

景东方听了舅舅的陈述，从梦幻中回到了现实。她感觉到了舅舅、舅妈的欢喜，不知道母亲得知后会有怎样的反应，但她相信这对他们一家人来说都是一件开心的事情，毕竟几十年来，外公并没有把这个家忘掉。

第二天出操，景东方把她外公从香港回来的事告诉了张凤仙。张凤仙为景东方高兴：“你外公回来还带着一个访问团，县领导接待，说明他是个大人物，了不起啊。”

“我也就是告诉你一声。这么多年，我的记忆里从来就没有过他的存在。如今他突然间出现，我还云里雾里，挺不习惯的呢。”景东方说。

“你妈知道了吗？”

“她还不知道，舅舅说今天放学后和我一起去我家告诉她。”

“是的，你妈知道了也是高兴的。”

“我想也是。”

7

唐生杰和景东方见到唐生梅时，她正在猪圈里喂猪。看到哥哥和女儿一起回来，十分吃惊，以为出了什么事情。正纳闷，唐生杰开口了。

“小妹，爸爸回来了！”

唐生梅听后愣住了。

“妈，外公从香港回来了。”景东方大声地说。

唐生梅回过神儿来，顿时泪如泉涌，嘤嘤哭泣起来：“妈，苦命的妈啊！呜呜呜……”

景东方也跟着哭起来。唐生杰劝住妹妹和外甥女，说：“不管怎样，爸爸回来认亲了。当年爸爸也是想带我们出去的，是妈坚持不走，这都是命中注定的。现在爸爸还活着，还想着我们，总比我们一辈子再也见不到他好。他这次是应县领导邀请带一个访问团回来的，等他在县里处理完事情后，这个周末就回来看我们。”

他又把父亲的一些情况向妹妹说了。唐生梅止住了哭，哽咽地说：“要是妈还活着有多好啊，就不能早点儿回来吗！”

“相信命吧。妈在九泉之下，知道爸爸这么多年一直惦念着我们，也会欣慰的。”

“说起来，有了爸爸的音讯，我该高兴才是，可是想到妈妈这几十年的不容易，我又很伤心。”

“是的，爸爸也说对不起妈妈，对不起我们。”

“不说这些了，爸爸这次回来还走吗？”

“当然要走的，他在香港有公司，还有社会职务。”

“好吧。周末我们去你学校等他。”

兄妹俩正说着，景国民回来了，唐生杰又把刚才的话重复了一遍，景国民一脸讶然：“谁能想到老岳父还活着，这是好事，只是生梅跟着我这么多年受委屈了。”

“委屈什么？我就是这个命。”唐生梅说。

第二天，景东方从图书馆里借来几本关于香港的书籍，她想了解香港，看看外公这么多年来生活在什么样的环境里。

得知唐元祖回乡，在外面出差的镇书记指示由曾镇长出面接待，务必热情周到。曾镇长又指示任志宏和学校领导做好接待准备。这个曾镇长就是曾柯柯的父亲，之前担任蒙城镇副书记。

任志宏听说唐元祖的儿子就是蒙城高中的唐生杰老师，唐元祖的外孙女景东方就是他儿子任华平的同班同学，就把两个人请到校长办公室了解情况，并告诉他们，唐老回乡是件大事，由镇党委出面接待，家属配合就可以了。

景东方心想：外公到底是多大的人物，让县里和镇上领导如此兴师动众？她对这个从未见过面的外公产生了强烈的好奇感。

周五早上，学校领导告诉唐生杰，今天就不安排他上课了，让他把家里打扫一下，准备迎接他父亲。午后，唐生梅和景国民来到学校，唐生杰把学校的安排说了一遍，他们就在家里边聊天边等候父亲。

下午三点多，两辆黑色小轿车开进校园，停在校长办公室楼下。任志宏和县里的人坐在前面一辆车里，唐元祖和曾镇长坐在后面的车上。任志宏下车，快步走来打开车门，请客人下车。这时候，早已在办公室等候的校领导纷纷迎上来，任志宏一一做了介绍。校长说：“唐老先生，您先到会客室喝杯茶吧。”

唐元祖说：“不了，还是先去我儿子那里看看吧。”

曾镇长说：“听唐老的，我们陪您去。”

唐元祖说了声“谢谢”，和曾镇长、校长往教师宿舍区去。曾镇长边走边向唐元祖介绍学校的情况。

唐元祖说：“这所学校是百年老校了，当年我在这里读过两年书，我的儿子、女儿也在这里读过书，只是已经看不到以前的建筑了。”

校长说：“唐老，学校与你们家有缘分哪，唐老师夫妇都是我们学校的老师，您的外孙女也在我们学校读高中。”

唐元祖很高兴，他对曾镇长说：“一会儿再请你们具体跟我说说学校的情况。”

曾镇长说：“还请唐老对学校工作多提出宝贵意见，多给我们讲讲香港的教育情况，也让我们开开眼界。”

穿过食堂，拐一个弯，前面就是教师宿舍。唐生杰提前得到通知，已和家人在门口恭候。还没等唐元祖他们走到门口，唐生杰就迎上来：“爸爸，您来了！”

唐元祖满面红光、喜气洋洋，他大声回应道：“孩子们，我回来了！”

唐生杰迎进门，房间里站满了人。唐生杰把唐生梅推到父亲跟前说：“爸，这是生梅。”

唐元祖一把将唐生梅抱住：“丫头，爸爸回来了！”

唐生梅听到“丫头”两个字，热泪像掉了线的珠子一样滚落下来，她带着哭腔说：“爸爸，您终于回来了。”

“丫头，爸爸没有一天不想着你们。别哭了，我们要高兴才是。”

唐生梅把景东方拉到身边，嘱咐道：“叫外公。”

景东方响亮地叫了一声，唐元祖高兴地说：“我叫生梅丫头，不想生梅的丫头也这么大了。”

他对景东方说：“好孩子，听说你在这所学校读高中，高中几年级了？”

“高二。”

任志宏插话说：“景东方还是蒙城高中的校园诗人呢。之前他们班办了一份文学小报，景东方是主编，她写的诗好极了。”

此言一出，景东方看着校长，校长一脸尴尬。他对唐元祖和曾镇长说：“对对对，景东方不但成绩好，诗也写得好。”

“你们还办了份报纸？哪天给我看看？现在的年轻人就是有想法敢作为，应当鼓励。”曾镇长说。

这时候，景国民走过来，叫道：“爸爸，我是景国民，是您女婿。”

“哦哦，听生杰说起过你，一看就是实诚人。”唐元祖爽朗地笑着说。

儿子家的住房又矮又暗，唐元祖若有所思，和大家聊了一会儿后，对曾镇长说：“大家都忙，这次回来惊动了各位，政府又提供了周到的接待，我很惭愧，也很感谢。我在这里和孩子们说会儿话，你们先过去。”

“行，一家人好好聊聊。我们去会客室等您。”

曾镇长他们走后，唐元祖仔细地看着在座的每一位，突然流下泪来，又转而笑着说："做梦都想回来，做梦也想不到今天真的就回来了。看到你们，我的心也就放下了。我亏欠你们太多，如今年纪也大了，我想跟你们商量，你们愿意跟我去香港吗？"

"去香港？"谁也没有料到老人会提出这个话题。

"我们不习惯城市生活，再说，当年妈妈不愿意离开故土，我们才待在家乡一直到现在，如今都到了这个年龄，也不想去新环境了。"唐生杰说。

"哥哥说得对，爸爸在那边有家，我们去那边长期住，总是不方便的。"唐生梅也附和说。

"这个想法我来之前就有了，也做了充分的考虑。你们说的也有道理，毕竟是新的环境，确实有个适应的问题。这次回来带了访问团，时间紧，你们先考虑考虑，如果不愿意去，我再想其他办法，总之希望你们的生活能够过得好一些。以后回来的机会还有，慢慢来。"

他慈祥地看了一眼景东方，说："孩子，他们说你喜欢写诗，什么时候拿给我看看？"

"那是写着玩儿的，外公看了要笑话我的。"

"外公年轻的时候也喜欢诗。"

"真的？"景东方很是意外，"那好，一会儿我去找来给您看看。"

"你主编的小报也给我看看。"唐元祖说。

"只有一期，学校就让停办了。"景东方一说完，就后悔了。这不等于在外公面前告了校长的状吗？

"为什么停办了？"唐元祖问。

“说是怕影响学习。”

“学校也是为你们好，办报毕竟要花费时间。”唐生杰插话道，他对父亲讲起高中教育现状：一方面，家长把考大学当作改变子女乃至家庭命运的唯一途径；另一方面，教育部门也把升学率作为绩效考核的唯一依据。

“我不了解内地的教育情况。你舅舅在学校，你就听他的意见。”唐元祖对景东方说，“爱好诗很好，功课也要搞好。”

“东方成绩不错的。”唐生杰说。

“那就好。”唐元祖说，“今晚我住在哪里啊？”

“爸爸，我家您还没有去过，您不嫌农村条件差，就住我家去吧。”唐生梅说。

“家里条件比不得酒店，不过乡下空气倒还好的。”景国民说，“哥哥嫂嫂今晚也住过去，一家人难得聚到一起，我们喝点儿酒。我抓了鱼，在家里一起吃。”

唐生杰对父亲说：“国民是村里的会计，算盘打得好，抓鱼抓虾也厉害。今晚我们就去他家尝鲜去。”

“外公，听说您在县里住的是大酒店，乡下住得惯吗？”景东方问。

“还是家里好，今晚就到你家里去住，吃吃你爸妈做的饭菜。”唐元祖笑着说，“学校安排了一个座谈会，我也想了解一些情况。生杰，你陪我过去。”

唐元祖走后，景国民对唐生梅说：“我回去准备准备，你们在这里等爸爸。”

8

任志宏在校长办公室看到唐生杰父子俩进来，起身迎道：“唐老，曾镇长和校长在会客室等你们，请您跟我们去吧。”

走进会客室，一条鲜红的条幅映入眼帘：“热烈欢迎著名爱国商人唐元祖先生莅临母校指导！”

座谈会上，校长详细地介绍了学校的情况，说蒙城高中历史悠久，培养了众多人才，为社会为国家做出了贡献。近年来，学校狠抓教学质量，高考升学率在全县十二所高中里名列前茅，蒙城高中成就了许多家庭和学生，同时不遗余力改善学校教学环境和教学条件，校园面貌大为改观。

唐元祖问起教师宿舍和学生宿舍的情况，校长说：“虽然这些年我们在学校建设上有了很大的投入，但主要还是放在教学楼的新建上，暂时还没有财力进行教师宿舍和学生宿舍的改造。”

曾镇长说：“近年来，学校新建了三幢教学楼，面貌有了很大的改观，但是教师和学生宿舍也要放到议事日程上。学校可以向教育局申报建设项目，争取资金，镇党委镇政府也会尽可能地挖掘潜力，调动社会力量帮助学校搞建设。”

唐元祖说：“作为蒙城人，看到了家乡的进步与发展，我感到很高兴。这次到学校来，触景生情，勾起我的回忆。正像校长说的，蒙城高中历史悠久，培养了许多人才，刚才去生杰家里看了，对教师职业越发产生敬意。都说教师是人类灵魂的工程师，确实，他们教书育人，本身也安于清贫，我很感动。还有学生宿舍，特别是教师宿舍后面的女生宿舍，太陈旧了，如果学校有改造或新建计划，我愿意出一部分钱来资助你们。”

“唐老关心家乡，关心学校，我们很感谢。”曾镇长转身对旁边的校长说，“希望学校早日拿出一个项目计划来。”

“这次，我先拿十万元。”唐元祖说。

校长说：“非常感谢唐老，我代表学校向您表示敬意！”

“聊表心意。我个人力量微薄，但今后还可以通过其他方式来为家乡的发展和教育事业做些事情。”

座谈会后，曾镇长请唐元祖一家到镇上吃饭，同时告诉他说已经给他安排了住处。唐元祖说：“我已经答应了女儿，今晚住在她家。”

听唐元祖这样说，曾镇长便叮嘱任志宏：“你派司机接送唐老，路上注意安全。”

他又对唐元祖说：“唐老，恭敬不如从命，今晚你们好好享受天伦之乐吧，我们就不打扰了。不过，您可要给机会，让我们宴请您一次，让我们也表表心意吧。”

唐元祖说：“好的，我也希望多点儿时间和你们聊聊，只是行程紧，要不就定在明天中午吧。饭菜简单些，弄点儿家乡的特色菜就好了。”

“都听您的，明天让司机去接您，你们一家子都来。”

唐元祖答应了。

曾镇长走后，司机就载着唐元祖他们往乡下去了。景国民的家在唐家村的东边不远，车子经过唐家村，唐生杰让司机停车，对父亲说："爸爸，老家到了，老房子还在，只是多年失修，现在已经不能住人。我们下车看看吧。"

陆续有村民孩子跑过来，大家好奇地看着中间那个穿着洋气的老人，忽然听到有人叫唤道："是生杰他爸回来了！"

一句话吸引更多的人过来围观。唐元祖大声同乡亲们打着招呼："大家好啊！"

来到老屋门口，唐元祖顿生伤感。他缓缓地走上前去，驻足门前，左看看，右看看，欲言又止，跟着儿子进入屋内。虽然久不住人，但还有一些杂物家什在。唐元祖走过去，摸摸这个，摸摸那个，语气哽咽："离家几十年了，没想到这些旧物还在，想起当年和你母亲在一起的时光，真是恍如隔世啊，要是你母亲还在该多好。"

他又对儿子女儿说："房子破旧了不要紧，能够保存下来已经很好了。回头请人来修一修，不住人，也要保护好，它是我们一家人曾经住过的地方。"

村里干部闻讯赶来，有人表示以前对这家人多有亏欠，唐元祖说："都过去了，不要再提了。不管怎么说，还是要感谢乡亲们，我们不在村里住了，但老房子还在，这就表示我们还是这个村里的人，还希望继续得到你们的照应。"

干部们都说那是应该的。

唐元祖又对干部们说："明天我就要回县城了，很快也就要回香港了，下次回来，我们坐下好好聊聊。"

说完，他们驱车往唐生梅家去。

唐生梅家在村子的最前头，房屋前面有个大池塘。池塘边有一些柳树楝树之类的杂树。唐元祖一下车就感叹道："这里风水不错，景色也不错，是个好地方。在香港，虽说住的是高楼大厦，哪里有这里敞亮舒适？真想在这里多住些日子。”

唐生梅动情地说：“爸爸，以后常回来，就住我们家。”

景国民听到说话声，快步迎出门：“爸爸，快进屋，饭菜都做好了。”

厨房里飘出了浓郁的香味，唐元祖笑着说：“还别说，肚子确实有些饿了。先吃饭吧。”

饭桌上，唐元祖说：“这次回来，最让我高兴的就是见到了你们，了解到你们的生活情况。你们的日子过得充实，只是条件还比较艰苦，我想出点儿钱，先让生杰在县城买套房子。这个岁数了，又是大学毕业生，还住在那么阴暗窄小的公家房子里。”

唐生杰说：“爸，我和朱柔在学校里住惯了，孩子们在省城工作，在县里买房也是空着的时候多，再说让您花这么多钱也不合适。”

“房子是不动产，买下来不住也没有关系，况且，以后的事谁知道呢？听我的，这也是我的心意。”唐元祖说，“生梅住在村里，国民是实诚人，我很放心。我给你们一笔钱，先改善一下居住条件和生活条件。两个孙子在省城工作得很好，我就不管他们了。东方是外孙女，我想以后带她去香港发展。”

停了一会儿，他继续说道：“现在改革开放了，各级政府都在积极向外招商引资，今后我回来的机会就会多一些，有些事情慢慢来商量吧。明天带我去祖坟上看看，我要看看你们母亲的坟。”

景国民的厨艺不错，鱼虾味道也鲜美，又是几十年的久别重逢，一家人其乐融融。唐元祖一改多年不饮酒的习惯，一连喝了两杯产自家乡丹凤县的黄酒。

转天，唐生杰兄妹陪父亲上了坟，又到田野里走了走。中午时分，镇政府的司机来接唐元祖，在酒店吃过午饭后，唐元祖离开了蒙城镇。

9

送走父亲后，兄妹俩回到学校。朱柔在做家务，景东方在看书。看到他们回来，朱柔和景东方围了过来，话题又回到了唐元祖身上，兴奋之余都有些伤感。几十年杳无音信，一下子出现了，匆匆地来，匆匆地走。好在这次见面彼此并不觉得生分，好像从来没有分开过，这让他们觉得血缘这东西真是神奇。

唐生杰对景东方说："外公对你期望很高，你要把学习搞好，特别是英语，今后用得着。你喜欢诗歌，舅舅不反对，只是要把功课放在第一位。另外，外公回来的消息很快就会在学校里传开，今后，我们说话做事还是要低调，别让人家说了去。"

他又对妹妹唐生梅说："爸爸这个年纪身体还这么硬朗，真是好福气。以前，我们家条件艰苦，如今世道变了，爸爸成了政府接待的红人，我们家也算扬眉吐气了。只是今后我们还是过我们原来的日子，以前没有自卑过，今后也不要张扬才对。"

"那是当然。"唐生梅说，"这么多年都过来了。想当年，妈妈忍辱负重，苦撑着这个家，即使那样，她也总教育我们做人要有志气。你考上大学，吃上了商品粮，虽说到了乡镇高中做老师，毕竟还是有面子；我在农村，做人做事也都立得住。你可见我什么时候张狂过？这次爸爸给了这么多钱，我着实过意不去。虽说是父亲，几十年也没有孝敬过他一天，倒让他为我花了这么多钱。”

“这是爸爸的心意。以后孝敬他的日子有呢。你回去以后，找人把我们老家的房子修一修，费用我来出。”唐生杰说。

“爸爸给了我这么多钱，我也出点儿吧。”唐生梅说。

“不用的。我和你嫂子都是拿工资的，经济上比你们宽裕。”唐生杰说，“爸爸给你们的钱，是让你们修整房子的。下次回来也可能要住在你们家里。”

朱柔说：“听生杰的吧。”

“那好吧，回去我叫国民找人去办。”

聊了一会儿，唐生梅要回去了，唐生杰让景东方把她送出校外。

“记住舅舅说的话。学习上不能放松，再苦两年就好了。”唐生梅临走时嘱咐女儿。

“我知道的，妈。”

晚饭后，景东方来到张凤仙的宿舍。张凤仙问她外公回来的情况，她一五一十地讲述了一遍。张凤仙说：“真为你高兴，以后你可以有更宽阔的人生舞台了。”

“这次外公回来，一家人都像做了一场梦，我得好好调整一下自己了。”景东方笑着说，“以后的事情以后再说，人生的路总还得靠自己走。”

“我真羡慕你。”张凤仙由衷地说。

“今后的路还很长，谁知道将来会怎么样呢？”景东方说，她突然想到了什么，说，“王娟这个人怎么样？”

张凤仙一愣：“你怎么忽然问这个？”

“她到我们班上后，我感觉她总像是有心事，以前在你们宿舍的时候有说有笑，挺直爽泼辣的，现在就像是换了个人。”

“我之前也不了解她，对她还有点儿看不习惯，后来孟小楠同我说了她的情况，觉得她也怪可怜的，也能够体谅她。她人不坏，就是比较任性。不知道为什么她会选择文科班。”张凤仙一口气说了不少。

“我也奇怪，这不符合王娟的个性啊。刚到我们班的时候，我看她情绪还不错，最近就总是心神不宁的。因为我之前就认识她，有时就多关心她一下，她倒真是直性子，有些话也同我说了，她说当初是她冤枉了你，现在她看清了，你是好人，她觉得对不起你。”

“她能这样想很好，只是这事过去这么长时间了，我也不去想它了。”

10

王娟到文科班后，并没有体现出她在文科方面的优势，第一次测试总成绩在全班中等水平，几乎和吕小蒙差不多。她有些后悔当初听赵志新的建议，现在学习没搞好，还很难见到赵志新。有时看到赵志新仍是嘻嘻哈哈，一副玩世不恭的样子，也不知道他的学习成绩怎么样。一天，早操结束后，王娟看到赵志新和李素英走在一起，有说有笑，她很是奇怪，这两个人怎么走到一起了？

景东方从身边经过，拉了她一把：“王娟，想什么呢？快回教室去，马上上课了。”王娟只好跟着景东方先走了。

过了一段时间，王娟碰到赵志新，想起那天的事，问：“那天在操场上看到你和李素英说话，你们……”

赵志新一怔，随即说：“同学之间遇见了，说句话很正常啊。李素英倒是关心你，那天还问起你在文科班的情况。”

“她为什么不直接问我？再说了，她同景东方也熟的。”

“也是说到话头儿上，总之，人家是好意。李素英问我几个功课上的问题。”

提到功课，王娟莫名其妙地脱口而出：“你本事大，都给别人辅导功课了？”

赵志新听她到话里有话，便问：“什么意思？”

“你让我选文科班，是故意的吧？”王娟说。

“人家问我，我知道的就同她说一下。大家都是同学，这也没什么吧？”

王娟一时不知说什么好，过了会儿说：“我听从你的意见，选了文科班，成绩也没有多少起色，感觉在文科上也没有优势，我感觉自己考大学还是没什么希望。”说完，她就离开了。

看着王娟远去的背影，赵志新无奈地摇摇头。分班以后，赵志新确实轻松了许多。对于王娟，他只当她是同学，如果当初不是王娟主动约他，他应当不会和王娟有来往的。几次接触后，他觉得王娟性子急、说话直，可人单纯，心眼儿又好，和她一直保持着不错的同学关系。但他太贪玩儿了，对于这样将自己禁锢起来，也是不愿意的，因此对王娟若即若离，保持着距离。

当初劝她读文科，就是希望她能把心思用在学习上。毕竟她那样的身世，作为同学，还是希望她有一个很好的前程，而不是一直像现在这样，日渐失去信心。

晚上躺在床上，王娟觉得这样下去，高考也是无望了。她的脾气变得越来越差，同学之间的关系也陡然紧张起来，不时和宿舍里的同学争吵。事后也觉得自己行为恶劣，无颜面对同学，过了不久，她就称病回家了。

景东方把这些情况告诉了张凤仙，张凤仙又告诉了孟小楠。孟小楠说："你之前说王娟性格不好，我还替她说话，现在看来，她确实有问题。"

"王娟是有问题，可我们毕竟在同一个宿舍待过，这时候应当帮帮她。"张凤仙说。

"怎么帮她？"孟小楠一时没了主意。

"我们抽个时间去她家开导开导她。"张凤仙说。

"凤仙，你的心地就是好。"孟小楠说，"听你的。"

周末，张凤仙、孟小楠和景东方相约去王娟家。

一路打听，终于在蒙城南边的一个小村找到了王娟家。一个老人家在门口坐着，见到三个学生模样的女孩子来，立即起身热情招呼说："你们是来看王娟的吧？快到屋里来坐。"

三个人叫了声"爷爷"，问王娟在哪里。老人说："在她屋里呢，说是身体不好。要带她去看医生，她又说是学习压力大，歇几天就好了。我们也不敢多说她。你们劝劝她吧，有病要治，学要上，整天闷在屋里，没病会闷出病来。"

老人领着她们进入屋里，指指西边一间屋，张凤仙她们会意地朝他笑笑，走了进去。王娟正蔫蔫地躺在床上，看到她们，有点儿吃惊，又有点儿高兴。她难为情地说："没想到你们会来，屋里可是乱糟糟的，你们随便坐吧。"

孟小楠说："看你也不像是有病的样子，到底怎么回事？"

"学习成绩不好，考大学没有希望。"王娟颓丧地说，"我越来越觉得生活没有意思了。"

"你怎么能有这种想法？你的学习基础并不差，一次考试成绩就能说明问题？不过，要是心思不用在学习上，成绩落下来是早晚的事。"孟小楠毫不客气地批评说，"希望你尽快回学校，现在正是分秒必争的时候，这时候放弃了，你就真的没有希望了。"

张凤仙走上前去，坐到王娟的床上，真诚地对她说："王娟，不管你怎么看我，我都要说，人的一生不可能一帆风顺，遇到一点儿困难就退缩，就自暴自弃，只能将自己推向命运的边缘。"

景东方也说："我们来看你，就是希望你振作起来。现在最要紧的是把心思用在学习上，把成绩搞上去，其他的事情暂时不要去想。"

王娟听了她们的话，一改之前的急脾气，温和地说："你们的好意我心领了，我也在反思，我没有能力处理好各种关系，这都是内心不好的东西在作怪。我在家里再静几天就会回学校的，求你们替我保密，不要把我装病的事说出去。"

老人留她们吃饭，她们说回校还有事，就告辞了。

11

放学后，赵志新独自来到大运河边，在草地上找了一块石头坐下，独自看着滚滚东流的浑浊河水发呆。

几个孩子进入了他的视线，他们在远处的草际树中跳跃着、欢呼着。赵志新笑出声来，想到自己的童年，在村前村后的田野沟渠里，大自然给他和伙伴们带来的乐趣，这让他一下子忘却了烦恼。真想参与到他们中间去，重拾旧日的无忧时光。

正陷入回忆中时，突然听到那里传来撕心裂肺的呼救声："快来人啊，有人掉到河里了！"

赵志新一跃而起，箭似的冲了过去。

有两三个孩子在河里挣扎、浮沉，不断地往下游去，岸上的几个孩子手脚无措地跟着他们，大声哭喊着救人。

赵志新衣服也没有来得及脱就跳进了河里。夕阳里，河水看似波浪不兴，入水才知道水流湍急。他不断地呛水，努力接近孩子，好不容易将一个孩子送到了岸边，又回头去救另一个。这时候他显然已经筋疲力尽，但他义无反顾。那个孩子忽隐忽现，终于不见了，赵志新只得潜水寻找，浑浊的河水让他的眼睛降低了辨识能力，他挥舞着双手朝四周划动，全然不知道水面上有什么动静。

突然，有个黑影迎面而来，他以为找到了孩子，一个激灵让他产生了极度的兴奋，他拼命朝那里游去。然而不断翻滚的泥浆和巨大的轰鸣声让他猛然意识到，快速驶来的是一艘机械船，想逃离已来不及，他的脑袋被重重地撞击了一下，整个身子被水浪扬了出去。

岸上不断有人跑来，他们看到一条船驶来，得知有人在水下救人，立即有了某种担心。船驶过后，大家在翘首等待水下人的出现，突然就听到一声惊呼："血！不好了，出事了！"

有人朝两边奔跑，大声呐喊，阻止河面的船只进入出事水域。

直到天色暗下来，赵志新和另外一个孩子的遗体才在下游找到。岸上挤满了人，蒙城镇政府和学校都来人了，丹凤县河道管理处的船只也到了。人语哗然，哭声一片，大运河上一片悲凉。经过商定，死者被河道管理处的船运到县殡仪馆，等待最终的调查结果。

一夜之间，消息传遍了整个蒙城。

蒙城高中里，人人脸色凝重，李素英、张凤仙和孟小楠更是泪流不止，曾柯柯主动协助学校和班主任汪老师接待赵志新的家人，安抚他们。

几天之后，调查结论出来，丹凤县政府追授赵志新"见义勇为英雄青年"称号，号召全县干部群众向他学习。学校举行追思会，校长十分悲痛地表示，学校失去了一位有前途的好学生，要求师生们化悲痛为力量，全身心投入教学中去，以优异的升学率告慰英雄的在天之灵。

王娟哭晕了过去，她悲痛欲绝，悔恨不已，多少天都是以泪洗面，人一下子消瘦了许多。张凤仙她们陪伴她、开导她。王娟无心读书了，她准备向学校提出退学，张凤仙阻止她："凡事要冷静，你是否读下去，等过段时间再说。"

"……赵志新的死，我有责任。在这里，我时时刻刻会想到赵志新……你也说过，人生有许多路可以走，并不是只有读书考大学这一条。"王娟一面抽泣，一面断断续续地说。

张凤仙见劝说不下，只得随她去了。

12

进入初冬，一天下午，张凤仙正在上课，门卫师傅急匆匆地来到教室，说有人找她。张凤仙觉得奇怪：会是谁呢？走出教室，拐过教学楼，远远看到一个人正焦急地朝这里张望。张凤仙一眼认出，那是一个族亲大叔，她忙跑过去，叫了一声"大叔"，刚想问有什么事，那人说她的奶奶受伤了，正在蒙城医院抢救。

张凤仙听了，顿时如五雷轰顶，泪如泉涌，她带着哭腔问："怎么受伤的？现在怎么样了？"

"从梯子上摔下来的，头部受伤，流了很多血……我们带的钱不够。"大叔急促地说。

钱不够？这会儿去哪里弄钱？张凤仙的脑中飞快地转动起来。她立即想起了吕小蒙的外婆对她说过的话："有事来找姨婆。"

她也只好去求姨婆了。

“大叔，我去跟老师说一声，您等我一会儿。”张凤仙很快冷静了下来，她知道，此刻慌乱和哭泣是无济于事的。

不一会儿，张凤仙飞快地跑出来，说：“我们走吧！”

张凤仙来到吕小蒙家，老人正在院子里忙活，看见张凤仙闯进来，欢喜又诧异地说：“这不是凤仙吗？今天这么早就放学了？”

张凤仙还没有张口，泪水就像断了线的珠子落下来：“姨婆，我奶奶受伤了，正在镇上的医院呢。”

“啊！”老人大吃一惊，“严重吗？”她转身问张凤仙身边的人。

大叔把情况又重复了一遍。

“赶快去医院。”看到张凤仙站着不动，老人立即明白过来，“是不是钱不够？”

张凤仙被人看破了心思，脸红到了脖子根儿，含泪说：“嗯。姨婆能不能借点儿钱给我？”

“好孩子，不要哭。你们先过去，我随后就来。”

张凤仙点点头，和大叔往医院奔去。老人拿上钱，带上院门，也跟了过去。

蒙城医院在大运河南岸一个深巷里。这里原先是一个私人诊所，中华人民共和国成立后被政府接收，办起了联合诊所。里面有几个医生医术精湛，传承家传秘方，在地方上很有名气。县里将这个联合诊所作为重点医疗机构扶持，不但在医疗条件、人才方面给予倾斜，还将周围的十几户居民迁出，大规模扩建，成立了一家综合性乡镇医院。无论是医疗条件还是占地规模，这家医院都接近城区医院，因此方圆一二十里的人都到这里来就诊。

张凤仙第一次来这里，三个族亲在，看到张凤仙，迎面围过来说："已送去手术室了。"

张凤仙一边往手术室门口去，一边哭泣地问："好好的怎么会这样？"

她推了推手术室的门，有个护士开出了一条门缝。

"里面是我奶奶，能让我进去看看吗？"张凤仙央求道。

"不行，正在做手术，你们在外面等着吧。"

张凤仙心急如焚，无计可施，只好在门口焦急地等待。过了一会儿，姨婆来了。一个医生从手术室里出来，张凤仙抢上前去问："医生，我奶奶怎么样？"

"你是她什么人？"

"是她孙女。"旁边的人说。

"刚做完手术，伤者脑部有少量瘀血，已做过清洗处理，先观察几天，如果伤口不出现感染，应该就没事了——幸亏送医及时啊。"医生补充说，"先去把费用交了吧。"

老人和张凤仙交过费回来，奶奶已经被送进了观察室。医生嘱咐家属不得进入探视。

有人说："凤仙，快叫你爸回来吧。"

立即就有人插话："她这里也走不开，还是我们去邮局拍个电报吧。"

张凤仙将父亲打工的地址告诉了他们："谢谢叔叔们了。时候不早了，你们家里事情也多，都回去吧。"

老人也说："都回去吧，凤仙家里还要你们照看的。"

大叔对老人说："那是应该的。回去我再弄些钱来。"

“钱我这里有。过几天，凤仙她爸也就回来了。”老人说。

“老太太，他们不知道您，我知道您。早就听凤仙奶奶说起过您。这次又是您帮了大忙，您是他们家的恩人哪。我们先回去，回头找个人来。”大叔说完就和另外几个人离开了医院。

13

老人和张凤仙几次想进去看看，医生都不让：“病人需要安静，你们留个人在医院就行了。”

她们坐在医院大厅等候区的长椅上。张凤仙看着人来人往，这时候，她除了担心奶奶的安危外，也对身边的姨婆有了一种强烈的亲人般的感觉。她拉着老人的手，感激地说：“姨婆，给您添麻烦了。”

老人笑着对张凤仙说：“傻孩子，把姨婆当外人哪？我和你奶奶是几十年的好姐妹了，你一个女孩子家，现在这个情况，我能忍心看着不管吗？”

“姨婆，您对我的好，您对我们家的好，我记在心里了。”张凤仙流泪了。

“这是我们祖孙这辈子的缘分。我是看着你长大的，你是什么样的孩子我知道。姨婆就喜欢你这样的孩子。你先在这里守着，我回去做饭，小蒙他们也快回来了。一会儿我带饭来给你吃。”她又交代了几句，站起身来，出了大门。

张凤仙坐了一会儿，便起身到医院各处走走。五六年前，爸爸带着妈妈来这里看过病，也住过一些日子，因为每次都是爸爸和奶奶来，她留下看家，所以这里她从没有来过。她想：妈妈当年住在哪个病房呢？想到了妈妈，想到了此刻躺在病床上的奶奶，她的胸口感到一阵发紧，眼泪又流了下来。

身边走过的人注意到了她。她调整了一下情绪，迅速抹去眼泪，走出医院大楼。

大楼外面是一个大院子，长着好几棵蜡梅，寒风里，绽放的花朵散发出浓郁的香味。蜡梅花她是喜欢的，校园里也有，却没有这里的多，也没有这里的香。张凤仙凑近身子，忘情地嗅着，感觉到一股清香沁入心脾，郁闷的心情也稍稍舒展了些。

天空升起了炊烟，人们开始准备晚饭了。张凤仙抬头看着，她想到此时的姨婆一定又忙开了。吕小蒙生活在外婆的照顾之中，是多么幸福啊！

老人想做点儿好吃的给张凤仙带去。吕小蒙放学回来，问外婆有什么吃的，外婆说：“等你妈回来我们就开饭。”

吕小蒙急不可耐地走进厨房，掀开锅盖，发现锅里蒸的是白米饭，奇怪地问：“咦，外婆，今晚怎么吃起米饭来了？”

“凤仙奶奶摔伤了，住在医院。”外婆说，“凤仙还在医院里，一会儿要给她送饭去。”

“严重吗？”

“刚做过手术，医生说还要观察几天。”

“偏偏在这节骨眼儿上。”吕小蒙说。

见外婆一时没有回过神来，吕小蒙接着说：“马上就要期末考试了。”

“凤仙这孩子，也难为她了。”外婆说，“你要多帮帮她。”

“我能为她做些什么？”吕小蒙问。

“老人家这个情况，不是一天两天就能好的，她爸爸回来也需要好几天。一会儿你陪我去送饭，看看情况再说。”

陈志萍下班回来后，得知张凤仙奶奶受伤的情况，对吕小蒙说：“这段时间，凤仙那里你要多关心一点儿，她一个人，身体会吃不消的。”

“知道了，外婆也这么说。”

吃过饭，他们去了医院。张凤仙呆呆地坐在那里，看到他们，立即起身叫着“姨婆、阿姨”，又要哭出来的样子。

陈志萍赶紧安慰她：“别急，有我们呢。”

“谢谢阿姨。”张凤仙喃喃地说。

“有没有进去看过奶奶？”陈志萍问。

“不让进，医生说了，这几天不出现严重感染就没有危险了。”

“那就好。”陈志萍说，“今晚住我们家去吧。明天早上再来。”

“和我睡吧。”老人说。

“不了，阿姨、姨婆，今晚我待在医院，要是有什么事，这里没人不好。”张凤仙说。

“也是，回去凤仙也安心不了。”老人说。

陈志萍想了想，说：“那我去找人弄个床位。”她朝医院里面走去。

医院有个副院长和吕德全有些交情，陈志萍找到他。听说情况后，副院长叫来一名护士，让她给安排一个床位。陈志萍说过

“谢谢”，走出来，叫上大家，跟着护士朝住院部走去。

老人说：“凤仙住在这里，我不放心。我年纪大了，觉也少，就在这里陪陪她。”

陈志萍劝母亲说：“妈，医院床位紧张，两个人挤在一起，谁也睡不好。”

张凤仙也说：“姨婆，您回去吧，我在这里就行了。”

“你回去到我柜里拿条被子来，这里的被子单薄，晚上冷。”老人转身对吕小蒙说。

吕小蒙从家里拿来被子，帮张凤仙安顿好床位，又说了会儿话，他们就准备回去。张凤仙走到吕小蒙跟前说：“你去学校帮我请个假，这两天我不能去了。”吕小蒙一口答应。

回到家，老人对陈志萍说：“凤仙的奶奶恐怕要住上一阵子，凤仙不能老是停课，她父亲回来之前，我们多费点儿心。后天星期天，我让小蒙陪凤仙回去拿点儿生活用品来，周一凤仙照常上学，我去医院顶几天，等她爸爸回来。”

“这样也好，辛苦妈了，对凤仙家里，您可是尽心尽力了。”

“没有办法，看着凤仙这孩子受累，我不忍心哪。好在现在身子骨还算硬朗。”老人说。

天才蒙蒙亮，老人就起来做饭，还没等家里人起床，她就提着饭盒包走出了院子。

街上少有行人，几个环卫工在薄雾中缓慢地挥动着扫把，几家店里已经亮了灯，不时有人影出入。老人走上泰定桥，一阵冷风吹来，她打了一个寒战。她想起当年丈夫去世后，一个人带着儿女过日子的艰辛，就越发觉得张凤仙这孩子不容易。

医院的走廊里有人走动，张凤仙正从病房里面出来，一眼看见老人，快步走过来。

“姨婆，您这么早就来了！”张凤仙一面热情地招呼着，一面领着老人朝房间里走。

“晚上睡得好吗？冷不冷？”老人问。

“起先怎么都睡不着，后来也就睡着了。”张凤仙诚实地说，“姨婆的被子真暖和。”

“先吃饭，我和你阿姨商量了，明天小蒙跟你回去拿些生活用品来，我在医院里看着，下周一你照常去上学。就要期末考试了，可不能耽误了学习。”

听了老人的话，一股暖流涌上了心头，张凤仙说：“姨婆，那怎么行？您年纪大了，家里的事也多。我在这里守几天，等我爸爸回来。”

“听姨婆的话，我顶用的。你放心去上学，我在这里你放心。等你爸爸回来，我自然也就可以歇歇了。”

张凤仙想了一下说：“姨婆，我听您的话。这样吧，从下周起，我白天照常上课，放学后就过来，这样也就不耽误学习了。”

老人知道，如果一天都不让张凤仙到医院来，她在学校也不会安心，就同意说：“这样也好。”

早饭后，张凤仙去找医生了解奶奶的伤情。医生说：“再过两天没有异常，就能转到普通病房了。”

张凤仙十分高兴，说：“奶奶应该没事了，姨婆您回去歇歇吧。”

“我在这里陪陪你。中午你跟我回去吃饭，吃了饭再来。”

张凤仙和老人面对面地坐在床沿上。青春期的女孩子就像一朵含苞待放的花儿，老人看着张凤仙，不觉看呆了，心想，认定她做我的外孙媳妇了，只是不知道她愿意不愿意。

老人和张凤仙说着闲话，说起和张凤仙奶奶年轻时候的事，老人如数家珍。张凤仙看着老人精神矍铄、满脸慈爱的样子，不觉看呆了。她心想，身边的这位老人虽说同自己无亲无故，却像自己的祖母一样，真是前世修来的缘分。

祖孙二人第一次说了那么多话，两颗心贴得更紧了。

星期天一大早，老人又来到医院。

“今天你阿姨休息，我让她在家里做早饭，你去吃早饭，我让小蒙跟你回去一趟。我在这里看着。”

张凤仙答应着，告别了老人，朝吕小蒙家走去。

走进院子，吕小蒙正在吃早饭，她招呼了一声，问：“阿姨呢？”

“去买菜了。”

“平时也是阿姨买菜的？”

“怎么可能，平时都是我外婆买，今天我妈休息，外婆说她要去医院替你，让我妈买菜做饭。”

“是这样啊。”张凤仙说，“你每个星期天也是这么早起的？”

张凤仙刚说出口就后悔了，怎么可能呢？年轻人嗜睡，难得遇到休息日，没有特别的事，谁还不睡到日上三竿？

“平时啊，”吕小蒙说，“平时这时候，我还在‘苏州’呢。”

张凤仙笑了，她听得懂吕小蒙说的“苏州”，其实就是当地人指的“梦乡”。

“辛苦你了。”张凤仙说。

“很多年没有下乡了，这次外婆让我陪你下乡去，说真的，我高兴着呢。”吕小蒙由衷地说。

“人家都想往镇上来，往城里去，你倒喜欢农村，真奇怪。”张凤仙开玩笑地说。

“你不喜欢乡村？”

“当然喜欢，不过我家在乡下，你就不一样。”

“都一样，镇上几户人家的祖上不就是从农村来的？说不定以后你就做了城里人，到时候我反倒成了乡下人，谁知道呢。”

吕小蒙快速地吃完饭，把碗筷朝桌上一推，说：“我们走吧。”

14

两个人出门，穿过巷子，进入大街，张凤仙有意走在吕小蒙后面，她觉得镇上有认识吕小蒙的，看见他同一个女孩子走在一起会瞎猜的。

吕小蒙不知道她的心思，走一段就要停下等一下，他很奇怪平时做事干脆、行动利索的张凤仙今天怎么忸忸怩怩的。直到走出大街，到了通向乡村的大路，张凤仙才跟上来。她冲吕小蒙笑笑。

张凤仙走着走着就到了前面，步子是那样沉稳，乌黑的短发在阳光下闪闪发亮，眼睛里充满了少女的柔情蜜意。

吕小蒙想，农村孩子也不可小瞧的，经生活历练过的孩子更成熟更有志气。外婆喜欢张凤仙，或许是因为她的性格同外婆有些相似吧。

奶奶伤势稳定转好，张凤仙轻松了许多。姨婆让吕小蒙陪她回家，她没有拒绝，相反有一种欢喜。奶奶和姨婆几十年像亲姐妹一样，因为这样，她同吕小蒙见面时就比其他同学多一分亲切，上一辈人的情分延续到他们身上，让她觉得温馨奇妙。

太阳升起来了，金色的阳光照在田野上。他们一会儿在大路上走，一会儿拐上小路，尘土在脚下泛起，脸上渗出了汗珠。

张凤仙放缓脚步，今天的乡村太美了。春华秋实，当然是好季节，可在冬天里天空更加辽阔，大地更加空旷，鸟儿栖息在蜕去叶子的树枝上，小麦在泥土里孕育生长，短暂的寂静昭示着蝶飞燕舞的春天就要到来。想起小时候下雪天和小伙伴在野地里打雪仗玩儿，她就问："吕小蒙，下雪天，你们镇上孩子也打雪仗吗？"

"有人玩儿这个，我不玩儿，我们捉麻雀。"

"真的能捉到麻雀吗？鲁迅先生的文章里写的办法管用吗？"张凤仙好奇了。

"当然，那个办法很管用，我们就是那样玩儿的。"

吕小蒙来了兴趣，他把捉麻雀的过程以及取得的战绩绘声绘色地说了一遍。

"这样说来，捉麻雀不单要靠技术，还需要耐心的。"张凤仙说。"那是当然，关键是技术，特别是最后的一拉一扣，分分钟的事儿。"吕小蒙卖弄起来。

"你真会玩儿。"张凤仙说，"累吗？"

"不累，这个运动量对运动员来说真算不得什么，而且冬天的乡村就是一个天然的田径运动场，我新鲜着呢。"

“你真能想象。”

他们又走上了一条小路。张凤仙指着前方的一个村庄说：“吕小蒙，你知道那是哪里吗？”

吕小蒙说不知道，张凤仙就告诉他：“那就是陈家村，你外婆家的村子。”

“怎么走到我外婆村子去了？难怪觉得这条路有点儿熟悉啊。”

“是的，这条路通向陈家村，也通向张家村。”

吕小蒙觉得有趣：“小时候，我经常去外婆家，也没见过你啊。”

“姨婆住到镇上去以后，奶奶就不再去了。一个在镇上，一个在村里，两个人都忙，见面也就少了。有时奶奶去镇上，会去你家看看姨婆，不过也是难得。”

两个人一边说着话，一边飞快地走着，不知不觉就到了张家村地界。

张凤仙停下脚步，掏出手绢擦着脸上的汗。吕小蒙注意到，张凤仙的脸红扑扑的。

走进村里，一个妇人看到张凤仙，关切地问她奶奶的伤情；看到她身边站着一个帅气的陌生男孩儿，又问是谁。张凤仙大方介绍说：“他是我同学，我家亲戚，陪我回来的。”

妇人有些疑惑，却没有再问，她不住地打量着吕小蒙，嘴里似乎在嘟囔着什么。吕小蒙假装没有听见，也没有注意。

张凤仙的家在村后头，独门独户，门前有一片菜地，还有一口井，房子有点儿旧，门窗油漆都斑驳得有些脱落了。走进屋，光线有点儿暗，家什倒齐全，也整洁。虽然是平房，屋脊上却横着几根树条，上面铺着木板。张凤仙说奶奶就是从上头摔下来的。果然就看到有一个梯子斜靠在墙边。吕小蒙好奇那上面还能派什么用场。张凤仙说上面干燥，家里的粮食平时就囤积在上面，另外还有一些闲置的杂物。

张凤仙让吕小蒙在堂屋坐会儿，自己走进另一间房里去了。

吕小蒙随意地看了一下四周，刚坐下一会儿，又站了起来。他看到墙上贴着几幅年画。所谓年画，其实就是某部电影的截图画面，因为是彩色的，在昏暗的房间里就显得特别醒目。他饶有兴致地看了起来。

看完画，张凤仙还没有出来，吕小蒙又对着正堂墙上的一张画像端详起来。正在做无厘头的猜想时，忽然听到里面有动静，他想张凤仙在里面搬弄什么呢，是不是需要他帮忙啊？

他朝张凤仙的房间瞧了一眼，就走过去，刚到门口，突然，他止住脚步，看到张凤仙正在换毛衣，他立即转身退出，坐在那里喘气发呆。

15

张凤仙从房间走出来，看到吕小蒙有些异样，禁不住问：“吕小蒙，你怎么了？”

“没什么。”吕小蒙慌乱地说。

“我家条件不好，比不得你们镇上的人家。”

“没有，农村人家我又不是没有到过，你家算是好的。”

“我们家以前也还过得去，爸妈肯吃苦，奶奶又会管家，他们都要强，别人家有的，自家也要有。要不是我妈生病，我家也不至于变成这样。”

“我看你家不错，一看就知道你奶奶和我外婆一样，也是闲不住的人，把家里打理得这么干净。”

“那倒是。”张凤仙听了很高兴，也觉得安慰。

这时，有个十一二岁的男孩儿走进来，一见张凤仙就叫姐姐。

吕小蒙说：“你还有个弟弟啊？怎么没有听你说过？”

“是我大叔家的儿子，那天就是他爸爸送我奶奶去医院的。”张凤仙解释说。

“哦，原来是他家的孩子。”

吕小蒙转身问小男孩儿：“你叫什么名字？几年级了？”

“张承恩，五年级。”小男孩儿一点儿也不怯生，两颗黑而亮的眼珠子闪动着光芒。

“这个名字好，谁给你起的？”吕小蒙想，在乡下也有人起这样文绉绉的名字？

“是我大叔给起的，他以前喜欢读《西游记》，崇拜吴承恩，就给他儿子起了这个名字。”张凤仙解释说。

“有意思。”

“我姐的名字，你猜是什么？”小男孩儿突然又冒出了这么一句。

“你还有一个姐姐啊，叫什么呢？张恩……”

“你猜不着的，她叫张承德。”张承恩得意地说。

“很奇怪的名字，女孩子也叫这个吗？”吕小蒙转向张凤仙问道。

“他爸爸在河北承德当过兵，说想念那个地方，生第一个孩子时，就说不管生男生女都叫承德，结果就生了一个女儿。承德与承恩，都是大叔心心念念的，所以儿子出生时，就给儿子起了承恩这个名字。”张凤仙一口气说了出来。

“这姐弟俩的名字都有些来历，姐姐的名字有点儿男性化了，不过倒也有意义。”吕小蒙笑着说。

“姐姐，奶奶好点儿了吗？”张承恩问。

“好点儿了。承恩，你爸爸呢？”

“他和妈妈在田里干活儿，我去告诉他们你回来了。”说完，小男孩儿就跑走了。

“真是个机灵的孩子。看得出来，你们两家关系很好。”

“我们两家是邻居，又是族亲。我爸爸在外打工，奶奶一个人在家里，平时，大叔一家总是帮我们。”

“外婆说‘邻里好，赛金宝’。你家人缘好。”

“我奶奶是个实在人，村里村外一向名声好，我们也跟着沾光。”

“你也很好的。”吕小蒙脱口而出。

张凤仙没想到吕小蒙会这样说，脸上顿时一片绯红，她淘气起来，问道：“我哪里好了？”

“我说不出来，反正就是好。”吕小蒙看穿了张凤仙的心思，也淘气起来。

“我不好，妈妈在的时候，我没有帮到她什么；奶奶受伤了，我也帮不上忙。要不是你们，我真不知道怎么办。”

“张凤仙，别这样说，外婆把你当自家孩子，总是关照我要多帮你，可我有什么地方可以帮你的呢？你能干、独立，遇事冷静、做事稳妥，学习成绩又好，我哪儿有资格帮你？不过呢，需要出力的事我倒可以替你去做的。”

“妈妈去世后，我觉得自己很苦，命不好。可是想到妈妈对我的期望，我又觉得人要学会坚强勇敢，要有志气，慢慢地，我觉得自己是个小大人了。考取高中，我认识了你们，姨婆对我这么好，总是想到我，总是帮我，我就觉得生活还是很美好的。现在，我只想认真读书，考取大学，只有这样，我才有机会报答帮过我的人。”

“你一定行的。不像我，四肢发达，头脑简单。”吕小蒙自嘲地说。

张凤仙扑哧笑了：“吕小蒙，你也别谦虚了。论智商，你不比别人差，体育那么好，文章也写得那么好，还上了广播电台，都成了我们学校的名人了。”

吕小蒙不好意思地说：“我可能不是上学的料。”

“你的情况和我有些不同。”张凤仙说完，担心吕小蒙产生误会，又解释说，“我没有别的意思，我是说每个人的志向不同，但只要心怀理想，坚持不懈，总能找到一条适合自己的路。”

“你别安慰我，考大学是每个人的梦想。还有一年多呢，我再努力一下，说不定也能考上呢。”吕小蒙用开玩笑的口吻说。

“谁说不行呢？你行的。”张凤仙认真地说。

“呵呵，别说这些太遥远的事了。”吕小蒙看了看天色，“家里有什么要做的吗？”

“什么也不要做，我收拾一下，马上回镇上。”

大叔和大婶从门外进来。大叔说：“回来正好，一会儿我让你婶去医院陪护你奶奶，明天学校上课你照常去，千万不能耽误了学习。你爸那里我发电报去了，他很快就回来。”

“我外婆在医院替张凤仙守着呢，她也说不能耽误了学习。”吕小蒙插话说。

大婶正要问什么，张凤仙介绍说：“这是吕小蒙，我同学。是姨婆让他陪我回来拿东西的。”

大叔对吕小蒙说：“你外婆我认识，她是大好人，可这个岁数让她陪在医院不合适啊。”

他又对张凤仙说：“还是让你婶子去看护几天吧。这钱你先拿去用。”说着，将一百元钱塞到张凤仙手里。

张凤仙说：“大叔大婶，这钱我先拿着。我们马上就走，奶奶在医院里，我不放心。我同姨婆说好了，白天她守着，晚上我去陪护，大婶您就别去了。承德、承恩都在上学，家里事也多，再过两天，我爸就回来了。”

张凤仙说得坚决，大叔只好说：“那就辛苦老人家了——真是菩萨心肠。”

吕小蒙将包裹搭在肩上，他们返程了。

走到镇上，已近午饭时间。吕小蒙把张凤仙送到医院，进入医院大厅，看到景东方、孟小楠、郭巧珍都在，张凤仙问：“你们怎么来了？”

景东方说：“今天早上我去宿舍找你，听说你奶奶摔伤了，我就约她们来医院了。来的时候，只看到吕小蒙的外婆在这里，你奶奶还在重症观察室，我们进不去。外婆看见我们挺高兴的，说你们很快就回来，她先回去帮着做饭，让我们都去吃午饭。今天我们沾了凤仙的光，有好吃的了。”

大家笑了起来，张凤仙脸红了，她有些窘迫地说：“不是沾我的光，是沾吕小蒙的光。”

吕小蒙本来想开句玩笑，说大家都是沾了张凤仙奶奶的光，话到嘴边，立即意识到这个玩笑开不得，就说：“都是同学，哪来沾光不沾光的话，外婆把张凤仙当成自家孩子，也就把你们当成自家孩子了。快跟我回家吃饭吧，外婆和我妈恐怕都等急了。”

“听听，凤仙，吕小蒙这下可是实话实说了，外婆把你当成自家人了，你懂的哦！”

大家又笑了起来，她们心有灵犀地看向张凤仙和吕小蒙。张凤仙脸又红了，她说：“不同你扯了，说着说着就不正经起来。我去一下医生办公室。”说完就转身跑开了。

吕小蒙不知道怎么对付这些贫嘴的同学，灵机一动，说：“景东方，外婆也把你们当作自家孩子了，又怎么说？”

景东方听出吕小蒙话里下了套：“我们哪儿能同凤仙比，我们是你的姐姐妹妹。张凤仙可不一样哦。”

吕小蒙说：“诗人就喜欢说梦话。不过你这话的意思，我倒是在《红楼梦》里读到过。”

“可见你也喜欢做梦。”景东方继续说。

张凤仙回来了，医生的回答和早晨一样，她更踏实了。他们说笑着离开了医院。

16

吃过饭，景东方她们回学校去了。老人对张凤仙说：“丫头，你到我屋里歇歇，一上午来回跑，也够累了。下午让你阿姨去找医生，看今天你奶奶能不能转到普通病房。”

张凤仙说：“姨婆，我不累，我现在就去医院，有什么需要再回来同你们说。”

陈志萍说：“也好，你在这里也不能安心。”

张凤仙来到医院的观察室门口，踮起脚，透过中间的一个小窗朝里面张望。里面有人，却看不到奶奶在哪里。一个护士走出来。她迎上去，轻声问道：“护士，我奶奶怎么样了？”

护士看了一下张凤仙，说：“就是前两天住进来的老太婆？”

“嗯，她摔伤的。”

“应该没问题了。”

“那可以转到普通病房了吗？”

“得问医生，医生同意才行的。”

听得出来，奶奶可以出来了。张凤仙想。

下午，陈志萍又找到了副院长。副院长把医生叫去，医生同意当天转到普通病房。副院长说就让老人住到她孙女那个病房里。

她们进入观察室，看到奶奶，张凤仙的泪珠又滚下来了。她走过去，握住奶奶的手，喊着“奶奶”。老人睁开眼睛，看到孙女，看到吕小蒙的外婆和陈志萍都来了，又高兴，又伤心，感激地说：“这些天让你们跟着受累了，我担待不起啊。”

吕小蒙的外婆俯下身去，安慰道：“老姐妹，你福大命大，这比什么都好。”

“是我不中用。”老人自责道。

陈志萍说：“阿姨，您别胡思乱想，安心在这里养几天就好了。”

两天之后，张凤仙的父亲和大叔大婶来到了医院，他们轮流陪护老人。老人的伤情一天天好起来。张凤仙住回学校，虽然牵挂奶奶，但临近期末考试，她不敢掉以轻心。她知道，考取大学是她和她家唯一的目标和希望。

张凤仙的奶奶又住了十几天，可以出院了。吕小蒙的外婆送来鸡蛋红糖等，又特意上菜市场买了两条黑鱼，叫张凤仙的父亲带回去给老人补补。张家人说了许多感谢的话。吕小蒙的外婆叫外甥将他们送到镇外。

期末考试成绩出来了，张凤仙全班第三，景东方全班第五，孙春英全班第七，对她们来说，这都属于正常发挥。吕小蒙的成绩却有些退步。

放寒假那天，张凤仙的奶奶和父亲来到蒙城，一是来接张凤仙回家，二是要到吕小蒙家去表示谢意。他们提了一只鸡、两袋大米，还有几斤自家手工做的粉丝。

吕小蒙的外婆正在院子里做事，她高兴地留他们吃饭。

张凤仙不再像以前那样拘谨，她帮姨婆下灶生火。吕小蒙也受到某种鼓动，主动去提水。两个年轻人在同一屋里很自然地分担着家务活儿，就如同当年吕德全和陈志萍一样，有点儿青梅竹马的意思。

张凤仙奶奶看在眼里，心有所动，想到两家经济条件悬殊，有点儿高攀了。但转念一想，自己的孙女，论起相貌品行、学习成绩来也是上等的，如此说来，倒也说不上高攀。

吃过饭，大家喝茶聊天。

张凤仙的奶奶说："上次住院多亏你们照应，我心里惦念着，一直想来谢谢你们。"

"老姐妹，见外了，你遇到伤病，又在蒙城镇上，我能不照应？"吕小蒙的外婆笑着说，"来就来了，还带这么多东西！我这里什么都不缺，你常来和我说说话就好了。"

"都是家里现有的东西，不值什么钱，多少是我们的心意。"张凤仙的奶奶说。

看着张凤仙，吕小蒙的外婆说："凤仙真是少见的乖孩子，我喜欢她。"

听到姨婆这样说自己，张凤仙不好意思了，她假装没有听到，朝院子里走去。

梧桐树叶已经掉光了，树干光秃秃的，树的最高处有两个鸟巢，鸟儿飞进飞出。桂花树依然枝叶婆娑，绿得发亮。张凤仙望着这两棵大树发呆，想想自己一年半前对这里还是陌生的，如今却有一种家的感觉，这让她感觉恍然如梦。

吕小蒙从屋里出来，来到张凤仙身旁说："看什么呢？"

张凤仙转过身来，含笑说："这两棵树越发高了。"

吕小蒙说："论起树龄来，这两棵树比我们的岁数都大。曾经有人来，愿意出高价买去，外婆没有同意，还把那人给轰出去了。外婆说，这两棵树是吕家的基业，吕家这样兴旺，就是这两棵树给庇佑的。”

“姨婆这样说是有道理的。树也是精灵，它承载着历史和记忆，它已经不仅仅是一棵树了。”张凤仙接着说，“小蒙，我奶奶住院期间，你帮了不少忙，我感激你。我希望你不要灰心，继续努力，争取下学期成绩能够有所提高，离高考还有些时间呢。”

“没有希望。”吕小蒙说，“我笨。”

“你可不笨，你的文章写得那么好，证明你智商情商都不错。”

“可能还是努力不够。”吕小蒙诚实地说。

“你不是说过‘条条大路通罗马’吗？改革开放了，进入市场经济，行行出状元；上大学当然不错，只是还有很多路可以去走的。”

“我想也是。”

两个年轻人的心越靠越近，他们是同学，是兄妹，更是心灵相通的知音。

张凤仙又说：“吕小蒙，我想和你商量一件事，王娟回去后，我一直惦记她，我和东方、小楠去看过她，她这样一个人待在家也不是个事。要是邹青云年底回来，能不能同他说说，让他带王娟出去打工，一可以散散心，二也可以早点儿自立。两位老人年纪大了，王娟要是找到工作，也等于给家里减轻了负担。你觉得怎么样？”

吕小蒙说：“我对王娟没有好印象，你既然这样想，我来同青云说，他会给我这个面子的。”

邹青云原本就是有情义的人，听吕小蒙介绍情况后，答应带王娟出去，并照顾好王娟。王娟感激张凤仙，说：“以前是我不好，你原谅我。以后多联系。”

她同时让张凤仙带话给李素英，请她也原谅自己。

17

年后，张凤仙她们进入了高二年级下学期。新到任的校长对蒙城高中的辉煌历史早有耳闻，为了保持并力争超过前任校长取得的业绩，他对全校三个年级的教育教学增加了前所未有的强度和力度。从高二年级起，除仍保留体育课外，其他课程和自习课全部停止，全力冲刺高考科目。这样，高二年级的同学们等于提前进入了高考准备状态。

这年暑假，吕家的三间平房翻建成了楼房，吕德全夫妇和吕小蒙搬到了楼上的房间，又留有一间作为客房以备陈志国一家回来住，每间房参照城市的住房格局设置了卫生间和淋浴间。家具除老人实在舍不得丢弃的之外，几乎全部换成了新的。老人还是住在楼下，不过，是带卫生间和淋浴间的一整间房。原先住的房间前后打通作为厨房。家里楼上楼下都安装了电话。

新房落成之日，吕德全请来厨师在家里设宴，亲朋好友齐聚在他家的大院子里举杯庆贺。在热烈欢快的气氛中，人们纷纷表达了对改革开放给人民带来了幸福生活的赞美。景国民和唐生梅也将房屋进行了装修，并拍了相片寄给唐元祖。老人很高兴，表示会尽快再回家乡，同孩子们相聚。

18

一晃进入了高三，在紧张有序的学习过程中，张凤仙、吕小蒙他们进入高考倒计时。预考前夕，学校举行了毕业典礼，并举行了联欢晚会。同学们暂时放下了紧张的学习，尽情享受这一刻的放松和快乐。

景东方的诗朗诵打动了许多人，曾柯柯参加表演的合唱将毕业典礼推向高潮。三年的朝夕相处，他们产生了浓浓的师生情、同学情。再过一个多月就将各奔东西，同学们感慨万千，笑声伴着泪水，带着对过往岁月的珍贵记忆和对未来的无限憧憬，在各自的留言簿上写下了最动人的话语。许多难忘的事被提起，许多不愉快的记忆被抹去，在伤感和感动中，同学们相互传递着人生中最宝贵的纯真情感。

吕小蒙、任华平以几分之差预考落选，张凤仙的室友郭巧珍也未能通过。吕小蒙对这样的结果并不意外，他去任华平家玩儿，让任华平的父亲任志宏继续指导他写作。

任志宏问："你不复读了？"

吕小蒙说："我没有想好，说实在的，我不想再复读了。"

任志宏说："你对写作有兴趣，说不定以后能找到一条适合你的路。"

任华平好几天吃不下饭。任志宏鼓励他说："有志者事竟成，一年考不上，第二年再考，失败是成功之母嘛；况且，即使不考大学，蒙城高中毕业的学生将来还愁吃不上饭？就是进入企业，将来也有前途。"任华平不服气，他决定读高考补习班，不考取大学决不罢休。

进入正式高考的同学们开始了最后的冲刺。几次模拟考试，张凤仙、孟小楠、曾柯柯等都发挥稳定，但是班主任的预测让他们的心理产生了压力。张凤仙自我调节，暗暗叮嘱自己，坚持有规律的生活和学习状态，顺其自然，别让某种压力影响了个人的情绪。

孟小楠、李素英她们忘我地投入了复习中，甚至在晚自习结束后，仍留在教室点着蜡烛继续奋战。一种志在必得，只许成功不许失败的氛围，在高三年级这些最接近目标的同学中弥漫着。

19

陈志国到南方出差，转车回了一趟家乡。得知吕小蒙的情况后，就问他想不想去部队。吕小蒙想，部队有部队的纪律，不能轻易回得了家，外婆年纪大了，她也不愿意他离家，自己也不愿意离开她，就回答舅舅说先在家里待段时间再说。

陈志国鼓励他："去部队吧。我们是军人家庭，年轻人去部队锻炼锻炼有好处。再说，你形象气质好，有高中文凭，将来报考个军校当个军官，也有前途。”

吕小蒙说：“我想清楚了再做决定。”

陈志国想，别看这孩子才高中毕业，倒有自己的主见，这很好。

高考结束后，张凤仙来和姨婆道别。姨婆问她考得怎么样，张凤仙说：“还算顺利。”

老人叹息说：“你要是能考取大学，你奶奶你爸爸都是很高兴的，姨婆也为你高兴。只是小蒙不争气，预考都没有过，原本我还想说合你们的，现在不好开这个口了。”

张凤仙满脸通红，因为她早猜到了姨婆的心思，脸唰地红了，低头喃喃地说：“姨婆，我们才多大啊。”

老人笑着说：“也别不好意思，女孩子早晚要找婆家的，我是看着你长大的，也只有你让我称心。要是被别人家拐走了，我可舍不得啊。”

张凤仙说：“姨婆，您待我好，我是知道的。吕小蒙对我也好，我们就像一家人。现在我们才高中毕业，以后的路长着呢。”

“也是也是，我就说凤仙最懂事。”

老人是过来人，不会为难张凤仙，听到张凤仙这样说，她也不好再多说什么。姻缘命中定，再说，凤仙说的没有错，他们都是学生年纪呢，这么早提出来，倒好像自己没见识似的。于是老人笑着说：“凤仙，上了大学也要时常记得家里，记得姨婆。放假了，记得来看看我。”

张凤仙说：“那是一定的，您不叫我来，我也是要来的。”

吕德全从省城回来，老人同女儿女婿说起张凤仙，说：“这孩子只怕上了大学，跟人跑了。”

吕德全夫妇笑着说："您老人家瞎操什么心？什么年代了？孩子的事让他们自己做主去。"

老人说："这个自然，我哪里是不懂这个理的？"她又对吕德全说："凤仙去上大学，太寒碜了要被人看不起，也不能委屈了这孩子，我看我们也尽量帮着点儿。她爸在外打工很多年，家里也照顾不到。奶奶年纪也大了，去年受的伤到现在也没有全好，一到阴雨天就犯。我想你能不能托付个人，帮她爸在蒙城寻个工作？这样，凤仙去外地上学也就能放心了。"

吕德全说："这些是应该的，凤仙父亲的工作先问问他们家的意见，如果同意，我帮个忙是没有问题的。至于资助凤仙，我想还是再看看怎么办最稳妥，年轻人爱面子，要是让她知道了，她会有心理负担。"

老人想了一下，说："也是，怎么妥当怎么做，你们想出一个好办法来。"

不久，张凤仙的父亲在吕德全的安排下，到蒙城一家企业上班去了。

20

张凤仙如愿以偿地拿到了润扬市医学院的录取通知书。去大学报到前，张凤仙和奶奶来到蒙城，她要去同老师们道别。

校门口的墙上贴着几张喜报，是大学录取名单，张凤仙赫然在列，另外还有一些熟悉的名字，张凤仙一一记下他们的名字和录取的学校。老师们对张凤仙寄予了殷切希望，叮嘱她有机会再回母校。

从学校出来，她们来到吕小蒙家。吕小蒙的外婆很高兴，打电话给陈志萍，告诉她说凤仙来了，要她早点儿回来。外婆一边张罗着午饭，一边同张凤仙的奶奶说话，眉眼里都是欢喜。

午饭后，外婆带着大家去逛街，她给张凤仙买了一个皮箱，陈志萍又给张凤仙买了几套衣服。张凤仙觉得别扭，但又不能拒绝。回到家里，两个老人还有说不完的话。

这时候，陈志萍在做家务，吕小蒙带着张凤仙参观了楼上楼下，又带她去大运河边看风景。

盛夏的河边，有些闷热，绿树成荫，柳条迎风曼舞。张凤仙告诉吕小蒙，曾柯柯考取了本省师大的数学系，孙春英考取了邻市的商学院，景东方考取了厦门一所大专学校的英语系，郭志勤考取了省公安警官学院，张景明考取了润扬师专政治系，朱玉芳考取了本省一所地级市的林业学院，孟小楠考取了丹凤县卫生学校，李素英考取了丹凤县师范学校。

吕小蒙说："郭志勤考取倒也不意外，只是任华平成绩还可以，连预考也没有过，他说准备复读，明年继续考。"

"你不会想到，孟小楠、李素英也考砸了，只考了个中专；按平时成绩，至少应该考上大专的呀。"张凤仙十分惋惜地说。

"可见高考这条路真是过山车，说不定的。好在你发挥正常，顺利考上了，而且梦想成真，被医学院录取了。真羡慕你，也真心祝贺你。"

"我相信命，我同样相信未来还有很多可能，关键要准备好，把握住每一次机会。”张凤仙问，“你有什么打算？准备复读吗？”

吕小蒙不假思索地说：“不想复读了。舅舅希望我到部队去，我暂时也不考虑。我先在家里静静，玩儿上一段时间再看吧。”

张凤仙说：“走什么样的路，过什么样的人生，都是命中注定的，当然也有自己努力和运气的成分。不过，做自己有兴趣的事，才是顶重要的。”

吕小蒙望了望张凤仙，说：“以前说过要保护你，你的为人、你的性格、你的能力，还需要谁来保护，又有谁敢欺负你？很多方面，你都比我强。”

“别这样说。只有一件事我要说给你听：你有你的长处，不是只有高考一条路。我看好你。”

也许受外婆的宠爱和影响太久了，也许从小接触的个人英雄主义潜移默化地影响了他，善良正直的吕小蒙骨子里外刚内柔，有时候却又表现出截然相反的外柔内刚来。张凤仙这样说是在安慰他，也是真心的。

只是，张凤仙未必真正了解吕小蒙的内心，越安慰他，吕小蒙越觉得张凤仙是在为他担心。这让吕小蒙感觉没有面子。他想到邹青云，那时他才读初中，就认定了自己今后要走的路，现在看来也还不错。可见张凤仙说得没错，人生也不是只有高考这一条路。洒脱自由地生活着才是他吕小蒙的人生目标。

两个人约定以后保持通信联系。

吕小蒙看了一下四周，犹犹豫豫地问：“我可以叫你凤仙吗？”

“当……当然可以，小蒙。”张凤仙愣了一下，很快恢复了常态，“姨婆对我好，你们对我和我们家也都好，我早已把你当作自家哥哥了。”

这话让吕小蒙有点儿意外，但张凤仙纯洁柔和的目光里显然没有别的意思。吕小蒙觉得这是一种发自内心的亲切表达，一种自然而然的身心抵近。这让他产生迷离美好的感觉。

两个人沿着河岸走出去很远。夏天的树叶绿而婆娑，阳光从树叶间照射下来，不时映照在他们的脸上。看得出，他们是快乐的，是幸福的，对未来也是充满向往的。

然而即将离别的事实又让他们感到惆怅，人生的青涩岁月在他们的心里都留下了刻骨铭心的印记，他们在收获成长的同时，也收获了纯真的友谊。一种山呼海啸的情感猛然充盈着他们的心，他们深情热烈地凝视着对方，又同时把目光转向了滔滔的河水。

树枝上的鸟儿被大运河里的汽笛声唤醒，它们腾空升起，扑棱棱地朝无边的前方飞去……

旧时光再好，终究回不去了

——评庞云初长篇小说《青涩果》

韩松刚

喜欢写作的人，如同拥有两个人生。这应该是文学创作的魅力之一。写作既是对自己，也是对他人生活、生命、生存的审视，从这个意义上，我把庞云初的长篇小说《青涩果》定义为他关于自身和他人思考的触类旁通之作。

关于青春的回忆和书写，是中外文学一直以来的主题，因此，并不新鲜。“哪个少年不钟情，哪个少女不怀春”，《少年维特的烦恼》在歌德的笔下引无数少年少女情意阑珊。《青涩果》写的也是一群青春男女的成长故事，只不过，这不是一个“少年”的青春梦，而是一介“老夫”的“少年狂”。

与庞云初相识并不久，交往也不多，因了一点儿工作的关系才有了人生的交集，但这并不影响我对他个人的观感。在少有的接触中，我察觉到他是一位文学的赤子，有情怀、有责任、有见识，他对自己身在的吕城念兹在兹，对身处小城的青年作家心心念念。因此，对于这样一位文学的热心肠，当他把自己的长篇处女作发给我让我为其说上只言片语时，我觉得自己找不出足够的理由拒绝。

古人云，文如其人。阅读庞云初的小说，我总是时不时联想到他这个人，想到他的善良、深情、怀旧和认真。他选择了文学，文学也选择了他。我想，一个时代、一个地方的文学，有了这样一个个热爱文学的人，总是厚实的、幸运的。

《青涩果》是一部善良之作。这种善，在他的小说中并不“脆弱”，而是有着一种坚定的力量。《青涩果》中几乎没有完全的“坏人”，所有的“恶”都适可而止，这体现了作者的不忍和厚道。只是，从文学的角度来说，好人其实是最难写的，一不小心，就容易陷入“高大全”的脸谱化陷阱中。小说为我们塑造了吕小蒙、张凤仙、赵志新、王娟等许多青春男女形象，这一个个人物虽然尚未具有时代意义上的典型性，但作者显然已经赋予了他们不同的个性和命运，这些读者诸君在阅读小说时很容易看出。

《青涩果》是一部深情之作。“白云一片去悠悠，青枫浦上不胜愁。”人生就像白云一样，随风而动、因风赋形，总脱不了一种不能自已的愁闷。青涩果，顾名思义，果实尚未成熟。不成熟则意味着自有一份简单、纯洁在，青春恰恰如此。庞云初先生笔下的人物，每个人都有自己的心事，却不曾有刻薄之情；每个人都有自己的故事，但都不惧命运的嘲弄。他们好似一个个天生的情种和勇者，不仅要为这人间的烦恼伤却千万丝，更要做一粒粒响当当的铜豌豆。

《青涩果》是一部怀旧之作。深情之人必怀旧。“梦入江南烟水路，行尽江南，不与离人遇。”《青涩果》写的是江南世界的一隅，以及这一方水土养育下的万千风物和冷暖人情，这里的一草一木都关涉作者的情绪和情感。庞云初在现实与想象的缝隙中，与他小说中的人物相遇、分离，激起万般离愁别绪。《青涩果》是对逝去的时光的追忆和抚摸。但正如作者借小说中的人物邹青云所言："旧时光再好，终究回不去了。"这回不去的旧时光，是与另外的自己的告别，有感伤，但更多的则是希望，是蓬勃的生命在无边地延长。

《青涩果》是一部认真之作。世上无难事，只怕"认真"二字。文学和人一样，都是有尊严的，认真是对文学和人生最大的敬畏。谁的青春不迷茫？《青涩果》的故事似乎还告诉我们：青春期的茫然、冲动、不安，其实并不完全是不成熟，不完全是对时光易逝的伤感，相反，这是一种"少年不再"的执着和认真。"人生的路虽然漫长，但紧要处却只有那么几步，特别是当人年轻的时候。"庞云初小说中引用的柳青的名言，想必不是多此一举的自我呓语。

当然，批评家总是苛刻的，吹毛求疵是他们生来的怪癖。对于《青涩果》，我也有更高的期待，在此提出来，与庞云初商榷共勉。一是小说有虎头蛇尾之感。说实话，我比较喜欢这部小说的开头部分，有一种大家和大作的风范，尤其是他对蒙城历史与风物的熟稔，信手拈来，很有气势。但似乎越往下写越没了底气，到最后竟有些"气若游丝"了。这不能不说是一大遗憾。或许，这正是长篇小说写作对于心力和技艺的高难度要求所在。二是小说的结构和立意还有不足之处。总体来说，《青涩果》的结构过于平淡、平和，缺少内在的逻辑冲突和情感张力，温暾有余而起伏不足，小说中的人物、观念都很"正"，但在"奇"的用力和想象上还有可以开拓的空间。写青春男女，最容易陷入一种既定的忧伤和概念化的无绪之中，庞云初似乎也不能免俗。我想，所有的青春经验除了它自身的特性之外，总与时代、历史紧密相连，我更愿意在小说中读到那一代人身上应有的生命感、现实感和历史感。

作家手中的笔是他最尖锐的刻刀，刀锋所向应该是世界和人性最核心的地方。我深知，对于一个初次尝试写长篇小说的作家来说，写出这样的作品已经实属不易。庞云初在《青涩果》中，倾注了他满满的热泪和情感，这是他另一个人生的开始。对于这样的开始，我想说的是，一切的写作都是不断的练习和尝试，慢慢地，积跬步而至千里，直到作品拥有非凡的力度和准确度。

人在这个世界上是渺小的，而文学的意义就在于赋予这些渺小的生命一个深阔的世界和一席自由的领地。希望不久的将来，再收到庞云初关于他创作的新消息。也衷心地祝福庞云初关于长篇小说的写作宏愿能在他自己的创作之树上结出滚烫的果子，管它是苦是涩，是酸是甜。

（韩松刚，江苏省作协创研室负责人，青年批评家）

为青春作传

——读长篇小说《青涩果》

石胜华

虽然早已过了读青春校园小说的年纪，但不得不承认，读完庞云初的长篇小说《青涩果》，还是有一种不经意间被青春撞了一下腰的感觉。

以散文见长的庞云初，初次踏入创作长篇小说的领地，就有如此的收获，难能可贵。毋庸置疑，作者调动了少年记忆中最珍贵的生活资源，笔端蕴含了丰富的情感，开始了故事的叙述。青春期少男少女的躁动和不安、叛逆与成长，青春荷尔蒙冲动下的少男少女的懵懂激情，还有那个特殊的时代背景，以及他们的父母、老师的生活经历和感情经历，两个时期的生活图景、两代人的情感世界交错叠印、穿插冲撞，如此种种，构成了《青涩果》中对一群人、一段历史、一段刻骨铭心的花季往事的复杂感怀。

小说的背景是20世纪80年代的校园生活，故事以主人公吕小蒙的经历为主线，讲述了一个江南小镇上一群中学生的感情经历和成长经历。这群由来自集镇和乡村的中学生组成的少男少女的世界，是一个纷乱繁杂的世界。在这个世界里，青春像野草般疯长。他们在青春中成长，追寻属于自己的梦想。尽管现实的环境、传统的理念如影随形，但他们无法克制自我萌生的情感。青葱岁月的故事总是美丽动人的，但往往又如此的沉重，人物是如此的无奈。在直面学生生态现状的淋漓叙事中，扑面而来的是一连串看似寻常但又催人泪下、感动人心的故事：同学之间毫无瑕疵的友情、在矛盾和关怀中彼此加深的感情、少男少女与厄运抗争时的悲怆、花季少年在生命的最后一瞬所闪耀的人性光辉、成人之间扑朔迷离且又充满诗情画意的情感纠葛……吕小蒙与一起捡废品的邹青云之间的友谊、有着初恋创伤的张老师、家境贫寒的朱玉芳和她的父亲、赵志新为救落水儿童不幸溺亡、陈国宝终于如愿考上空军飞行学院……也正是通过这一系列蕴含欢笑与泪水的经历，小说主人公吕小蒙完成了他成长的加冕礼。

《青涩果》是一个美好的果实，它让我们回味浪漫、温馨、遥远，想起消逝的花样年华。荡漾于作品中的悲悯情怀，在当今社会中，也显得弥足珍贵、格外感人。作者清新朴实的文字、明白晓畅的叙述、细致生动的细节描写，加之散文的韵致，使作品充满了生活的质感，文学品位更为浓郁。当然，小说的不足之处也较明显。比如：结构比较松散；主次不太分明；人物过多，给人叙事断裂的感觉，特别是后半部分，主人公着墨很少。或许是作者把写作散文的方法用于写小说了。当然，小说的散文结构往往给人自然本色之美，但如果有意淡化了事件与事件之间直接的、明显的因果关系，放弃了扣人心弦的故事情节，就会使之混乱、松散，缺乏整体的有机性。

然而，这毕竟是个美好的开端，出手不凡，值得关注。据说作者还有第二部、第三部续作的创作计划，这本书中人物繁多的原因，或许就是为后面的创作埋下伏笔。为青春作传，让青春永驻，期待庞云初的著作不断问世！

（石胜华，丹阳市作协名誉主席）